나가시노長篠 전투(1575) 병풍도 앞부분.
오다·도쿠가와 연합군이 타케다 군을 공격하는 모습.

德川家康

도쿠가와 이에야스

1부 대망 大望
5 갈대의 싹

야마오카 소하치 대하소설

이길진 옮김

德川家康

1부 대망 大望

5 갈대의 싹

도쿠가와 이에야스

솔

『도쿠가와 이에야스』를 바로 읽기 위해

1. 본문 중 °표시가 된 용어는 책 뒤에 풀이를 실었다.

2. 인명과 지명은 원음 표기를 원칙으로 하며, 된소리를 피하고 거센소리로 표기하였다. 단 도쿠가와와 도요토미만은 원음과 차이가 있지만 일반인에게 익숙한 이름이기에 외래어 표기법에 따랐다. 장음은 생략하였다.

3. 인명, 지명 및 고유명사는 처음 나올 때 원어를 병기하였으며, 강과 산, 고개, 골짜기 등과 같은 지명 역시 현지 음대로 카와(가와), 야마(잔, 산), 사카(자카), 타니(다니) 등으로 표기하였다.

4. 성과 이름 중간에 나오는 것은 대부분 관직명과 서열을 나타내는 것인데, 그 당시의 관습에 따라 이름과 혼용하여 쓰이는 경우도 있다. 각 관청 및 관직에 대해서는 부록에서 설명하였다.
   ex) 히라테 나카츠카사노타유 마사히데 → 히라테 마사히데(이름) + 나카츠카사노타유(나카츠카사의 장관), 아마노 아키노카미 카게츠라 → 아마노 카게츠라(이름) + 아키노카미(아키 지방의 장관)

5. 시간과 도량형은 센고쿠 시대에 쓰던 것을 그대로 따랐으며, 역시 부록에서 설명하였다.

차례

《 시나노 · 카이 · 토토우미 · 스루가의 주요 지도 》

시 나 노

코모로
카루이자와
마츠이다
안나카
묘기야마

후카시
모처즈키
치쿠마가와
와다네
시오지리
토리이네
스와
야츠가타케

후쿠시마
이나
타카토
코마가타케
신푸
츠츠지가사키
에린 사
키소가와
코마가타케
니라사키
코후
텐모쿠잔
노다
츠마고
오서마
시라네
이사와
사사고
이다
이치카와
카 이

에나다케
시모야마
후지산
진쥬
나미아이
미노부
우에노하라
키세가와

스 루 가
우키시마하라
코코쿠사

호라이사
아키하
칸바라
후지카와
미시마
나가시노
린자이 사
모리
시미즈
쿠노잔
아베가와
호리코시

토토우미
이이
후타마타
미츠케
카케가와
시마다
타나카
아마기야마

미카타가하라
타카텐진
오이가와
시모다

하마나 호
히쿠마노
(하마마츠)
텐류가와

───·─── 지역 경계선

──────── 강

○ 주요도시

▲ 산

卍 절

세 명의 사자使者

1

에이로쿠永祿 4년(1561)의 봄을 맞이하여 오카자키 성岡崎城은 백매화와 홍매화가 은은한 추억의 향기를 풍기기 시작했다.

성주 모토야스元康를 맞이한 지 어느덧 8개월이었다. 등성登城하는 오카자키 가신들의 복장이 몰라보게 달라진 것은, 스루가駿河에 바치던 세공미가 10여 년 만에 그들을 윤택하게 만들었기 때문만은 아니었다. 모토야스가 돌아왔다는 소식이, 야하기矢矧와 스고菅生 두 강에 의해 성 아래까지 배가 출입할 수 있는 오카자키 성에 활기와 번영을 가져다주었다는 증거였다.

지금까지 계속 식량을 감추려고만 했던 농부들이 안심한 탓이기도 했고, 토리이 이가노카미鳥居伊賀守가 은밀히 비축해놓았던 곡식과 돈으로 곧 성을 보수하기 시작했던 까닭이기도 했다. 여러 망루를 고치고 축대를 다시 쌓았으며 정문의 지붕도 새로 만들어 덮었다. 이렇게 되어 성은 그대로 백성들의 자랑거리가 되었다. 그때부터 활기가 넘쳐 자연스럽게 상인의 출입도 많아지고 시장이 번성하게 되었다.

수리는 본성(하치만 성八幡城), 지불당 성持佛堂城, 둘째 성, 동쪽 성, 셋째 성의 순서로 행해졌으며, 성을 둘러싼 분위기가 몰라볼 정도로 밝아진 것이 이번 봄이었다.

젊은 성주를 중심으로 새로운 부서도 정해졌다. 각 가문의 원로들은 안심하고 일선에서 물러나고, 사카이 타다츠구酒井忠次, 이시카와 이에나리石川家成, 이시카와 카즈마사石川數正, 우에무라 이에아리植村家存 등이 새로 중신으로 등용되었다. 모든 일을 중신들에게만 맡기지는 않았다. 젊은 성주가 모든 것을 챙기고 지도하기 때문에 중신들은 이른바 측근의 고문이라 할 수 있었다.

이 고문들과 젊은 성주를 괴롭히는 사자使者가 두 사람 있었다. 한 사람은 말할 나위도 없이 이마가와 우지자네今川氏眞가 보낸 사자. 그리고 또 한 사람은 타케치요竹千代 및 카메히메龜姬와 함께 슨푸駿府에 남아 있는 세나히메瀨名姬가 보낸 사자였다.

우지자네가 맨 처음에 보낸 사자는 힐문하는 어조로 말했다.

"멋대로 오카자키에 들어가 슨푸에는 군사에 관한 사항조차 보고하지 않는 것은 당치도 않다."

모토야스는 정중하게 대답했다.

"우리가 여기서 오다織田의 세력을 저지하지 않으면 미카와三河뿐 아니라 스루가, 토토우미遠江까지 위험합니다. 그래도 괜찮다면 언제든지 돌아가겠다고 전하시오."

다음 사자는 첫번째 사자보다는 좀 부드러웠다.

"이곳에서 오다의 세력을 견제하는 것은 기특한 일. 그러나 일단 슨푸에 와서 여러 장수들과 협의한 후에 힘을 합쳐 방비를 공고히 하도록 하시오."

모토야스는 고개를 저으면서 즉석에서 대답했다.

"슨푸에서도 여러 면에서 인력이 필요하겠지요. 부족한 군사를 보내

오지 않아도 여기는 이 모토야스가 방위할 것이니 안심하시라고 전하
시오."

이제 와서 우지자네의 간섭을 받다니 당치도 않은 일이었다.

그러나 아내인 세나가 보낸 사자만은 쉽게 물리칠 수 없었다.

세나는 모토야스와 떨어져 살게 되면서 남편이 얼마나 소중한 존재
인지 알게 되었다고 간절한 편지를 써보내왔다. 제발 부탁이니 일단 돌
아와달라. 그런 뒤 우지자네와 교섭하여 자기를 모토야스와 같이 있게
하지 않으면 미칠 것 같다고 했다.

세나의 편지를 읽고는 모토야스의 마음도 그만 흔들릴 정도였다.

2

그 세나가 다시 은밀히 사자를 보내왔다. 역시 묵직한 문갑을 들고
세나의 친정 세키구치關口 집안의 가신이 찾아왔다.

정월 열엿새.

모토야스가 지불당에서 선조의 명복을 빌고 돌아오는 길에 사카타
니酒谷에서 눈송이처럼 하얗게 깔려 있는 흰 매화를 보면서 걷고 있을
때였다.

"오오, 쿠란도藏人 님!"

세나가 보낸 사자가 그리웠다는 듯이 말을 걸었다.

"마님의 심부름을 왔습니다."

그리고는 과장된 몸짓으로 주위 경치를 돌아보았다. 옆에서 사카이
우타노스케酒井雅樂助의 하인이 따라오고 있었다. 아마도 우타노스케
의 집에 묵었던 듯.

"대단한 성이군요. 이렇게 훌륭한 성인 줄은 마님도 모르고 계십니

다. 그래서 슨푸에 연연해하고 계시지만, 이 성을 보시면 두말없이 오카자키로 옮겨오실 것입니다."

코스기小杉라는 세키구치 치카나가關口親永의 가신은 '미카와의 고아'라며 조롱받던 때부터 모토야스를 알고 있었기 때문인지 자신의 이름은 밝히지도 않았다.

모토야스는 쓴웃음을 지었다. 이 사나이의 말 속에 세나를 비롯한 슨푸 전체의 오카자키에 대한 생각을 여실히 느낄 수 있었다.

세나는 이 세상에서 슨푸만한 곳이 없고, 그 밖의 곳은 모두 하잘것없는 '미개한 땅'이라고 굳게 믿고 있었다. 어쩌면 성조차도 시골 농부의 집 정도로 생각하고 있는지도 몰랐다. 그러므로 구구절절 애타는 연정을 써서 보내기는 했어도 자기가 오카자키에 오겠다는 말은 결코 하지 않았다. 그런 벽지에 있지 말고 어서 슨푸의 자기에게로 돌아오라는 사연은 매번 모토야스의 자존심을 건드렸는데, 지금 이 사자의 말에도 같은 뜻이 담겨 있었다.

이 경우 노부나가信長였다면 간담이 서늘해질 행동으로 상대를 압도했을 것이었다. 그러나 모토야스는 그 반대였다.

"아니, 보잘것없는 성이오. 어서, 들어갑시다."

일부러 큰 현관을 피하여 파수병들의 출입문을 통해 본성으로 들어갔다. 그리고 넓은 방에는 가지 않고 작은 복도를 지나 휴게실인 조그마한 서원으로 안내했다.

"정말 놀랐습니다. 마님에게 꼭 한번 보여드렸으면……"

그런데도 사자는 계속 놀라움을 나타냈다. 아마도 세나가 했을, 오카자키 따위의 시골에서 살기보다는 차라리 죽는 편이 낫다는 식의 말 그대로 오카자키를 머릿속에 그리고 있었기 때문일 것이다.

"먼저 무사히 새봄을 맞이하신 것을 축하 드립니다."

휴게실에 이르러 사자는 새삼 생각난 듯 절하고 곧 문갑을 내밀었다.

"마님께서 하루속히 슨푸에 돌아오시기를 바란다는 전갈입니다."

"수고가 많았소. 아이들도 잘 있겠지요?"

"예. 매우 튼튼하고, 그동안 많이 자랐습니다. 아이들도 모토야스 님이 돌아오시기만 기다리고 있습니다."

사자는 세나의 서신을 그대로 탁자에 올려놓는 모토야스의 태도에 초조해졌는지 얼른 덧붙였다.

"곧 보시고 회답 주셨으면 합니다."

모토야스는 고개를 끄덕이는 대신 가볍게 문갑을 밀어내고, 부드럽게 물었다.

"어떻소, 우지자네 님은 복수전을 하지 않으신다던가요?"

3

"저는 잘 모릅니다만, 피로써 피를 씻는 것을 싫어하시는 분이라서."

"복수전도 안 하신다는 말입니까? 그것으로 끝난다면 더 이상 좋은 일도 없지만……"

"모토야스 님!"

사자는 문득 진지한 표정이 되었다.

"제 생각을 말씀 드린다면 이대로는 끝나지 않을 것 같습니다."

"역시 전쟁을 할 것이란 말이오?"

"아니, 저는 마님 이야기를 하는 것입니다."

모토야스는 실망한 듯 고개를 옆으로 돌렸다.

아침 햇빛이 창에 가득하고, 꾀꼬리 울음소리가 이른 봄의 차가운 공기에 실려 들려왔다.

"아무튼 무골武骨로 태어나신 분들은 여자의 미묘한 감정을 이해하지 못합니다. 미우라 요시유키三浦義之 님의 따님은 사랑하는 사람과 반딧불을 잡다가 어둠 속에서 순간적으로 손을 잡았는데, 그 손을 가만히 얼굴에 대었다가 그 손에서 반찬냄새가 난다고 해서 헤어졌다고 합니다."

"으음."

"사랑하는 분이 저녁식사 때 음식물을 집다가 젓가락에서 떨어뜨리는 바람에 손으로 반찬을 집었는데…… 그것을 금세 간파하는 미묘한 감각. 이것이 고귀하게 자란 여성의 특유한 감정입니다."

모토야스는 상대의 얼굴을 보기가 미안해 일부러 외면한 채 고개를 끄덕였다.

"마님 역시도 남달리 예민하신 분. 게다가 도련님이 전부터 마음을 보내고 계시기 때문에."

"우지자네 님이 말이오?"

"예, 그동안에도 종종 성에서 부르시곤 했습니다. 마님께서 특히 모토야스 님이 돌아오시기를 바라는 마음속에는 그런……"

"그런 일이 있었다…… 이것은 세나가 그대에게 말한 것이겠지요?"

부드러운 목소리로 제지하자 상대는 말이 막힌 듯했다.

"우지자네 님의 성화를 이기지 못하겠다, 그러니 빨리 돌아오라…… 이렇게 말했을 테지."

"예…… 바로 그렇습니다."

"돌아가거든 세나에게 말하시오. 무엇보다도 충의가 제일이라고. 지금 이 모토야스가 오카자키에서 물러나면 오다의 대군이 당장 슨푸로 밀어닥칠 것이오. 모토야스는 모든 것을 제쳐놓고 그것을 저지하고 있는 중이라고 말이오."

"사……사실입니까?"

모토야스는 무겁게 고개를 끄덕였다.

"충의를 지키기란 괴로운 일이오."

사자는 잠시 아무 말도 않고 모토야스를 쳐다보고 있었다. 아직도 할 말이 남아 있는 모양이었다. 입술이 꿈틀거리다가 그대로 멎었다. 모토야스는 그 모습을 보고 재촉했다.

"그 밖에 다른 말은?"

"예, 사실은 또 한 가지…… 마님께서는 성주님 곁에 틀림없이 여자가 있을 것이라고 은밀히 조사해보라 하셨습니다."

"그래요? 고마운 말이로군."

모토야스는 능숙하게 질문의 예봉을 피했다.

"그 마음은 고맙지만 별로 부자유스러운 것은 없으니 걱정하지 말라고 하시오."

"부자유스럽지 않다시면…… 저어……"

"자유스럽지 못한 데가 있으면 슨푸에서 소실을 택해 보내겠다고 세나가 말했을 테지. 하지만 그럴 필요는 없소. 업무가 바빠 당분간은 여자를 돌아볼 틈이 없소. 고맙지만 사양하겠다고 전하시오."

모토야스는 이렇게 말하고, 점잖은 말로 화제를 바꾸었다.

"그대는 여기를 언제 떠나려 하오?"

4

모토야스의 말에 사자는 당황했다. 세나에게 지시받은 그 역할은 반대였다.

모토야스는 곁에 여자를 두고 있을 것이 분명하다. 그것이 슨푸로 돌아오지 않는 이유, 만일 그런 여자가 있다면 세나히메도 우지자네의 집념을 꺾을 수 없다. 이렇게 위협하라는 지시를 받았다.

"예, 하루만 더 여독을 푼 다음에 돌아가려고 합니다마는."

"아직도 할 이야기가 남아 있다는 말이오?"

"이대로 돌아가면 마님이 걱정하십니다."

"그 대답은 조금 전에 하지 않았소?"

"그러면 마님께서 도련님을 뿌리치시지 못하고……"

"그 일에 대해서도 대답했소. 충의를 지키기란 괴로운 것이라고."

"충의란…… 주군에 대한 것이니, 도련님의 말씀을 들으시라는 뜻입니까? 괴롭더라도 참으시라는 말씀입니까?"

"그대는 거기까지 알 필요가 없소. 세나에게 말하면 알아서 분별할 것이오. 그런데 여자란 그토록 남자가 필요한 것일까?"

다시 엉뚱한 얘기로 흐르는 것이 아닌가 싶어 사자는 당황했다.

"참으로 부럽기 짝이 없습니다. 도련님조차 마음대로 하시지 못하는 마님이."

"나는 요즘에 꿈을 꿉니다."

"마님의 꿈을 말씀인가요?"

"아니, 천하에 둘도 없는 대합조개가 나를 쫓아오는 꿈이오."

"그 무슨 농담의 말씀을……"

"아니, 사실이오. 나를 한입에 삼켜버리려고 마구 쫓아오는 거요. 나만이 아니라 성도 가신들도 한꺼번에 삼켜버릴 정도로 큰 대합이오. 그대는 그런 꿈을 꾼 적이 없소?"

사자는 멍하니 입을 벌렸다. 도저히 자기는 모토야스의 적수가 되지 못한다는 사실을 깨달았다.

"말씀하신 대로 전하겠습니다."

사자는 스스로 무언가에 쫓기듯 당황하며 시동의 안내를 받아 밖으로 나갔다.

그날 밤의 일이었다. 모토야스가 슨푸를 떠나 처음으로 여자를 가까이한 것은. 본성에는 거의 여자를 두지 않았다. 필요치 않아서가 아니라 세나히메에 대한 두려움 때문이었다. 노신들 중에는 은근히 옆에서 돌볼 여자를 권하는 사람도 있었으나 모토야스는 그 말을 들은 척도 하지 않았다.

성의 재건으로 눈코 뜰 새 없이 바쁠 뿐 아니라, 슨푸에서 외롭게 규방을 지키고 있을 세나히메를 생각하면 아직은 여자를——하는 긴장감이 응어리처럼 마음속에 남아 있었다. 그런데 오늘은 세나가 보낸 사자와 편지가 묘하게도 모토야스를 안타깝게 했다. 아내가 되기 전 세나가 우지자네와 몸을 섞는 것을 벚나무 밑에서 목격한 열한 살 때의 기억이 바람에 날리는 솜털처럼 생생하게 신경을 자극해왔다.

그날 밤 모토야스는 셋째 성으로 건너갔다. 셋째 성 한구석에 살고 있는, 모토야스에게는 계모가 되는 타와라田原 부인인 카케이인花慶院과, 불전에 바쳤던 상을 물리고 같이 식사를 하기 위해서였다.

남자는 모토야스 혼자이고 두 사람의 시녀가 시중을 들었다. 그중 하나는 때때로 본성에 들어와 모토야스의 때를 밀어주는 카네可禰였다.

"성주님, 혼자서는 여러 모로 불편하실 것 같습니다. 이 둘 중에서 아무나 마음에 드는 여자를 택하십시오."

아직 30대 중반인 카케이인이었으나 두 시녀가 상을 가지러 나가자 담담한 태도로 모토야스에게 여자를 권했다.

5

여자도 30대 중반까지 10여 년 미망인으로 지내면 수치심이 없어지는 것일까. 친정인 토다戸田 집안은 슨푸로 가야 할 모토야스를 오와리尾張에 넘긴 것이 원인이 되어 멸망했고, 카케이인은 뚜렷하게 갈 곳도 없이 모든 정세의 변화를 성 한구석에서 가만히 지켜보며 살아왔다.

"젊은 날이란 빨리 지나가는 것, 그리고 너무 근신하고 지내시는 것은 몸에 해롭습니다. 어느 쪽이건 마음에 드시는 여자에게 분부를 내리십시오."

카케이인은 친정집에서 모토야스를 어떻게 했는지는 모를 수도 있다. 자기가 할 수 있는 일을 권하여 의붓자식인 모토야스와 가까워지고 싶어하는 그녀의 고독감을 그 말에서 느낄 수 있었다.

평소 같았으면 약간 화가 나기도 했을 테지만, 그날 밤 모토야스의 태도는 조금 달랐다.

"카케이인, 여자는 어떤가요, 남자가 곁에 있지 않으면 외로울까요?"

"그야······"

카케이인은 먼 산을 바라보는 듯한 눈길이 되었다.

"미치지나 않을까 하는 생각이 들 정도로······ 짝을 지어 노는 새나 암내 피우는 고양이만 보아도 화가 나지요."

그리고는 담담하게 말했다.

"여기 있는 두 여자도 이대로 남자 없이 내버려두면 반드시 부정을 저지를 거예요."

"그럴까요?"

"두 여자 중에서도 특히 카네는 성주님이 마음에 드는지, 오늘은 어떤 일을 하셨다, 오늘은 무엇을 하며 하루를 보내셨다고 하는 등 정말 귀찮을 정도예요."

이때 당사자인 카네가 상을 가지고 들어와 카케이인 앞에 놓았다.

"카네, 너 성주님 좋아하지?"

"예······?"

카네는 그 질문의 뜻을 몰라 어리둥절한 얼굴로 카케이인으로부터 모토야스에게로 눈길을 돌렸다.

열일고여덟쯤 되었을까. 피부가 희고 자그마한 체구였는데, 탄탄한 치자 꽃봉오리를 보는 듯한 야성미와 건강미를 지니고 있었다.

"네가 좋아하는 성주님이 여기 계신다. 성주님께 술을 올리도록 하여라."

"예."

대답하고 나서야 비로소 그 의미를 알았는지 빨갛게 얼굴을 붉혔다.

"지금 성주님께 부탁 드리고 있는 중이다. 네가 하도 열심이니 사랑해주시라고 말이다."

"어머……"

카네가 옷소매로 얼굴을 가렸을 때 또 한 사람의 시녀 오타카阿孝가 들어왔다. 모토야스는 무심결에 두 여자를 비교해보고 오타카 쪽이 더 날씬하다고 생각했다.

"카네."

"예."

"카케이인 님 말씀처럼 너는 나를 좋아하느냐?"

"예…… 예."

"얼마나 좋아하느냐? 여자란 굳이 내가 아니라도 남자이기만 하면 되는 것 아니냐?"

카네는 고개를 똑바로 쳐들고 원망스럽다는 듯 모토야스를 쳐다보았다. 그리고는 당황하며 술병을 가지러 갔다. 그 모습을 보며 모토야스는 또다시 세나가 보낸 편지의 한 구절을 떠올렸다.

'성주님이 다른 여자와 잠자리를 같이하는 꿈을 꾸고는 새벽달조차 원망스러워 미칠 것만 같아 이대로 죽어버릴지도 모릅니다.'

'이미 내가 그렇게 하고 있다고 세나는 굳게 믿고 있다……'

6

세나의 편지가 오로지 남편의 무사함만을 걱정하고 있었다면 모토야스의 마음이 이렇게 움직이지는 않았을 것이다. 그러나 사정은 정반대였다.

세나는 이미 모토야스 곁에 여자가 있다고 믿고 있었다. 어째서 그렇게 생각하게 되었을까? 말할 나위도 없이 세나는 자신의 경험으로—이런 생각을 하자 모토야스는 그만 피가 거꾸로 흐르는 것 같았다.

카케이인은 이러한 모토야스의 심적인 움직임을 빤히 꿰뚫고 있는 듯 계속 카네에게 술을 따르게 했다. 그리고 중간에 모토야스가 일어서자 눈짓하며 카네에게 말했다.

"안내해드려라."

"예."

카네는 이상할 정도로 또렷한 목소리로 대답하고 촛불을 들고 앞서 나갔다.

복도를 돌아나갔을 때 장지문 가득히 달빛이 비치고 있어 촛불이 필요없을 만큼 환했다.

"카네, 너는 지금까지 남자를 몰랐느냐?"

"예. 아, 아닙니다."

얼굴이 빨개지며 고개를 숙이는 대신 카네는 힘껏 고개를 저었다.

"그런 것, 저는 모르옵니다."

"카네."

"예."

"문을 열어라, 달이 밝구나."

"이렇게 말씀입니까?"

"음. 촛불을 끄는 게 좋겠어. 눈이 내린 것처럼 밖이 새하얗게 빛나고 있지 않느냐."

"감기라도 걸리시면…… 바깥 공기가 매섭습니다."

"카네, 달 쪽으로 얼굴을 돌려보아라. 음, 그래. 그렇게 하니까 네가 마치 선녀처럼 보이는구나."

카네는 하라는 대로 달을 쳐다보면서 본능적으로 몸을 떨었다.

"머리 위의 꽃과 하늘의 달, 그리고 지상의 그대."

"성주님, 이제 되었습니까?"

"아니다. 잠시만 더 내가 볼 수 있게 해다오."

"예…… 예."

모토야스는 촉촉하게 젖어 빛나는 카네의 눈동자를 지켜보았다. 수치심으로 온몸을 움츠러뜨린 채 필사적으로 애무를 기다리고 있었다. 입가에 떠오른 교태와 두려움이 모토야스의 가슴에 타오르기 시작한 불길을 더욱 세차게 부추겼다.

여자—란 결코 세나처럼 능동적인 것만은 아닌 듯했다. 이오 부젠飯尾豊前의 아내가 된 키라吉良 부인은 드센 기질 속에서도 다소곳함을 느끼게 했다. 지금 눈앞에 있는 카네는 여자 노예처럼 수동적이었다. 두 손을 뻗쳐 끌어안는다면 그대로 녹아 없어질 것 같은 가련함을 보이고 있었다.

"이제 됐다."

모토야스가 말했다.

"장난은 그만두고 볼일을 봐야지. 안내해라."

"예……?"

카네는 잔뜩 긴장하면서 되물었다. 그녀는 이미 모토야스가 자기를 품을 생각인 줄 알고 있었던 모양이다.

"카네."

모토야스는 갑자기 엄한 목소리로 말했다.

"너는 누구의 지시를 받고 나에게 몸을 맡길 생각을 했느냐?"

느닷없는 질문에 카네의 눈썹이 꿈틀 움직였다.

7

"카네, 내가 취한 모양이로구나……"

모토야스는 변소를 향해 소리 없이 걸었다.

"달빛 아래 있는 너의 흰 얼굴이 모든 것을 말해주고 있어. 너는 아직 남자를 몰라."

"예."

카네는 부들부들 떨면서 불을 끈 촛대를 들고 고개를 푹 수그렸다.

"너는 누군가의 지시를 받고 카케이인을 모시게 됐어, 그렇지?"

"예…… 예."

"그리고 나에게 접근하기 위해 카케이인에게 나를 좋아한다고 호소했어…… 두려워할 것 없다. 나는 너를 책망하는 게 아니야."

"……"

"카케이인은 호인이기 때문에 너의 말을 그대로 믿고 일부러 때를 밀도록 내게 보냈는데, 너는 그러는 동안에 정말로 나를 좋아하게 되었다."

모토야스는 부드러운 목소리로 단정을 내렸으나, 카네는 고개를 수그린 채 부정도 긍정도 하지 않았다.

"나는 잘 안다, 너에게는 해코지할 마음이 없다는 것을. 그래 하마터면 사랑할 뻔했는데…… 하지만 그렇다면 네가 너무 불쌍해진다."

"……"

"알겠나, 그 까닭을? 내 손이 닿으면 고통받을 사람은 바로 너야, 나에게 숨긴 비밀이 있어 한없이 고민하게 될 사람은…… 네가 그 비밀을 털어놓고 편한 마음을 갖게 될 때까지는 나도 삼가겠다. 너를 위해서 말이다."

"성주님!"

갑자기 카네는 모토야스 앞에 무릎을 꿇고 조아렸다.

"말씀 드리겠습니다. 모든 것을 다 말씀 드리겠습니다. 용서해주십 시오."

"말할 생각이 들었느냐? 고마운 일이로구나."

"저에게 명령한 것은 오다 가의 부장部將 타키가와 카즈마스瀧川一 益 님입니다."

"타키가와 카즈마스…… 그렇다면 너의 아버지는?"

"가신인 아쿠츠 진자에몬阿久津甚左衛門."

모토야스는 가만히 카네의 어깨를 안았다.

카네는 이미 넋을 잃은 듯이 모토야스를 쳐다보고 있었다. 흰 앞니가 진주처럼 빛나고, 무슨 말을 물어도 감출 뜻이 없다는 순진함이 역력히 떠올라 있었다.

"지시받은 일은?"

"성주님의 일상생활을 그대로 보고하라는 것이었습니다."

"일상생활을 그대로……"

"예, 너는 아직 인품을 판단할 능력은 없을 테니 하시는 일을 그대로 보고만 하라고……"

"으음."

"만일 탄로나도 성주님은 너그러우신 분, 죽이지는 않을 것이다. 그 땐 그대로를 말씀 드리고 용서를 빌라고 했습니다. 성주님, 용서해주십 시오. 그리고 이 카네를 곁에……"

모토야스는 어깨를 안은 채 다시 한 번 크게 고개를 갸웃했다.

타키가와 카즈마스가 무엇 때문에 이런 처녀를…… 그런 생각과 함께 아직 풀리지 않는 수수께끼가 두드러졌다.

"카네!"

모토야스는 여자를 떼밀었다.

"내가 널 베기를 바라느냐, 거짓말하지 마라!"

8

"아닙니다. 거짓말이 아닙니다."

카네는 또다시 쓰러질 듯 모토야스의 무릎에 매달렸다.

"너는 단순한 첩자가 아니다. 미카와 성주는 여러 모로 부자유스러운 점이 많을 테니 정성을 다해 섬기라고 했습니다."

"누가 그렇게 말했느냐, 타키가와 카즈마스냐?"

"예. 성주님은 아마도 슨푸의 마님은 부르지 않을 게다. 언젠가는 오다 성주님과 손잡게 될 것이니 자신의 주군으로 알고 정성을 다해 모시라고."

"잠깐!"

모토야스는 당황하며 카네의 입을 막았다. 야릇하게 타오르던 정염情炎은 대번에 얼어붙어버렸다.

'타키가와 카즈마스란 어떤 자일까……?'

아니, 이러한 책략은 카즈마스 개인의 지혜가 아니라 노부나가의 지시임이 틀림없다. 이런 자리에서 노부나가의 본심을 듣게 되리라고는 정말 생각지도 못했다.

과연 단순한 첩자가 아니었다. 처녀의 진심을 그대로 무기로 사용하려는 새로운 수법이었다.

"카네……"

잠시 후 모토야스는 그녀의 입에서 가만히 손을 떼고 그대로 카네 뒤로 돌아갔다.

"좀더 이리 가까이 오너라. 그대의 진심을 잘 알았다. 이 모토야스는 너의 그 솔직함을 사랑하겠다."

"예……, 예."

"너는 이 모토야스가 미워지거든 미워졌다, 사랑하게 되었다면 사랑하게 되었다고 있는 그대로 타키가와 카즈마스에게 보고하여라."

"성주님! 그 일이라면 분명히."

"고했다는 말이냐?"

"예."

카네는 몸을 비틀고 두 손을 모토야스의 가슴에 얹었다. 머리에 스민 향내마저도 희미하게 떨면서 불타고 있었다.

"제가 그렇게 고하자 아버지로부터 편지가 왔습니다."

"무어라고 했는지 있는 그대로 말하여라."

"네 마음에 그토록 애절하게 비치는 분이라면 용기와 인정에 부족함이 없는 대장일 것이다. 나의 윗사람인 타키가와 카즈마스 님이 가까운 장래에 화친의 사절로 오카자키 성에 가시게 될 것이다. 나도 함께 갈 것이니 앞으로도 계속 잘 모시도록 하라……고."

모토야스는 카네를 껴안은 채 조용히 달을 쳐다보고 있었다.

오다 쪽에서 화친의 사자를.

그것은 모토야스의 운명을 결정한다. 모토야스는 이때를 얼마나 바랐던가. 다만 처자가 슨푸에 인질로 잡혀 있는 그로서는 먼저 노부나가에게 사자를 보낼 방법이 없어 고민하고 있었을 뿐이다.

'그렇구나, 타키가와 카즈마스가 화친의 사자로……'

모토야스는 가만히 허리를 구부려 떨고 있는 카네의 귓불에 입술을 갖다대었다.

사자는 카즈마스 외에도 이렇게 모토야스의 품에도 찾아와 있었다.

"카네……"

"예."

"너는 기특한 사자였다. 네가 이렇게 숨김없이 말한 이상 나도 진심
으로 너를 사랑할 것이다. 자, 일어나서 나를 따라오너라."

"예."

모토야스에게 잡힌 카네의 손은 불처럼 뜨겁고, 일어서려 하는 무릎
은 심하게 떨렸다. 모토야스는 그녀를 부드럽게 안아 일으키며 다시 한
번 귓불에 살짝 입술을 대었다.

주춧돌

1

타키가와 사콘노쇼겐 카즈마스瀧川左近將監一益가 오다의 사자로 오카자키 성에 도착한 것은 모토야스가 카네의 규방에 은밀히 출입하기 시작한 지 한 달쯤 지난 에이로쿠 4년(1561) 2월 14일이었다. 그날 아침에도 모토야스는 카네의 방에서 눈을 떴다.

두 사람의 정사를 알고 있는 것은 근시近侍 중에도 네댓 명, 노신老臣 중에서도 알고 있는 사람은 적지 않았다.

"적어도 한 성의 성주님이신데 셋째 성에 출입하신다는 것은 가신들이 보기에도 민망스러우니 차라리 본성 내전으로 부르십시오."

사카이 우타노스케가 은근히 충고했으나 모토야스는 듣지 않았다.

"그냥 두시오. 가신들보다도 슨푸에 알려질 것이 두렵소."

"농담을 하시는군요. 마님이 안 계실 때 소실 한두 사람쯤 두시는 것은 당연한 일입니다."

"일부러 세나를 노하게 만들 필요는 없다고 봅니다. 정사情事란 말이오, 몰래 숨어서 할 때가 더욱 재미있는 법이오."

사실 모토야스는 이 정사가 말할 수 없이 즐거웠다. 어제까지는 표면 상의 적, 그 오다 쪽에서 첩자로 보낸 여자. 그런 여자가 점점 본분을 망각하고 자기한테 빠져드는 것이 재미있었고, 본성에서 몰래 나와 하녀의 방으로 숨어드는 자신의 모습도 때로는 웃음이 터져나올 만큼 재미있었다.

남자와 여자. 그 맺어짐에 이토록 큰 매혹을 숨겨놓은 자연이란 도대체 무엇인가?

카케이인은 알면서도 모르는 체하고 있었다. 아무리 늦은 밤에 찾아가도 똑똑 문을 두드리면 쪼르르 달려나오는 카네의 마음도 이상스러웠다.

일부러 약속한 시각보다 조금 늦게 찾아가면, 손발이 얼음처럼 꽁꽁 얼어붙었으면서도 뜨거운 숨결로 맞이하곤 했다. 주인과 부하 사이의 '충忠'이라는 관념 때문이 아니었다. 자기가 카네를 다루는 감정도, 자기를 맞는 카네의 감정도 전혀 다른 데서 나오는 것이었다.

모토야스는 자기 모습마저도 냉정하게 돌이켜볼 수 있었고, 인간의 강함과 약함을 차차 이해할 수 있게 되었다.

그날 아침 모토야스가 눈을 떴을 때도 카네는 자고 있지 않았다. 오른팔을 모토야스에게 베게 하고 가만히 눈을 뜬 채 움직이지 않고 있었다. 손도 발도 타는 듯이 뜨겁고, 속삭이는 목소리가 안타까이 목에 걸렸다.

"잠이 깨셨나요?"

"오, 날이 밝았군. 너무 오래 잤어."

옆방에서 자고 있는 오타카를 꺼려, 모토야스는 작은 손목을 잡아 가만히 자기 목에서 떼어놓았다.

카네는 그 손으로 다시 한 번 모토야스의 옷깃을 쥐고 매달렸다.

"오늘 밤에도 또……"

"으응."

"오늘은 오다의 사자가 오는 날입니다."

"오늘이란 말이지, 알았어."

모토야스는 가만히 고개를 끄덕이면서 칼을 집어들었고, 카네는 일어나서 덧문을 열었다.

아직 바깥은 완전히 밝지 않았다. 허연 안개가 스고가와로부터 서서히 노송나무 가지로 스며들고 있었다.

미지근한 물──이런 기분이 드는 동침 후 맞이하는 아침의 느낌. 모토야스는 빠른 걸음으로 문에 이르렀다.

"가겠다."

목소리를 죽이고 쓴웃음을 지으면서 밖으로 나갔다.

'타키가와 카즈마스가 무슨 말을 꺼낼 것인가?'

화친이라고는 하나 반드시 조건이 있을 터. 그러나 이것은 카네도 알지 못했다.

2

성안이 시끄러워진 것은 이른 아침에 중신 사카이 쇼겐 타다히사酒井將監.忠尚가 등성하면서부터였다.

"오다 쪽 사자가 옵니다."

"뭣이, 오다 쪽에서 무슨 사자란 말이오?"

"어떤 말이 나올지는 알 수 없습니다만, 아마도 항복을 권하려는 것 같습니다."

이시카와 이에나리의 보고에 쇼겐 타다히사는 신음하며 천장을 쳐다보았다.

"으음."

마츠다이라 집안과는 같은 계보인 타다히사, 걸핏하면 모토야스를 깔보며 스스로 보좌역과 감시자임을 자처하고 있었다.

"성주는 알고 계신가? 어째서 아직 나오시지 않나?"

"웬일인지 오늘은 늦잠을 주무시고 계십니다."

"뭐, 아직도 잠자리에 계시다니…… 말도 안 되는 일이야. 곧 기침하시게 하라."

가신이 나가려 했을 때였다.

"잠깐."

다시 불러 세웠다.

"성주님이 나오시기 전에 각자의 의견을 들어보는 것이 좋겠다. 타다츠구, 그대는 어떻게 생각하는가?"

"그야 성주님의 뜻에 따라야지요."

"아니, 그럼 성주님이 오다에게 항복하겠다고 하셔도 그대는 좋다는 말인가?"

"달리 방법이 없습니다."

"슨푸에 남아 있는 도련님은 어떻게 하겠다는 것인가? 또 그대들의 처자는?"

타다츠구는 타다히사의 질문에 대한 대답 대신 벽에 나붙은 주의사항을 조용히 읽고 있었다.

타다히사는 혀를 차고 우에무라 이에아리 쪽으로 돌아섰으나 말을 걸지는 않았다.

"……성주님 말씀대로."

이렇게 이에아리는 타다츠구 이상으로 분명하게 대답할 것이 너무나도 뻔했기 때문이다.

이시카와 카즈마사는 그의 질문을 받기가 싫어 슬쩍 자리에서 일어나 변소에 가고, 이에아리는 감정을 겉으로 나타내지 않고 단정히 앉아 있었다.

"허어, 요즘 젊은이들은……"

타다히사는 부아가 난다는 듯 무릎을 쳤다.

"나는 사자의 목을 베라고 진언하겠어. 죽기 싫거든 성에 들어오지 말라며 쫓아버리겠어. 그런데도 공격해온다면 아즈키자카小豆坂의 실패를 되풀이할 뿐이지."

이와 같은 중신의 말도 있고 해서, 사자가 도착했을 넉 점(오전 10시) 무렵에는 성안의 공기가 살기를 띠고 강경파와 온건파로 갈라져 있었다. 아직 어느 쪽도 모토야스의 심중을 알지 못했다. 그러나 모토야스의 결정에 따르자는 점에서는 의견이 일치하고 있었다.

사자 타키가와 카즈마스가 두 명의 근시를 데리고 큰 방으로 안내되어 들어오기 직전, 모토야스는 금방 일어난 듯한 개운치 않은 표정으로 방을 나왔다. 그리고 카즈마스가 자기 앞에 앉는 것과 동시에 크게 입을 벌리고 아주 자연스럽게 하품을 했다.

"도중에 결례되는 일은 없었소?"

카즈마스 역시 얼빠진 듯한 표정으로 입을 열었다.

"어디에나 혈기왕성한 젊은이는 있게 마련입니다. 앞으로 키요스清洲에 초대받아 오실 때도 무례한 자가 있을지도 모릅니다. 그때는 아무쪼록 용서하시기 바랍니다."

그리고는 키요스에 오는 것이 조건의 하나인 것처럼 운을 떼었다.

"오와리 성주님은 무고하시겠지요?"

"아주 건강하십니다. 매일같이 우리를 꾸짖고 계십니다."

"음. 그 목소리도 그립군요. 내가 아츠타熱田에 있을 때 자주 찾아와서 참외를 주곤 하셨는데……"

모토야스는 다시 하품을 참는 듯, 그러나 다음 순간 나직한 목소리로 핵심을 찔렀다.

"그런데, 용건은?"

3

"용건이라고는 하지만 아주 간단합니다."

동석한 장수들이 숨을 죽이는 동안 타키가와 카즈마스는 오만한 얼굴로 자기 수염 끝을 꼬았다.

"이마가와 요시모토가 죽은 이 마당에 굳이 양가가 싸워야 할 이유는 없습니다. 이쪽 성주님은 동쪽에서, 우리 주군은 서쪽에서 각각 하실 일도 있으므로 화친하는 것이 좋지 않을까 하는 것뿐입니다."

모토야스는 고개를 크게 끄덕였다. 잔뜩 긴장해 있는 가신 쪽은 보려고도 하지 않았다.

"그렇소? 그것도 하나의 방법이기는 하나 나로서는 받아들이기가 어렵소. 돌아가거든 그렇게 전해주시오."

"알겠습니다."

"어차피 나로서는 이마가와 가문에 대한 의리가 있으니 말이오. 오다 님은 서쪽이나 북쪽, 또는 남쪽 등 어디로든지 뜻을 펴실 수 있겠지만, 나의 동쪽은 이마가와의 영지뿐이오. 나는 이마가와 쪽에 대고 활을 당길 수는 없소."

"그렇기도 하군요."

"그대는 아직 신참이기 때문에 모를 것이오만, 천하의 일은 의리가 으뜸이오."

"예."

"이 모토야스는 일단 맺어진 의리는 배반하는 사나이가 아니오. 그렇다고 해서 내가 오와리에 싸움을 걸어야 할 까닭도 전혀 없소."

타키가와 사콘노쇼겐 카즈마스는 다시 의젓하게 수염을 꼬면서 고개를 끄덕였다.

"그러니까 화친에 대해서만은 승낙하더라고 전해주시오."

"허어."

카즈마스는 고개를 약간 갸웃했다.

"그 일에 대해서는 이마가와 쪽과 상의하여 지시를 받지 않아도 의리를 배반하는 것이 아닙니까?"

모토야스는 그 빈정거림에 대해 천천히 대답했다.

"그렇지는 않소. 나는 이마가와 쪽 가신이 아니니까. 타키가와 카즈마스라고 했나요? 이것 보시오, 세상에는 무턱대고 주군을 섬기고 싶어하는 자와 그렇지 않은 자 두 종류가 있는 거요. 오다 님도 그렇지만, 나 역시 남의 부하가 되는 것은 죽기보다 더 싫어하는 사람이오. 살아있는 동안에는 남의 부하가 되지 않겠소. 이마가와와의 의리만 해도 그것은 군신간의 의리가 아니라 무인 사이의 정과 관련된 의리이오. 정과 관계된 의리라면 어렸을 때 같이 지낸 오다 님과도 있소. 그러니……"

모토야스는 말을 끊고 다시 크게 하품을 했다.

"기회가 오면 키요스를 방문하여 옛날 이야기를 하고 싶어하더라고 전하시오."

타키가와 카즈마스는 저도 모르게 모토야스를 쳐다보았다. 처음에는 받아들일 수 없다고 하고는 결국은 받아들인 것이 아닌가. 게다가 말하는 동안, 어떤 일이 있어도 오다 일족의 신하는 되지 않겠다는 의연한 결의를 하품 섞어가며 말하는 게 아닌가.

'이 사람은 보통 대장이 아니다……'

그런 대장에게 항복 같은 것을 권하지 않아 다행이라고 안도했다.

"잘 알았습니다."

"이제 양가 사이에는 아무 조건 없이 화친이 성립되었소. 축하할 일이오! 여봐라, 선물을 이리 가져오도록 하라."

'아뿔싸!'

카즈마스는 생각했다. 조건이 없었던 건 아니었다. 모토야스가 키요스에 찾아와 노부나가를 예방禮訪하도록 하는 중요한 조건이, 기회가 오면 방문하겠다는 것으로 되고 만 게 아닌가……

4

카즈마스는 새삼스럽게 키요스의 노부나가를 찾아뵙는 조건이 있다는 말을 꺼낼 수는 없었다. 아니, 그런 다짐을 받으려 하면 모토야스는 웃을 것이었다.

'남의 속도 읽지 못하는 녀석!'

그런 자가 사자여서는 오다 가문의 체면이 말이 아니었다. 카즈마스는 소반에 놓인 얼마인지 모를, 선물로 내놓은 돈을 보고 나서 절을 한 다음 말했다.

"우리 주군께서도 기뻐하실 것입니다. 미리 준비도 해야 할 것이니 언제쯤 키요스로 오시게 될지 예정이나 알고 돌아갈까 합니다."

모토야스는 흘끗 가신을 바라보고 즉석에서 대답했다.

"바쁘다 보니 아직 생각해보지 않았소. 그때 되면 다시 그대에게 알리도록 하겠소."

가볍게 말하고는 다시 무릎을 쳤다.

"참, 내 사정만 말하는 것은 예의가 아니오. 오다 님도 바쁘실 거요. 언제쯤이면 한가하실지 그대가 알아보고 연락해주면 좋겠소."

카즈마스는 머리를 조아렸다.

"예."

반드시 연극으로만 그렇게 한 것은 아니었다. 카즈마스는 노부나가에게 심취하여 섬기게 된 몸이지만, 문득 마음이 움직일 정도로 깊이 생각되는 바가 있었다.

'예사로운 대장이 아니다……'

노부나가를 열풍에 휩쓸리는 불꽃이라 한다면, 모토야스는 그 불꽃을 조용히 위에서 비치고 있는 달을 연상시켰다.

가신들도 안도하는 것 같았다. 어떤 자는 모토야스가 쉽게 키요스에 갈지도 모른다는 의구심을 품기도 했다. 그러나 그것은 앞으로의 일, 일단 아무 조건 없이 화친이 성립된 이상 한 마디도 이의를 제기할 것이 없었다.

큰 방에서 사자를 환대하는 주연이 준비되고 있는 동안, 모토야스는 카즈마스를 데리고 단둘이 성안을 거닐었다.

본성, 둘째 성과 망루, 식량창고, 무기고 등으로 태연히 안내했다. 그 태도는 생각하기에 따라 두 가지로 해석할 수 있었다. 먼저 오다 일족 따위는 전혀 안중에도 없다는 것으로, 다른 하나는 이렇게까지 보여주는 이상 두 마음은 품지 않는다, 노부나가에게 그렇게 알려라 하는 태도로.

셋째 성으로 들어서서 코마츠小松 골짜기 옆에 이르렀을 때였다.

"저기 보이는 저것이 타와라에서 출가해오신 나의 계모 카케이인의 처소요."

모토야스가 부채 끝으로 가리켰다.

"허어……"

카즈마스는 걸음을 멈추었다. 계모 타와라 부인 일족을 위해 스루가로 가기로 되어 있던 모토야스가 오와리에 인질로 팔렸다는 사정은 물론 카즈마스도 잘 알고 있었다.

"나는 말이오, 카케이인의 노후를 편안하게 해드리고 싶소. 나에게는 참으로 고마운 분이었소."

"그러시면 일족의 불의는 덮어두시렵니까?"

"옛날에는 약간의 분노를 느낀 적도 있었소. 하지만 그 사건이 없었다면 나와 오다 님은 만나지 못했을 것이오. 신은 말이오, 때때로 인간의 지혜를 초월한 섭리로 먼 앞날을 걱정해주는 것이오."

부드러운 표정으로, 이번에는 대나무 울타리 너머의 정원에서 움직이고 있는 사람을 가리켰다.

"저 여자는 카케이인의 시녀로, 카네라고 합니다. 지금 허리를 구부리고 수선水仙을 꺾고 있는 여자 말이오. 분명히 오와리 태생이라 들었는데 아주 마음이 착한 여자요."

카즈마스는 눈을 깜박거리고 이른 봄의 정원에서 움직이는 한 점의 색채에 눈길을 보냈다. 웃고 있는 모토야스의 표정이 눈에서 사라지지 않았다. 카즈마스는 이 사람이 스무 살의 대장인가 싶어 간이 콩알만해졌다.

5

모토야스가 키요스를 방문한 것은 그 이듬해인 에이로쿠 5년 정월이었다.

가신 중에는 신변의 위험을 생각하고 반대하는 사람도 있었으나 모토야스는 듣지 않았다. 타키가와 사콘노쇼겐 카즈마스가 다녀간 지도 벌써 1년이 가까워지고 있었다. 그 성급한 노부나가가 그동안 꾹 참고 있는 것을 생각하면 더 이상 시기를 늦춘다는 것은 방문의 의미 자체를 잃게 될 수도 있었다.

슨푸의 우지자네를 보면, 드디어 멸망의 길을 걷기 시작했구나 하는 느낌을 받을 때가 많았다. 그 사납고 날랜 노부나가까지 가만히 성질을 누르고 기다리고 있는데도, 아버지의 복수전조차 치르지 못하고 있는 우지자네는 모토야스가 슨푸에 오지 않는 것에 화가 나 볼모로 잡혀 있는 일족 마츠다이라 이에히로松平家廣의 아들을 비롯한 10여 명을 요시다 성吉田城 밖에서 효수했다.

만일 모토야스가 우지자네의 독촉이 두려워 슨푸에 갔더라면 오와리와 미카와의 경계선은 어떻게 되었을 것인가.

"모토야스의 속셈을 알았다!"

그 기질로 보아 노부나가는 이렇게 소리치면서 일거에 오카자키까지 진격해왔을 터. 그런 이유 때문에 오카자키를 떠날 수 없다고 했으나 우지자네의 의심은 끝내 풀리지 않았다.

사실 모토야스는 이마가와 요시모토가 죽은 에이로쿠 3년부터 타키가와 카즈마스가 화친의 사자로 왔던 이듬해 2월까지 그냥 팔짱만 끼고 앉아 오다 쪽과 부딪치지 않았던 것은 아니었다.

적어도 요시모토의 복수전답게 노부나가의 주력부대는 피하고 코로모擧母, 히로세廣瀬, 이호伊保, 우메가츠보梅ヶ坪 등 마츠다이라 집안과 연고가 있는 각처를 귀속시켰다. 외삼촌인 미즈노 노부모토水野信元와도 쥬하치마치 나와테十八町畷와 이시가세石ヶ瀬에서 두 번에 걸친 전투를 벌였다.

우지자네가 아버지에 못지 않은 인물이라면 당연히 모토야스의 '의義'를 인정해야 하고, 그의 미묘한 입장도 고려해야 했다.

미즈노 노부모토와의 전투를 마지막으로 모토야스는 노부나가와 화친을 맺었다. 따라서 아무리 작은 성이라도 노부나가의 세력권에 있는 성은 공격할 수 없었다.

이것이 우지자네의 의심을 더욱 부추겨, 그는 나카시마 성中島城에 있는 이타쿠라 시게사다板倉重定와 키라 요시아키吉良義昭, 카스야 젠베에糟谷善兵衛 등에게 명하여 사사건건 모토야스에게 반항하도록 했다. 모토야스로서도 그들을 쳐서 오카자키의 수비를 더욱 공고히 할 수밖에 없었다.

그 결과가 요시다 성 밖에서 마츠다이라 이에히로의 아들을 효수하는 무자비한 보복으로 나타났다.

효수를 당한 것은 마츠다이라 이에히로의 막내아들 우콘右近, 사이고 마사카츠西鄉正勝의 손자 시로 마사요시四郎正好, 스가누마 신파치로菅沼新八郎의 아내와 여동생, 오타케 헤이에몬大竹兵右衛門의 딸, 그리고 오쿠다이라 사다요시奧平貞能, 미즈노 토베에水野藤兵衛, 아사바 산다유淺羽三太夫, 오쿠야마 슈리奧山修理 등의 처자, 모두 모토야스가 오카자키에 돌아온 뒤 마츠다이라의 옛 은혜를 생각하여 모토야스에게 귀속한 사람들의 가족이었다.

때는 여름, 장소는 성 아래의 류넨 사龍拈寺. 그 광경을 보고 얼굴을 돌리지 않는 사람이 없었으며, 처형을 명령받은 요시다 성주의 대리 오하라 히젠노카미 스케요시小原肥前守資良의 가신들조차 구토를 일으켰을 정도로 잔인했다.

학살 뒤 우지자네는 말했다.

"모토야스가 나를 배신할 때는 세키구치 부인과 타케치요, 카메히메도 이렇게 될 것이다."

이 비겁하기 짝이 없는 협박이 모토야스로 하여금 키요스 방문의 결의를 굳히는 외부적 요인이 되었다.

수행자는 열다섯 살의 혼다 헤이하치로 타다카츠本多平八郎忠勝에서부터 예순에 가까운 우에무라 신로쿠로 우지요시植村新六郎氏義에 이르기까지 스물두 명. 모두 유사시에는 오카자키의 땅을 다시 밟지 않겠다는 결사의 각오를 하고 키요스에 도착했다.

6

나고야까지 마중 나온 타키가와 카즈마스의 영접을 받으며 일행이 키요스에 들어설 무렵부터 사람들이 성 앞에 떼를 지어 몰려와 길이 막힐 정도였다. 이마가와 요시모토를 죽여 욱일승천의 위세를 떨치고 있는 오다 오와리노카미 노부나가에게 오카자키의 마츠다이라 쿠란도 모토야스가 찾아왔다는 소문에 이곳 사람들은 누구나 모토야스가 항복하고 문안인사차 오는 줄로 알고 있었다.

"저 사람이 여섯 살 때 아츠타에 인질로 잡혀 있던 마츠다이라 모토야스로구나. 결국 그때부터 우리 대장의 부하가 되기로 약속되어 있었을 거야."

"그래, 노부나가 님이 자주 데리고 놀았대. 그 무렵부터 우리 대장님은 남다른 분이셨으니까 간담이 서늘해져 있었겠지."

"말을 타고 제법 위세를 보이는군."

"일단 성에 들어가면 굽실거리게 될 거야. 그 전에 실컷 위세를 떨어보라지."

전쟁에 이긴 쪽에서는 백성들까지도 두려운 것이 없었다. 이렇듯 백성들의 상대를 무시하는 말이 귀에 들릴 때마다 맨 앞에 선 혼다 헤이하치로 타다카츠 쩽쩽하게 소리치며 사람들을 노려보았다.

"비켜라, 비키지 못하겠느냐!"

열다섯 살이지만 이미 그 기골은 남달리 출중했다. 이러한 그가 길이석 자가 넘는 큰 칼을 이따금 머리 위로 휘두르며 소리쳤다.

"비키라는 말이 들리지 않느냐! 미카와의 주인 마츠다이라 모토야스님이 지나가신다. 무례한 짓을 하는 놈은 목을 날려버리겠다."

모토야스는 그러는 타다카츠를 꾸짖지도, 말리지도 않았다. 멀리 보이는 아타고야마愛宕山 숲으로 눈길을 던진 채 말을 성의 정문 앞에 세왔다. 그곳까지 타키가와 카즈마스가 정중하게 마중 나와 있었다.

"마츠다이라 쿠란도 모토야스의 가신 혼다 헤이하치로 타다카츠가 앞에서 모시겠소. 무례한 일이 있으면 용서치 않겠소."

헤이하치로는 카즈마스 앞에서도 우레와 같은 소리로 외치고 큰 칼을 한 번 휘둘렀다.

카즈마스는 미소로 답했다.

"먼길에 수고가 많으셨습니다. 이제 이 카즈마스가 있으니 안심하십시오."

"오와리에는 여우가 많다는 이야기를 들어서 그런지 좀처럼 안심할 수가 없소."

만일 모토야스에게 손을 대기라도 하면 일동은 목숨을 걸고라도 싸우겠다는 결심을 상대에게 미리 알려두려는 헤이하치로였다.

카즈마스는 이러한 태도를 잘 이해하고 있었던 만큼 말에서 내린 모토야스에게 다시 공손히 머리를 숙였다. 사람들은 이상하게 생각했다. 항복하러 온 사람에게 오다 쪽이 너무 공손했기 때문이다.

일행이 문을 들어서서 우에하타신메이上畠神明 신사 부근에 이르렀을 때였다. 하야시 사도林佐渡를 위시하여 시바타 카츠이에柴田勝家, 니와 나가히데丹羽長秀, 스가야 쿠로에몬菅谷九郎右衛門 등의 중신들이 도열하여 일행을 맞이했다.

모토야스를 호위해온 미카와 사람들까지도 깜짝 놀랄 정도로 매우 정중했다. 숙소로 정해진 둘째 성에 도착했을 때는 노부나가가 정문 현관에 나와 있었다.

노부나가는 모토야스의 모습을 보고, 평소의 그답지 않게 진심으로 반기는 목소리로 말을 걸었다.

"잘 오셨소. 아직도 어릴 적 모습이 그대로 남아 있군."

모토야스도 얼른 자세를 바로 하고 답했다.

이 현관을 넘어서는 것은 모토야스에게는 처자의 생명을 거는 일이나 마찬가지였다.

이 소식이 슨푸에 전해지면 소심한 우지자네는 분명 세나히메와 타케치요를 죽일 것이었다. 이런 생각 때문에 웃으려 해도 웃을 수 없는 모토야스였다.

7

노부나가의 진심을 숨기지 않는 호의가 미카와 가신들에게는 오히려 이상하게 비쳤다.

'이것이 할아버지 때부터의 원수, 노부나가의 본심일까?'

덴가쿠 분지에서 요시모토를 죽인 그 오만한 대장이 눈물을 글썽거리며 모토야스의 손을 잡고 맞아들였다.

미카와 가신들은 모두 방심할 수 없다고 생각했다. 해칠 마음이 없다고 안심시키고 어디선가 암살을 꾀한다…… 아니, 마음을 터놓고 축하연을 베푼다고 하면서 독주毒酒를 내놓는다…… 이러한 예가 얼마든지 있는 시대였다.

미카와의 가신들이 볼 때는 승자인 노부나가가 먼저 화친을 청해온 것부터 이상한 일이었다. 따라서 오늘의 대면도 대등한 입장에 놓이게 되리라고는 생각지 않고 있었다. 다만 항복자로서의 굴욕을 최소한 줄이려고 모두 가슴을 떡 펴고 왔다.

안내를 받아 들어간 둘째 성 서원에서였다.

"이곳을 숙소로 사용하시고, 수행원들도 편히 쉬십시오."

노부나가와의 연락은 자기가 맡겠다고 하면서 타키가와 카즈마스가 물러간 뒤였다.

"각자 방심하지 말고 정신 바싹 차리시오."

토리이 모토타다鳥居元忠가 주의를 주었다.

"여우 같은 자들이니 우리를 속이려 들 거요."

"그 수법에는 놀아나지 않을 겁니다. 난 한시도 성주님 곁을 떠나지 않겠소. 대면 때도 이 칼을 들고 있겠소."

혼다 헤이하치로의 말이었다.

"그렇게는 안 될 것일세. 대면 때는 칼을 내놓으라고 할 테니까."

히라이와 치카요시平岩親吉가 걱정스럽다는 듯 머리를 갸웃하고 팔짱을 끼었다.

모토야스는 서원의 상좌에 의젓하게 앉아 창을 조금만 열게 하고 고죠가와五條川 옆에 우뚝 선 망루를 조용히 바라보고 있었다. 성에 도착한 것이 아홉 점 반(오후 1시), 여덟 점 반(오후 3시)에는 정식으로 본성에서 노부나가와 대면하기로 되어 있었다.

노부나가가 두려운 것은 아니었다. 그러나 겨울 하늘에 낀 오후의 구름이 무겁게 가슴을 짓눌러왔다.

노부나가에게 비록 어떤 계략이 있건 그것은 이미 문제가 아니었다. 노부나가를 믿건 안 믿건 모토야스는 이렇게 하는 것이 적게는 오카자키를 위한 것이고 크게는 3개 인근 지역의 안녕을 위한 길이라고 확신했기 때문에 여기까지 찾아왔다. 하지만 이 행동을 우지자네에게 이해시키기 위한 노력을 과연 면밀하게 해왔던 것일까? 이런 반문이 한없이 마음을 아프게 했다.

"마츠다이라 모토야스는 자기 야심을 이루기 위해서 처자를 죽게 만들었다."

이런 소리를 듣는다면 인간으로서 생모 오다이에게 훨씬 미치지 못하는 사람일 수밖에 없다. 오늘 이처럼 노부나가와 무사히 만나게 된 것도 그 이면에는 오다이의 숨은 노력이 있었다. 미즈노 노부모토와 히사마츠 사도久松佐渡를 움직여 양가가 화친하는 분위기를 조성하려고 필사적인 노력을 기울였을 것이 분명했다.

'너무 쉽게 우지자네가 어리석다고 단정하고, 그 어리석은 우지자네의 복수를 막는 데 소홀함이 있지는 않았는가……'

인간을 죽여 효수했다는 잔인한 처형 장면이 환상이 되어 새삼스럽게 겨울 구름에 비쳤다. 그때였다.

"나에게 맡겨, 알겠나? 이번만은 젊은 너희들도 나한테 맡기고 참견하지 마."

옆방에서 우에무라 신로쿠로가 외손자 혼다 헤이하치로를 설득하는 소리였다.

8

"그럼, 우리는 성주님 곁에서 떠나 있으라는 말입니까?"

헤이하치로는 당치도 않다는 듯 외할아버지인 우에무라 신로쿠로에게 대들었다.

"우리가 여기서 멍하니 기다리고 있는 동안 만일 무슨 일이라도 생기면 어떻게 합니까?"

"그때는 내가 크게 소리지르겠다. 대면자리까지 모두 다 갈 수는 없지 않느냐? 그런 일을 한다면 성주님을 욕되게 만드는 거야. 겁쟁이라고 손가락질받게 돼."

"틀림없겠지요?"

모토야스가 무슨 소리인가 하고 귀를 기울였을 때 다시 마중하는 사람이 왔다.

"오다 오와리노카미께서 본성에서 기다리고 계십니다. 제가 안내하겠습니다."

"수고가 많소."

모토야스는 일어나서 하카마袴°의 주름을 폈다. 뒤를 이어 우에무라 신로쿠로가 모토야스의 칼을 들고 일어났다.

'아아, 이 말을 하고 있었구나.'

모토야스는 불안한 듯 두 사람을 바라보는 가신들에게 웃어 보였다.

"걱정할 것 없소. 자, 갑시다."

아마 노부나가는 새삼스럽게 가혹한 조건은 내걸지 않을 것이다. 그보다 이번 경우만은 슨푸의 우지자네를 자극하고 싶지 않았다.

모토야스가 신로쿠로를 거느리고 본성에 도착하자 멀리서 기다리고 있던 무사 하나가 신로쿠로를 가로막았다.

"칼을 든 사람은 물러가시오."

모토야스는 일부러 돌아보지 않았다.

신로쿠로는 못 들은 체하고 계속 따라왔다.

"주군 앞이란 말이오!"

다시 무사가 소리쳤다.

큰 방에 들어가려고 일찌감치 도열해 있던 중신들의 눈이 일제히 그쪽으로 쏠렸다.

"이 키요스의 규정에 따라 주군 앞에는 칼을 들고 갈 수 없소. 무례한 짓이니 물러가시오."

"물러갈 수 없소!"

신로쿠로가 우렁차게 소리질렀다.

"마츠다이라 가문의 그 유명한 우에무라 신로쿠로, 주군의 칼을 들고 주군이 가는 곳이라면 어디든지 따라가겠소. 무슨 잔소리를 하는 거요."

"닥쳐라!"

이번에는 상좌에 있던 오다 미키노죠織田酒造丞가 위협하듯 소리질
렀다.

"여긴 오카자키가 아니다. 키요스 성안이라는 것을 모르나?"

"누구의 성이건 또 전쟁터건 관계없소. 마츠다이라 모토야스가 가는
곳에는 어디든지 이 칼이 따라갈 것이오. 그대들은 어째서 그토록 칼을
두려워하시오? 나는 생명이 있는 한 주군 곁을 떠나지 않겠소."

"에잇, 이 무례한 것이……"

미키노죠가 일어서려 했을 때 였다. 정면에 있던 노부나가가 손을 쳐
들었다.

모토야스는 그저 묵묵히 서 있었다.

"우에무라가 미카와의 경호원인가?"

"예."

모토야스가 대답했다.

"우에무라가 용맹하다는 것은 나도 들어 알고 있소. 삼대에 걸쳐 마
츠다이라 가문을 섬겨온 용사. 좋아, 함께 모시도록 해라."

우에무라 신로쿠로는 한순간 어안이 벙벙했으나 곧 입을 꾹 다물고
모토야스의 뒤를 따랐다. 그는 아직도 노부나가의 호의를 믿지 못해,
만일 털끝이라도 건드리는 자가 있다면 모토야스에게 칼을 건네고 자
기는 싸우다 죽을 결심이었다.

"미카와에는 구하기 힘든 가신이 있어. 할아버지를 죽인 아베 야시
치阿部彌七, 주군을 시해한 이와마츠 하치야岩松八彌, 아마 이들을 모
두 그곳에서 도망가지 못하게 하고, 붙잡아 죽인 것이 우에무라가 아니
었던가요?"

노부나가는 모토야스를 돌아보고 밝게 웃으면서 지정된 자리를 가
리켰다.

9

"헤어진 지 어느덧 십삼 년, 정말 반갑습니다."

마련된 자리에 앉아 모토야스는 공손히 고개를 숙였다. 굴욕은 느끼지 않았다. 참외를 나누어주고 전쟁 이야기를 해주었으며 말을 선물로 받은 추억에 허심탄회하게 머리를 숙일 수 있었다.

"어릴 때의 추억이란 각별한 것이오. 참으로 만나고 싶었소!"

지금까지 누구에게도 머리를 숙인 적이 없는 노부나가도 정중하게 고개를 숙였다. 장인인 사이토 도산齋藤道三은 물론 아버지 위패에까지 향을 던지고 고개를 숙이지 않았던 노부나가가.

사람들은 아연해져 서로 얼굴을 마주보았다.

'우리 주군께서 머리를 숙이시다니…… 대관절 미카와의 모토야스를 어떻게 생각하고 계시는 것일까?'

"슨푸에서의 오랜 고생, 가끔 그때를 떠올리며 괴로워했을 것이라 생각하고 있었소."

"이 모토야스도 자주 오다 님의 꿈을 꾸었습니다."

"우리는 서로가 무사히 고개를 넘게 되었소. 끌면 밀어주고, 밀면 끌어주고…… 이것이 어릴 적의 약속이었지 않소?"

"마음에 새기고 있습니다. 다만 이 모토야스는……"

모토야스가 입을 열자 노부나가는 손을 흔들었다.

"아직 슨푸에 무거운 짐이 하나 남았다는 말이 아니오? 알고 있소. 그 이야기는 하지 맙시다."

모토야스는 안도의 숨을 쉬고 노부나가를 바라보았다.

성질이 급하고 예리한 칼날과도 같은 소년이었던 노부나가가 어느덧 아름다운 분별의 향기를 풍기고 있었다. 우지자네도 역시 인형처럼 단정한 얼굴이었지만, 노부나가의 아름다움은 예리한 칼날과도 같아 살아서 춤을 추는 무인의 모습 그대로였다. 아마도 이처럼 단아한 무장은 찾아보기 어려울 것이었다. 특히 그 빛나는 눈에는 마음에 와닿는 것이 있었다.

'상상했던 것과 다름없는 성장……'

모토야스는 그렇게 생각했다. 그는 '하늘'이 이마가와를 대신할 사람이 필요하여 창조해낸 인물임이 틀림없었다. 날카로움, 이성, 용맹 등 모든 것을 갖추게 하고.

노부나가의 감회는 그 반대였다.

얼른 보기에 노부나가가 상상했던 것처럼 늠름하고 예리한 무사 같지는 않았다. 둥글고 살이 붙은 뺨 언저리는 소박한 선을 그리고, 유연한 자세 속에는 흔들리지 않는 자신감을 지니고 있는 것 같았다.

'그 나이와 그 몸으로 그토록 놀라운 전략을 구사하다니.'

아니, 전략만이 아니라 오카자키 성에 들어간 뒤의 경영과 행정에도 눈이 번쩍 뜨이는 점이 있었다.

'절대로 적으로 돌려서는 안 될 사나이……'

노부나가는 우선 근시에게 오늘의 선물을 가져오게 했다.

모토야스에게는 나가미츠長光와 요시미츠吉光라는 크고 작은 칼 한 벌, 우에무라 신로쿠로에게는 유키미츠行光라는 칼을 선물했다.

"미카와의 보배는 이 노부나가에게도 큰 보배. 우에무라에게 이것을 주겠소. 유키미츠라는 칼이오."

노부나가의 손에서 선물이 건네질 때, 신로쿠로는 그만 당황하여 모토야스의 얼굴을 가만히 쳐다보았다. 적으로 알고 있는 노부나가로부터 '보물'이란 말을 들었을 때 이 고지식한 늙은 무사는 영문을 알 수 없었던 모양이다.

"그대의 충의를 치하하시는 선물이니 깊이 감사를 드리시오."

모토야스의 말에 신로쿠로의 눈이 순식간에 빨갛게 물들었다.

10

술자리가 마련되었다.

화려하게 차려입은 시동들이 노부나가와 모토야스의 잔을 번갈아가며 채웠다. 오카자키에서 상상했던 것과는 반대로 모두가 대등하여 승리자의 오만 같은 것은 전혀 느낄 수 없었다. 모토야스는 노부나가가 두려워졌다.

'이런 방법으로 접근해오면 꼼짝도 할 수 없게 된다……'

물론 군신君臣의 예를 올릴 생각은 없고, 또 그것을 요구할 리도 없었다. 그런데도 어깨가 무겁게 느껴지는 것은, 입장은 대등하다 해도 노부나가의 과격한 기질에 그만 눌려버리지나 않을까 하는 걱정 때문이었다.

그렇다고 해서 현재 모토야스의 주변에 노부나가를 빼놓고 믿을 만한 인물이 과연 있을까.

이마가와 우지자네에게는 더 이상 희망이 없었다. 카이甲斐의 타케다武田, 오다와라小田原의 호죠北條는 모두 이마가와의 영지를 노리는 호랑이었다. 이들 외에 인근에 힘이 될 만한 세력은 거의 없었다.

"타케치요…… 내가 한바탕 춤을 출 테니 그대도 무언가 흥을 돋우도록 하지."

취기가 돌자 노부나가는 모토야스를 어릴 때 이름으로 불렀다.

노부나가는 일어서서 자기가 즐기는 「아츠모리敦盛」°의 한 구절을 읊으며 춤을 추기 시작했다.

인간 50년

하천下天에 비한다면

덧없는 꿈과 같은 것

한번 태어나서
　　죽지 않는 자 그 어디 있을까

　그의 춤은 노래의 내용과는 너무나 다른 느낌이었다. 인생의 적막이
아니라 주위를 압도하는 활력이 느껴졌다.
　모토야스도 일어나 함께 어울렸다.

　　그 서쪽은 십만억토十萬億土
　　아득한 곳에 태어날 길이 있건만
　　이곳 역시 내가 사는 미타彌陀의 나라
　　귀천군중貴賤群衆의 염불소리
　　날마다 밤마다 찾는 불도의 터전……

　목소리도 춤사위도 노부나가의 그것과는 아주 달랐다.
　노부나가의 노래가 좌중의 어깨를 들썩이게 만드는 활기를 가진 것
이라면, 모토야스의 그것은 자기도 모르게 엄숙히 옷깃을 여미게 하는
심각한 것이었다.
　"훌륭해, 아주 멋져."
　노부나가는 흥이 나서 큰 잔을 비웠다. 그는 술에 취하면 남에게도
술을 강요하는 버릇이 있었다. 이때에도 노부나가는 한 되 한 홉이 들
어가는 붉은 술잔을 단숨에 비우고 모토야스에게 내밀었다.
　"타케치요, 이것은 형제의 우의를 다지는 잔일세."
　일동은 가슴이 섬뜩하여 모토야스의 안색을 살폈다. 만약 그것을 거
절한다면 오기가 나서 거칠게 나올 노부나가의 성질을 잘 알고 있었기
때문이다.
　모토야스는 미소를 띠고 붉은 잔을 받았다.

"기꺼이 받겠습니다······"

아주 자연스럽게 술을 따르게 하고는 질리는 기색도 없이 단숨에 들이켰다.

"하하하하."

노부나가는 큰 소리로 웃었다. 그는 자기가 갖지 못한 것을 모토야스가 모두 갖고 있는 것이 참을 수 없도록 유쾌했다.

"타케치요, 내일은 둘이 어린 시절로 돌아가 같이 놀아보세. 나란히 말을 달려 아츠타에 가는 거야. 당시 그대가 살던 집도 아직 그대로 남아 있어."

사람들은 그제야 마음을 놓았다. 폭음을 하고도 이처럼 솔직한 노부나가를 본 적이 없었다.

'모토야스는 그 거친 말의 기질을 잘 알고 있구나.'

그 놀라움이 어느덧 모토야스에 대한 친밀감으로 변해 있었다.

11

속된 표현으로 '죽이 맞는다'는 말이 있다. 노부나가와 모토야스는 아주 정반대인 기질을 갖고 있으면서도 서로 상대를 인정하는 이상으로 친밀감을 느꼈다.

아니, 정반대인 것은 기질만이 아니라 외모도 현저하게 달랐다. 노부나가는 늘씬한 장신인 데 비해 모토야스는 몸 전체가 둥글둥글한 느낌을 주었다. 노부나가는 미간이 좁고 눈꼬리가 치켜올라간 반면 모토야스는 미간이 넓고 눈꼬리가 쳐져 있었다. 노부나가는 콧날이 우뚝했으나 모토야스의 그것은 중후하게 살이 붙어 있었다.

그 두 사람이 말머리를 나란히 하고 키요스 성을 나왔을 때 이미 양가의 근시들은 서로 으르렁거리지 않게 되었다.

노부나가는 이와무로 시게요시岩室重休와 하세가와 하시스케長谷川橋介.

모토야스는 토리이 모토타다와 혼다 헤이하치로.

양쪽 모두 근시 두 사람씩을 대동하고 아무 불안도 없는 밝은 표정으로 아츠타를 향해 떠났다.

"단둘이 있고 싶었다."

일부러 근시를 멀리 하고 노부나가가 빙긋이 웃자 모토야스도 고개를 끄덕이며 미소지었다.

"미카와와 오와리의 경계선 말인데."

"확실하게 정해놓아야겠지요."

"우리 쪽에서는 타키가와 카즈마스와 하야시 사도노카미를 보낼 생각인데 그쪽에서는?"

"이시카와 카즈마사와 코리키 키요나가高力淸長."

"장소는 어디가 좋을까?"

"나루미 성鳴海城으로 하면?"

"좋아, 결정됐어! 딱딱한 이야기는 이 정도로 끝내세."

그들의 교섭은 순식간에 끝났다.

이미 나고야那古野의 성곽이 청남빛 겨울 하늘을 배경으로 하여 떠오르고 햇빛을 받은 텐노 사天王寺의 지붕이 빛나고 있었다.

"이것을 꼭 한번 물어보고 싶었는데."

"뭔가, 망설일 것 없네."

"덴가쿠田樂 분지 전투 후에 어떤 순위로 가신에게 상을 주었습니까?"

"후후후."

노부나가는 웃었다.

"그대는 교활한 사람이로군. 그걸 묻는 것은 이 노부나가의 수법을 알아보려는 마음이겠지. 그러나 숨기지 않겠네. 나는 가장 먼저 야나다 마사츠나梁田政綱를 칭찬했지."

"왜요?"

"그의 정보가 때를 놓쳤더라면 승리할 수 없었으니까."

"두번째로는?"

"맨 먼저 창을 들이댄 핫토리 코헤이타服部小平太."

"목을 벤 모리 신스케毛利新助는?"

"세번째."

"으음."

두 사람의 문답은 이것으로 끝났다. 모토야스는 이것만으로도 노부나가가 부하를 어떻게 다루는지 충분히 알 수 있었다. 목을 벤 것은 시운時運, 맨 먼저 창을 들이댄 용기를 당연히 그 위에 놓아야 한다.

이윽고 두 사람은 아츠타에 도착했다.

낯익은 그 문 앞에서 백발이 성성한 카토 즈쇼노스케加藤圖書助의 모습을 보았을 때 모토야스의 눈이 빨개졌다. 그 즈쇼와 나란히 한 여성이 장옷으로 얼굴을 가리고 서 있었다.

그 여자가 아츠타 참배 명목으로 불려와 있는 생모 오다이라는 것을 알았을 때 모토야스는 자기가 이미 완전히 노부나가에게 포섭되어 있다는 것을 깨달았다.

'그렇다, 이것을 내가 일어설 주춧돌로 삼아야 한다!'

모토야스는 천천히 말에서 내려 두 사람 쪽으로 걸어갔다.

철 잃은 꽃

1

이마가와 우지자네는 춤을 추기 위해 정원에 만들어놓은 무대를 높은 전각에서 짜증스러운 눈길로 바라보고 있었다.

지난해 7월 무렵부터 성밖을 중심으로 인근 마을에까지 유행하기 시작한 춤이었다. 사람들은 그것을 '이상한 춤'이라거나 '풍류의 춤'이라 불렀다. 처음 각지에서 하치만八幡 마을로 모여든 사람들이 추기 시작한 것이 그 시초라고 했다.

한 마을에서 춤판이 벌어지면 다음에는 그 이웃 마을로 번져나갔다. 높게 무대를 만들어 모닥불을 피워놓고 그 중앙에 큰북과 소리꾼이 자리잡았다. 춤꾼들은 그 밑에서 원을 그리면서 춤을 추었다. 처음에는 젊은 남녀들만 참가했으나 어느 틈에 남녀노소 모두가 어우러진 큰 집단이 되고, 8, 9월에는 어디서 구했는지 눈이 부실 정도로 화려한 능라비단으로 요란하게 장식하고 이 마을 저 마을로 춤을 추고 다니는 광란의 무리로 변하고 말았다.

농부와 상인들이 일을 때려치우고 한밤부터 새벽이 되도록 취한 듯이 날뛰고 소리지르는 바람에 어느덧 무사들까지 말려들고 있었다. 그리고 때와 장소를 가리지 않고 남녀가 정을 통하거나, 때로는 눈을 뜨고는 볼 수 없는 윤간까지도 서슴없이 자행했다.

뜻있는 사람들은 이마가와 요시모토의 패전과 그의 아들 우지자네의 무기력이 초래한 민중의 절망에서 오는 현상이라고 하며 이맛살을 찌푸렸다.

"이 춤을 배후에서 조종하는 사람이 있다. 오다 노부나가의 계략임이 틀림없어."

어떤 사람은 이렇게 그럴 듯하게 말하기도 했다.

"미카와의 모토야스가 일족인 마츠다이라 사콘 타다츠구를 시켜 이가伊賀의 닌쟈忍者°들을 동원시킨 교란책이야."

이렇게 평하는 사람도 있었다.

겨울에 접어들면서 극성스럽던 춤의 기세도 일단 주춤해졌다. 그러나 봄의 꽃놀이 철이 되면서부터 그 기세는 이전보다 더 심해졌다.

하룻밤의 춤을 위해 땅을 팔고 도망가는 자가 생기는가 하면, 무사의 아내가 나간 채 그대로 돌아오지 않는 경우도 있었다.

"전쟁은 질색이야. 일부러 싸우다 죽지 않더라도 인간의 일생에는 죽음이 따르게 마련이야. 살아 있는 동안 실컷 춤이나 추자."

"암, 당연한 말이지. 춤판에서의 정사情事는 말리는 사람도 없어. 유부녀도 처녀도 과부도 없어. 남자와 여자가 하룻밤을 즐기는 것이야말로 살아 있다는 증거야."

그렇지 않아도 사기가 떨어졌는데, 이 춤은 순식간에 인간의 마음을 돌변시켰다.

복수도 필요 없고 학문도 필요 없다. 전쟁도 필요 없고 일할 필요도 없다. 인간은 향락을 위해 태어났다고 공공연하게 말하는 사람까지 나타났다. 이러한 상황에 이르러서는 우지자네도 더 이상 그대로 방치할 수 없었다.

그래서 오늘은 춤 무대를 설치하고 그 춤이란 어떤 것인지 직접 보려고 했다. 그런데 성안에서, 더구나 낮에 추는 것이고 보니 추는 사람도 그렇고 보는 사람 역시 흥이 날 리 없었다.

"이 따위가 왜 재미있다는 것인지 나는 도무지 모르겠어."

사방침 한쪽에는 세나를, 다른 쪽에는 남색男色을 위한 시동侍童 미우라 우에몬 요시나가三浦右衛門義鎭를 앉혀놓고, 여자의 것보다도 더 흰 요시나가의 손을 어루만지면서 중얼거렸다.

"도련님, 지금은 낮이라서, 밤에 한번 보십시오. 서로의 얼굴을 알아볼 수 없을 만큼 어두워지면 도련님도 틀림없이 한데 어울려 춤을 추시게 될 것입니다."

"그럴까. 어쨌거나 곤란한 일이야."

우지자네는 아직 요시나가의 손을 놓으려 하지 않았다. 세나는 때때로 그 모습을 쏘는 듯한 눈으로 흘끗 바라보곤 했다.

2

세나는 우지자네의 남색이 자기한테 보여주기 위해 하는 행동인 것처럼 느껴졌다. 우지자네가 세나를 불러 자기 뜻을 따르라고 강요했을 때, 세나는 자신을 꾸짖는 심정으로 대답했다.

"남편이 있는 몸이에요."

"뭐야, 그대는 아직 모토야스를 남편으로 생각하고 있다는 말인가. 모토야스는 노부나가와 짜고 나를 배반하려 하고 있어."

"아닙니다. 그것은 오해이십니다. 모토야스는 노부나가의 예봉을 피하기 위해 책략을 꾸미고 있는 것입니다."

우지자네는 세나의 말을 믿지 않았다.

"그대까지도 모토야스와 손을 잡고 이 우지자네를 배반하려는 것은 아니겠지?"

엷은 입술을 일그러뜨리고 당장 그 자리에 미우라 요시나가를 불러들였다.

"너만은 나를 배신하지 않아. 귀여운 녀석이야. 좀더 이리 가까이 오너라."

체구가 작은 요시나가를 무릎에 안아올리듯이 하고 세나히메에게 말했다.

"물러가라."

그 이후 세나가 찾아오면 늘 요시나가를 곁으로 불렀다. 참으로 이상한 일이어서, 그렇게 하면 세나의 마음속에 정체를 알 수 없는 질투심이 고개를 쳐들었다.

'내가 이 요시나가를 남자로 대한다면 우지자네는 어떻게 생각할까?'

세나가 문득 이런 생각을 떠올렸을 때.

"그만둬라. 춤은 밤에 보기로 하겠다. 요시나가, 이리 오너라."

우지자네가 갑자기 일어섰다. 깨닫고 보니 우지자네 앞에 세나의 아버지인 세키구치 치카나가가 심상치 않은 표정으로 머리를 조아리고 있었다.

"치카나가도 오시오. 내 거실에서 이야기를 듣겠소."

"예."

세나는 깜짝 놀라 아버지를 따라 일어섰다.

잔뜩 흐린 정원에 근시가 나가 춤을 중단시키고 있었다.

'무슨 일이 있었을까? 아버지가 중단하라고 권했을까, 아니면 우연히 이 자리에 와 있었던 것일까?'

어쨌든 평소처럼 침착한 아버지가 아니었다. 입술 언저리의 근육이 일그러져 있었다.

"아버님, 무슨 일이 있었습니까?"

"큰일이 생겼어."

걸어가면서 치카나가가 손을 흔들었다.

"너는 올 것 없다. 나중에 말할 것이니 너는……"

집에 돌아가 기다리라는 것인지 성에서 기다리라는 것인지 그 다음 말은 알아듣지 못했다. 아버지는 허둥지둥 손을 내저으며 빠른 걸음으로 우지자네를 뒤따라갔다.

세나는 복도 끝에 잠시 서 있다가 그대로 우지자네와 아버지가 사라진 쪽으로 걷기 시작했다. 그렇게 하지 않을 수 없는 무언가를 당황하는 아버지의 태도에서 느꼈다.

복도 오른쪽에 벚꽃이 만발해 있었다. 그 꽃과 꽃 사이에 붉은 칠을 한 작은 등롱이 뚜렷했다. 왠지 그 색깔마저 무언가 불길한 핏빛을 연상케 했다.

우지자네는 요시나가의 손을 잡은 채 거실로 들어갔다. 아버지도 뒤를 따랐다.

세나는 몰래 옆방으로 들어가 장지문 옆에 바싹 붙어앉았다.

"쉿."

깜짝 놀라는 시녀에게 입을 다물게 했다.

3

"큰일이라니?"

장지문 너머에서 우지자네가 물었다.

"사람을 물리쳐주십시오."

치카나가의 목소리였다.

"그럴 필요 없소. 옆에는 요시나가뿐이니까."

신경질적인 우지자네의 말에 이어 잠시 후 치카나가가 망설이는 어조로, 그러나 굳게 마음먹은 듯 입을 열었다.

"니시고리西郡(가마고리蒲郡) 성이 함락되었다는 보고입니다."

"뭐…… 뭣이, 니시고리 성이 함락되었다고…… 누, 누가 공격했소, 모토야스요?"

"예."

"그대의 사위가 공격했다는 말이오? 그럼, 토타로 나가테루藤太郎長照는 어떻게 됐소?"

옆방에서 그 말을 들은 세나는 오싹 소름이 끼쳤다. 불길한 예감이 적중했다.

니시고리 성은 세나와 같이 선대인 요시모토의 자매를 어머니로 가진 우도노 토타로 나가테루의 거성居城으로, 모토야스가 서서히 미카와를 경영하기 시작한 뒤부터 마츠다이라 가와 이마가와 가의 접경지대에 위치해 있었다.

그 성에 나가테루의 이복형 마츠다이라 키요요시松平淸善가 공격해왔기 때문에 슨푸에 있던 나가테루가 급히 니시고리로 달려간 것은 바로 얼마 전의 일이었다.

마츠다이라 키요요시도 모토야스가 오카자키로 돌아간 후 그와 내통할 우려가 있다고 해서 가족이 요시다 성 밖에서 효수당한 사람의 하나로, 슨푸에서의 소문은 그것을 분하게 여겨 감행한 폭거暴擧라고 했다. 그 배후에 모토야스가 있다는 것은 생각지도 못하고, 사사건건 신경을 곤두세우는 우지자네를 세나는 마음속으로 비웃었다.

"토타로는 어떻게 됐소? 츠보네局° 고모는?"

우지자네의 추상 같은 추궁에도 치카나가는 잠시 침묵을 지키고 있었다.

"가증스러운 놈, 역시 모토야스가 뒤에 있었군. 이렇게 된 이상 그대도 각오했을 거요. 세나히메도 타케치요도 카메도 모두 찢어 죽이고 말겠소. 토타로는 어떻게 됐단 말이오?"

"황송합니다마는, 토타로 나가테루가 성에 도착했을 때는 이미 성안에 적이 들어온 뒤였습니다."

"토타로는 무얼 하고 있었던 거요, 도중에 춤이라도 추고 있었다는 말이오?"

"아직 확실한 보고는 없습니다. 토타로도 그 동생 나가타다長忠도 모두 전사했을 것이라는 소문이 돌고 있습니다."

"고모는?"

"황송합니다마는 역시……"

"으음, 너구리 같은 모토야스 놈."

우지자네는 신음하듯 말하고 입을 다물었다. 온몸의 피가 머리로 치솟고 아물아물 현기증이 났다.

슨푸 성 밑에서 꽃놀이에 들떠 춤추고 있는 동안에 아버지가 차지한 영토가 모토야스에게 침식당하고 있었다. 하지만 가증스러운 모토야스에게는 손이 미치지 못하는 우지자네였다.

이제 와서 어떤 수단을 강구한다 해도 모토야스 자신이 슨푸에 올 리 없고, 군사를 몰아 오카자키를 공격할 수도 없었다. 만일 공격한다면 이쪽 병졸들은 야밤에 춤을 추다가 어디론가 사라져버릴 것이었다. 그토록 패전 뒤의 이 춤은 사람들에게 '전쟁'이 지겨운 것이라는 인상을 심어주는 데 크게 기여했다.

"치카나가, 세나를 불러오시오."

잠시 부득부득 이를 갈던 우지자네는 부르짖듯 소리질렀다.

4

옆방에 있던 세나는 온몸이 굳어졌다.

정면으로 전투를 감행할 수 없을 때, 어떤 잔인한 방법으로 보복할 것인가? 그것은 요시다 성밖의 그 사건으로 미루어 잘 알 수 있었다.

"목을 자르는 것만으로는 부족하다. 화형은 너무 점잖다…… 꼬챙이에 꿰어 죽이든지 톱으로 썰어 죽이도록 하라……"

치를 떨면서 명했다. 그래서 명을 받은 오하라 히젠도 아연실색할 수밖에 없었다.

그 잔인한 불길이 드디어 세나에게까지 튀려 하고 있었다. 결코 무리가 아니라고 세나는 생각했다.

니시고리의 우도노 나가테루는 우지자네와 내종간, 그리고 세나와는 이종간이었다. 그런데도 일거에 쳐들어가 전사케 하다니, 얼마나 가혹한 남편인가. 남달리 생각이 깊은 남편이 하필이면 우지자네의 혈육을 공격하다니, 물론 그 결과를 각오하고 한 행동일 것이다.

'나와 타케치요는 살해당해도 좋다고 생각했을 게 분명해.'

이런 생각에 세나도 어쩔 줄 몰라 몸을 떨었다.

"세나를 불러라. 타케치요도 카메도 정원으로 끌어오너라. 당장 내가 갈가리 찢어 죽이겠다."

우지자네가 무언가를 집어던진 모양이었다. 아마 사방침일 것이다. 장지문 문살에 부딪쳐 부서지는 소리가 요란했다.

"황송합니다마는 세나 모자를 불러 어떻게 하시렵니까?"

치카나가가 침울한 목소리로 물었다.

"가증스런 모토야스의 처자, 새삼스럽게 그런 걸 왜 묻소? 당신 정신이 제대로 박힌 거야?"

"말대꾸를 하는 것 같습니다마는 세나는 모토야스의 아내이기 전에 돌아가신 고쇼御所°님의 조카입니다."

"뭐…… 뭐…… 뭣이!"

"우도노 토타로도 고쇼 님의 조카, 한쪽 조카가 전사했다고 해서 나머지 조카마저 죽인다는 것은 옳지 못하다고 생각합니다."

"그럼, 이대로 내버려두라는 말이오?"

"세나에게 무슨 죄가 있습니까? 오카자키에 있는 남편을 말리지 못한 것이 죄가 될까요?"

"이치를 따져서 나를 위압하려는 건가, 치카나가?"

"죄송한 말씀이지만 세나의 어미는 성주님의 고모입니다. 고모에게 세나 모자의 목숨을 맡겨주십시오."

"당치도 않아!"

우지자네는 또 무언가를 던졌다. 이번에는 찻잔이거나 사발인 듯, 정원 쪽에서 쨍그랑 소리가 났다.

"나는 처음부터 모토야스가 마음에 들지 않았어. 놈의 눈은 언제나 무슨 음모를 꾸미고 있었어. 침착하게 가라앉은 눈으로 나를 조롱하곤 했지. 공연히 세나를 주었다가 결국 토타로 형제만이 아니라 고모까지 죽게 했어. 이대로 둔다면 장수들이 나를 비웃을 거야."

장수들에게 비웃음을 당하는 원인은 그런 데 있지 않다. 치카나가는 이렇게 말하고 싶었다.

난세에 스스로 즐겨 싸우는 자는 없다. 한 줄기 길이 보일 때까지 이를 악물고 눈물을 삼키며 생명을 구하기 위해 칼 앞에 선다. 그렇지 않으면 질서가 잡히지 않는다.

우지자네는 그런 이치를 전혀 알지 못했다. 매일매일의 향락이 언제까지나 이어지는 줄로 착각하고, 다만 관념으로만 평화를 바라고 있었다. 그러나 남색이나 공차기, 술과 춤에서는 전쟁을 몰아내고 지상에 평화를 가져올 질서는 결국 생겨나지 않았다.

'이마가와 가문도 이것으로 끝장이구나……'

이렇게 생각한 치카나가는 근엄한 표정으로 우지자네 앞에 머리를 조아렸다.

5

"황송한 말씀입니다마는 세나 모자를 벌한다면 모토야스에게 결국 스루가, 토토우미를 공격할 구실을 주게 됩니다. 모자를 인질로 잡고 돌아가신 고쇼 님과의 정의情誼를 앞세워 설득하는 것이 상책인 줄 압니다……"

우지자네는 어깨를 들먹거리며 치카나가의 말을 가로막았다.

"듣기 싫소, 치카나가! 나는 세나도 믿지 못하겠소. 언젠가는 모자가 합심하여 모토야스를 슨푸로 끌어들일 것이 분명해. 그대까지 모토야스에게 끌리고 있군. 어서 데려오지 않고 무얼 하는 거요!"

치카나가는 근엄한 표정으로 우지자네를 바라보고만 있었다.

"내 말을 듣지 않으면 그대도 같은 죄를 짓는 거요, 치카나가."

치카나가는 대답하지 않았다. 호인으로 알려진 그의 눈에도 이미 이마가와의 앞길에는 빛이 보이지 않았다.

모토야스를 인질로 잡았던 요시모토조차 손을 대지 못한 오카자키 일족이 아닌가. 이마가와의 교활한 계략을 속속들이 알고 있는 모토야스와, 한때의 분노로 앞뒤를 가리지 못하는 우지자네 사이에는 너무도 큰 기량의 차이가 있었다.

'요시모토의 죽음을 알았을 때 자결해야 하는 것이었는데……'

치카나가는 지금 그런 생각을 하니 오장이 뒤집히는 것 같았다.

"무슨 일이 있어도 세나 모자를 벌하셔야겠습니까?"

"시끄럽소!"

"하는 수 없습니다. 먼저 이 치카나가의 목부터 치십시오."

"뭐, 그대의 목을 치라고?"

"예, 모토야스를 사위로 택한 것은 이 치카나가. 고쇼 님도 동의하시기는 했지만, 제 아내도 세나도 내켜하지 않았고…… 또한 성주님도 싫어하셨습니다. 이 치카나가와 고쇼 님의 잘못이니 먼저 제 목을 베십시오."

우지자네는 눈을 부릅뜨고 입술을 일그러뜨린 채 초조한 듯 침을 삼켰다.

옆방에서 그 말을 듣고 있던 세나히메는 그제서야 비틀거리면서 일어났다. 우지자네에게 가기 위해서가 아니었다. 흐트러진 마음을 가누지 못하고 본능적으로 그 자리를 피하려 한 것이었다. 무릎이 마구 후들거리고 눈이 허공에 박혀 움직이지 않았다.

겨우 현관에 이르러 대기하고 있던 가마에 올랐다.

"속히 집으로."

이렇게 말하고는 정신을 잃고 말았다.

모토야스에 대한 증오도 자기 자식에 대한 애착도 닥쳐오는 처형의 환상으로 지워지고, 그 몸이 그대로 어둠의 허공을 떠돌아다니는 것같이 막막하기만 했다.

"도착했습니다."

정신을 차렸을 때는 이미 자기 집 현관 앞이었고 가마의 문이 열려 있었다. 근처 미야마치宮町에서는 오늘 밤에도 춤판이 벌어질 모양이었다. 간간이 북을 치는 소리가 들렸다. 현관 마루에는 아직 열다섯 살인 시녀 오만ぉ万의 얼굴이 하얗게 드러나 있었다.

오늘은 잔뜩 흐린 채로 밤이 될 듯했다. 습기를 머금은 공기가 백사장에까지 흩어진 꽃잎 위에 고즈넉한 애수哀愁를 남기고 있었다.

"마님, 안색이 창백하신데 무슨 일이라도 있었습니까?"

가마에서 내려 유령처럼 서 있는 세나를 보고 오만이 부리나케 달려와 부축했다.

6

"오만, 애들을 데려오너라."

거실에 들어온 세나는 생각난 듯이 말했다.

모토야스가 떠난 뒤 고용된 오만은 미이케치리유三池池鯉鮒 신사의 신관 나가미 시마노카미永見志摩守의 딸로 이 저택에서는 제일가는 미인이었다.

모토야스가 있을 때는 자기보다 젊고 예쁜 여자는 일체 가까이 오지 못하게 했던 세나히메가 지난 여름에 비로소 오만을 측근 시녀로 들여놓았다.

오만에 대한 그녀의 사랑은 예사롭지가 않았다. 때때로 남자처럼 머리모양을 치고와稚兒輪°로 고치게 하고 자기 침실로 불러들이곤 했다. 세나를 대하는 오만의 태도도 헌신적이었다.

오만이 네 살 된 타케치요와 일곱 살 된 카메히메의 손을 잡고 들어왔다.

"다들 이리 오너라."

세나는 상기된 눈으로 자기 앞을 가리켰다.

"어머니, 잘 다녀오셨습니까?"

"어머니……"

두 아이가 나란히 앉아 절을 하는데도 세나는 눈을 똑바로 뜬 채 잠시 동안 아무 말도 하지 않았다. 그러다가 갑자기 큰 소리로 말하기 시작했다.

　"알겠느냐, 이 어미도 같이 죽을 것이니 절대로 꼴사납게 울어대거나 해서는 안 된다. 너희들은 모두 마츠다이라 쿠란도 모토야스의 자식이야. 아니, 이마가와 지부노타유 요시모토의 조카인 이 세나의 자식이야. 꼴사납게 죽어 웃음거리가 되어서는 안 된다, 알겠느냐?"

　네 살인 타케치요는 영문을 몰라 평소와 다른 어머니를 멍하니 쳐다보고 있었고, 카메히메는 와락 울음을 터뜨렸다. 카메히메는 이미 어머니가 말한 '죽음'의 의미를 알고 있었다.

　"왜 우느냐, 내가 한 말을 알아듣지 못했느냐?"

　"어머니, 용서를…… 용서를…… 저는 착한 아이가 되겠어요."

　"에잇, 변변치 못한 것. 너는 그러고도 무장의 자식이라 할 수 있느냐?"

　한 손을 높이 쳐들자 카메히메는 어깨를 들먹이며 다시 울었다.

　오만은 입구에서 망연히 세나의 행동을 바라보고 있었다.

　세나는 호되게 카메히메를 때렸다. 그리고 나서 아까보다 더 높이 손을 쳐들었으나 때리지는 않았다. 그 대신 세나 자신이 목놓아 울기 시작했다.

　"잔인하다고 생각지 말아라. 카메히메, 이 어미가 나쁜 게 아니야. 이것은 아버지 죄야. 잘 기억해두어라. 아버지는 나나 너희들이 어떻게 되건 상관없는 거야. 너희들을 죽이고라도 자신의 야망을 펴려 하고 있어…… 그런 잔인한 아버지의 자식으로 태어난 너희들이 불운한 거야. 이 어미를 원망하지 말아라."

　그리고는 얼른 허리에 맨 띠에서 단도를 풀어 떨리는 손으로 카메히메의 목으로 가져갔다. 격앙된 지금의 감정이 가라앉으면 죽을 용기가 생기지 않을 것 같아 두려웠다.

　"마님!"

깜짝 놀라 오만이 달려온 것과, 사카이 타다츠구의 아내 우스이碓氷
가 달려온 것은 동시의 일이었다.

"이게 어찌 된 일이오?"

우스이가 세나의 손목을 쳤다. 세나는 단도를 다다미 위에 툭 떨어뜨
리고 멍하니 상대를 바라보다가 생각난 듯 큰 소리로 통곡했다.

7

어느덧 거실 안은 어두워지고, 미야마치의 북소리가 더욱 크게 들렸
다. 사람들은 해가 지기를 기다렸다가 오늘 밤에도 향락 속에서 자기
인생을 확인하려는 것이리라.

우스이 부인은 단도를 치우고 타케치요와 카메히메를 감싸면서 싸
늘한 표정으로 세나히메의 통곡이 그치기를 기다리고 있었다. 울음을
그친 세나는 몸을 떨면서 우스이 부인 쪽으로 돌아앉았다.

"어째서 방해하는 거예요? 그대도 잔인한 성주와 짜고 이 세나를 비
웃으려는 거지요?"

"마님, 진정하시오."

우스이 부인은 싸늘하게 나무라는 어조로 말했다.

"성주님에게서 사자가 왔습니다."

"뭐, 성주님이······? 만나고 싶지 않아. 자신의 야망을 위해서는 처
자도 내버리는 그런 성주의 사자 따위는······"

"마님!"

우스이 부인은 단호하게 세나의 말을 가로막았다.

"성주님은 드디어 마님과 아이들을 구해내실 수단을 강구하셨습니
다. 축하 드립니다."

"지금 뭐라고 했어요? 성주님이…… 그러니까……"

"예, 사자는 이시카와 카즈마사 님. 어서 이리 부르셔서 성주님이 고민하신 얘기를 들어보도록 하시오."

"성주님이…… 우리들을?"

세나는 믿을 수 없다는 듯이 반문했다.

"어서 사자를 이리 불러요."

급히 매무새를 고쳤다.

"오만, 너는 물러가서 이시카와 님을 이리 들도록 일러라."

"예."

우스이 부인이 타케치요와 카메히메의 손을 잡고 세나와 나란히 상좌에 앉았다. 이미 이 소동을 분위기로 느끼고 있었던 듯 이사카와 아키石川安藝의 손자, 지금은 숙부 히코고로 이에나리와 함께 마츠다이라 가문의 중신이 된 카즈마사가 심각한 표정으로 들어왔다.

"그동안 마님께서는 별고 없으셨습니까?"

말은 점잖았으나 눈과 태도는 꾸짖는 빛을 띠고 있었다.

카즈마사는 올해 스물다섯 살. 여덟 살의 모토야스가 슨푸에 인질로 왔을 때 열두 살의 나이로 따라왔었던만큼 세나의 성격을 너무나 잘 알고 있었다. 물론 세나의 아버지나 가신들과도 잘 아는 사이였고, 우지자네의 놀이 상대가 된 적도 있었으며, 젊은이들 중에서는 언변과 분별력이 특히 뛰어났다.

"요시치로輿七郎, 어서 성주님의 소식부터 말해주세요."

"너무 서두르지 마십시오. 이번에 사자로 명령받은 이 요시치로 카즈마사는 목숨을 걸고 여기까지 왔습니다. 이제 차근차근 말씀 드리겠습니다."

"예, 좌우간 어서 말해주세요. 성주님은 어떻게 우리 모자를 구하시겠다는 것인가요?"

"그러면……"

카즈마사는 무릎에 단정히 흰 부채를 세웠다.

"성주님께서는 지금의 우지자네에게는 정나미가 떨어졌다. 무장의 윗자리에는 앉을 수 없는 자, 효도를 잊고 의리도 모르는 주제에 주색에 빠진 겁쟁이라고."

"잠깐! 지금 누구를 가리켜 하는 말인가요?"

"우지자네입니다."

"그게 무슨 소리죠? 우지자네 님은 돌아가신 고쇼 님의 적자예요."

"그래서 성주님께서는 더욱 화가 나셨습니다. 아버지를 잃고도 복수전조차 하지 못하고, 오히려 복수하자고 간청한 사람의 처자를 무자비하게 죽이다니, 이 얼마나 몽매하고 겁 많은 못난 자인가 하고……"

카즈마사는 세나의 표정이 시시각각 변해가는 모습을 싸늘하게 바라보고 있었다.

8

"그런 겁쟁이와 손을 잡다가는 성주님까지도 돌아가신 요시모토 님께 의리를 저버리게 될 테니 크게 꾸짖고 끊겠다……고 하셨으나, 상대는 흥분으로 정신이 나간 고양이, 정정당당하게 전쟁은 못해도 마님이나 아이들에 대한 보복은 잔인할 것이다…… 이 생각에 침통해하셨습니다."

세나는 잠자코 몸을 부르르 떨고 있었다.

스루가, 토토우미, 미카와의 태수. 절대적인 권력자라 믿고 있던 우지자네를 모토야스의 가신이 이토록 심한 소리로 매도하다니. 그러나 가만히 생각해보면 카즈마사의 말이 옳았다.

"상대가 하다못해 선대인 요시모토 공의 십분의 일이라도 분별을 갖춘 자라면 복수전도 하지 못하는 그대와는 손을 끊고 처자를 오카자키로 데려가겠다고 해도 훗날을 생각해 마음대로 하라고 할 터. 그러나 효도를 모르고 의리도 짓밟아버린 바보 천치, 장래의 계획 따위가 있을리 없고 연민의 정이 있을 리 없다, 틀림없이 분을 참지 못해 모토야스의 처자를 잔인하게 죽이려 들 것이고…… 그러면 세나는 차분한 성격이 아니라서 아이들을 죽이고 자기도 자결하겠다고 소동을 일으킬 것이다, 그러니 그대가 가서 말리라고 말씀하셨습니다."

세나는 여전히 몸을 떨면서 잠자코 있었다. 소란을 피웠다고 하는 말인 줄은 알고 있었으나, 우지자네에 대한 관찰이 너무도 정확했기 때문에 무어라 대꾸할 말이 없었다.

"성주님은 그와 같이 잔인한 우지자네로부터 어떻게 하면 처자를 지킬 수 있을지 고심하신 끝에 결국 니시고리 성의 우도노鵜殿 님을 공격하는 길밖에는 없다고 결심하셨습니다. 지난 십일 저녁 무렵에……"

"잠깐!"

비로소 세나는 손을 들어 카즈마사의 말을 중단시켰다.

"그럼, 성주님이 니시고리 성을 공격한 것은 나를 구하기 위해서였다는 말인가요?"

"예, 마님은 그 정도의 일도 깨닫지 못하셨습니까?"

"도무지 이해가 안 가는군요. 어째서 우리 이종오빠를 공격하는 것이 나의 목숨을 구하게 되는 것인지 자세히 설명해보세요."

"말씀 드리지요."

카즈마사는 다시 정중하게 고개를 끄덕였다.

"마님도 아시다시피 무용武勇에서는 우도노 토타로가 우리 성주님에 비해 훨씬 못합니다. 그 역시 술과 춤에 깊이 빠져든 사람이니까요."

"말을 삼가세요. 토타로 님도 제 핏줄이에요."

"사실대로 말씀 드리는 것뿐입니다. 자기 성이 공격당한다는 것을 알고 허둥지둥 돌아왔을 때는 이미 우리 성주님에게 성을 빼앗긴 뒤였습니다. 그것도 모르고 경호하고 있는 우리 오카자키 군에게 전투상황을 묻고 자기 처자의 안부를 물었습니다. 야밤이라 얼굴을 알아보지 못했다고 해도 적과 아군도 구별하지 못하고 그대로 목이 잘리는 그런 얼빠진 자가 한 성의 주인이었다는 것부터가 웃기는 일입니다."

"그럼, 그렇게 전사했다는 말인가요?"

"그렇습니다. 그런 겁쟁이는 저희 성주님이 목숨을 구하려 해도 안 됩니다. 그러나 안심하십시오. 성안에 있던 토타로의 자식들은 무사히 구했습니다. 저는 내일 아침 우지자네를 만나 담판을 짓겠습니다. 순순히 마님과 아이들을 넘겨달라, 그렇지 않으면 토타로의 처자를 갈가리 찢어 죽이겠다고 하면서."

카즈마사는 이때 비로소 커다란 코 언저리에 웃음을 떠올렸다.

9

세나는 얼어붙은 듯 침묵을 지키고 있었다.

격앙된 감정 속에서도 이시카와 카즈마사가 한 말의 뜻을 겨우 이해할 수 있었다.

니시고리 성으로 우도노 나가테루를 공격한 것이 자기와 타케치요의 목숨을 구하기 위해 생각해낸 모토야스의 책략이었을 줄이야⋯⋯ 그것은 확실히 우지자네를 반성시키기에 충분한 책략이었다. 우지자네의 일족으로 공신인 우도노 나가테루의 두 아들 신시치로新七郎와 토시로藤四郎는 세나 모자와 교환하는 한이 있어도 꼭 구출해야 할 사람들이었다.

"어두워졌으니 불을 가져오너라."

우스이가 옆방을 향해 말하자 오만이 곧 촛대를 가지고 왔다.

"타케치요나 카메히메도 두려워할 것 없다. 아버님이 무사히 있을 수 있도록 지시해놓으셨단다."

우스이는 방안을 환하게 밝히는 촛불을 보며 안도하는 아이들의 머리를 가만히 쓰다듬어주었다.

바깥에서는 북소리에 떠들썩한 잡담과 노랫소리가 섞여 들려왔다. 미야마치에서만이 아니라, 떠들썩한 기운은 멀리서도 가까이에서도 밤바람을 뒤흔들고 있었다. 어쩌면 성안에서도 잔뜩 낯을 찌푸린 우지자네 앞에서 화려한 춤판이 벌어지고 있을지도 몰랐다.

"성주님이 그렇게 마음 쓰시는지도 모르고 어린 자식들에게 칼을 대려 하시다니 당치도 않은 일입니다."

이시카와 카즈마사는 창백한 얼굴로 입을 다문 세나에게 쐐기를 박듯 다짐을 주었다.

"내일 성에 들어가 교섭을 마칠 때까지 절대로 경거망동하시면 안 됩니다. 이것은 이 카즈마사가 아니라 성주님의 말씀이니 깊이 가슴에 새겨두십시오."

세나는 가만히 고개를 끄덕였다. 그러면서도 아직 꿈을 꾸고 있는 듯한 기분이었다. 그녀가 절대적인 것으로 믿고 있던 슨푸의 가치가 어느 틈에 무너지고, 발 밑에 깊고 푸른 또 다른 골짜기가 입을 벌리고 있었기 때문이다.

이시카와 요시치로 카즈마사까지도 우지자네의 어리석음을 공공연하게 입밖에 내어 말하는 형세. 남편인 모토야스는 이미 상대할 가치조차 없다고 하며 우지자네를 거들떠보려고도 하지 않는다……

"카즈마사…… 한 가지만 더 묻겠어요. 만일 우지자네가 우도노의 아들과 우리를 교환하지 않겠다면 어떻게 하지요?"

"그때는 우도노의 아들을 앞세우고 스루가까지 밀고 올 것입니다."

딱 잘라 말했으나 카즈마사의 마음은 떨렸다.

카즈마사가 오카자키를 떠날 때는 아직 니시고리의 함락까지는 생각하지 못했다.

"우도노도 무서운 사나이라 그리 쉽게 항복하지는 않을 텐데, 만일 그동안에 타케치요나 세나에게 위험이 생기면 큰일이니 그대가 가서 보고 오시오."

모토야스가 이렇게 명했을 때 카즈마사는 마음속으로 죽음을 결심했다. 카즈마사가 생각하기에도 우지자네는 니시고리가 함락되기 전에 타케치요와 세나를 죽일 그런 사람이었다.

"마음을 편히 가지십시오. 타케치요 님 혼자 죽게 하지는 않겠습니다. 이 요시치로가 반드시 저승까지 동행하겠습니다."

모토야스의 마음을 생각하고 이렇게 말했을 때였다. 모토야스는 카즈마사의 손을 잡고, 쥐어짜듯 중얼거리며, 주르르 눈물이 흐르는 얼굴을 돌렸었다.

"미안하오."

10

이시카와 카즈마사의 출발에 앞서 모토야스 자신도 나토리산名取山으로 본진을 진출시키고 마츠다이라 사콘 타다츠구松平左近忠次, 히사마츠 사도노카미 토시카츠久松佐渡守俊勝 두 사람에게 니시고리를 공격하게 했다.

히사마츠 사도노카미 토시카츠는 모토야스의 생모 오다이의 남편. 노부나가와의 화의로 이전의 아구이 성阿古居城에는 대리를 두고 적자

嫡子 사부로타로와 함께 모토야스의 진지에 귀속해와 있었다.

아마도 모토야스로서는 혈육을 구하기 위해 혈육으로 하여금 싸우도록 하고 싶었던 것인지도 모른다.

이 전투에서는 히사마츠 사도노카미 부자도 잘 싸웠으나 마츠다이라 사콘 타다츠구의 책략이 뜻밖의 효과를 나타냈다. 타다츠구는 이 무렵 이미 이가의 닌쟈들을 이용하고 있었다. 먼저 이가의 반 츄쇼伴中書와 반 타로자에몬伴太郎左衛門, 코가甲賀의 타라시로 미츠토시多羅四郎光俊 등의 부하 열여덟 명을 성안으로 잠입시켜, 성밖에서 공격할 때 이에 호응하여 성에 불을 지르게 했다.

우도노 군은 이 때문에 큰 혼란을 일으켰다. 자기편 중에 모토야스와 내통한 자가 있는 줄로 착각했다. 그래서 슨푸에서 달려온 우도노 나가테루는 성에 들어가지도 못하고 나토리산으로 피신하려다 모토야스의 군사를 자기편인 줄 알고 말을 걸었다가 죽음을 당했다.

나가테루와 그 동생 나가타다가 죽자 나머지는 풍비박산이 났다. 하룻밤 사이에 성은 히사마츠 사도노카미에게 점령되고 나가테루의 두 아들은 사로잡혔다.

이런 사정을 길을 떠난 뒤 알게 된 카즈마사는 안도와 불안을 동시에 느꼈다. 인질교환 교섭은 가능하게 되었으나, 과연 우지자네가 그때까지 타케치요 모자를 살려둘 것인가.

겨우 자결 직전에 슨푸에 잠입하는 데는 성공했다.

"새삼스럽게 말씀 드릴 것까지도 없습니다. 이 카즈마사가 도착한 이상 어떤 일이 있어도 우지자네가 손을 대지 못하도록 하겠습니다."

카즈마사는 분명하게 말하고 세나의 거실에서 물러났으나, 그날 밤은 끝내 잠을 이루지 못했다.

이런 경우 우지자네의 우둔함은 일의 처리를 어렵게 하는 커다란 장벽이었다.

상대가 명석하다면 카즈마사의 교섭을 받고 곧 자신의 이익을 계산할 것이다. 이미 마츠다이라 모토야스는 곁을 떠났다. 그것을 증오하여 우도노의 자식을 죽게 만드는 어리석은 짓으로는, 마츠다이라와 우도노 둘을 동시에 잃게 될 뿐이다. 둘보다는 하나라고 판단해주었으면 좋을 텐데, 분노에 못 이겨 앞뒤를 생각지 않을 가능성이 많은 우지자네였다.

날이 샐 무렵까지 계속되는 북소리.

'어떻게 된 세상이기에 이 모양일까.'

카즈마사는 계속 몸을 뒤척이면서 내일 있을 교섭을 생각했다.

모처럼 모토야스가 고심 끝에 얻은 보배. 쌍방의 인질 다섯 명의 생명을 구할 수 있을 것인가, 아니면 잃게 될 것인가?

카즈마사는 여섯 점(오전 6시)이 지나 끄덕끄덕 졸다가 눈을 떴으나 머리도 손질하지 않고 수염도 깎지 않았다. 밤길을 걸어온 듯한 모습으로 더운물에 밥을 말아 한 술 뜨고는 집을 나섰다.

성문은 닫혀 있었다.

"오카자키에서 마츠다이라 모토야스의 가신 이시카와 호키노카미 카즈마사石川伯耆守數正가 화급히 지부노타유治部大輔 님에게 드릴 말씀이 있어 찾아왔소. 문을 열어주시오."

우지자네가 아직 자고 있으리라는 것을 알고 아침 하늘에 대고 큰 소리로 외쳤다.

11

성문이 열렸다.

사자 대기실에 안내되었을 때 아직 하인들은 여기저기서 아침 청소를 하고 있었다.

"어젯밤 늦게까지 춤을 관람하셨기 때문에 좀처럼 기침하시지 않을 것 같습니다."

졸리는 눈으로 차를 가져온 사람이 변명 비슷하게 말하면서 입구의 문을 열었다.

이시카와 카즈마사는 대답 대신 자리에서 일어나 아침의 정원으로 눈길을 보냈다.

과연 높다란 무대 아래서 난무했던 추한 흔적이 그대로 남아 있었다. 아마도 우지자네는 지금도 자고 있을 것이 분명했다. 아침의 숙면을 방해하면 하루 종일 기분이 나쁘다면서 예전부터 근시를 가까이 오지 못하게 하는 습관이 있었는데, 카즈마사는 그래도 상관없다고 생각했다.

우지자네가 나타난 것은 다섯 점 반(오전 9시)이 지나서였다. 칼을 든 시동과 미우라 요시나가를 거느리고 있었다. 옷은 갈아입었으나 발걸음은 아직 흐트러져 있었다.

앉기도 전에 먼저 어깨를 들먹이고, 물어뜯기라도 할 듯이 소리를 질렀다.

"모토야스 놈의 가신이 무슨 낯짝으로 나를 찾아왔느냐?"

"그런 말씀을 하시다니 뜻밖입니다."

카즈마사는 의외라는 듯 고개를 갸웃했다.

"칭찬해주실 줄 알았는데 꾸짖으시다니요."

"닥쳐라, 카즈마사."

"예."

"모토야스 놈이 노부나가와 손을 잡고 우리 가문의 공신 우도노 토타로 형제를 죽였다는 보고가 이미 들어왔어."

"저희 주군 모토야스가 노부나가와 손을 잡다니…… 그게 도대체 무슨 말씀입니까?"

"시치미를 뗄 작정이냐? 그렇다면 모토야스가 어째서 나토리산까지 본진을 진입시켰느냐?"

"우선 고정하십시오. 이 카즈마사가 화급히 달려온 것은 그 일을 보고 드리기 위해서입니다."

"뭣이! 보고를 하러 왔다고?"

"밤길을 달려와 아침부터 기다리고 있었습니다. 우리 주군이 나토리산에 본진을 진입시킨 것은 니시고리가 위험하다는 보고를 받고 구원하기 위해서였습니다. 노부나가와 손을 잡았다는 뜻밖의 말씀을 들으니 저는 여우에게 홀린 것 같습니다."

카즈마사는 교묘히 상대의 말을 받아넘겼다.

"우선 제 말씀부터 들어주십시오."

그리고는 고개를 숙였다.

우지자네는 또 어깨를 들먹거렸다. 아니, 어깨만이 아니라 온몸을 마구 떨고 있었다. 말도 하지 못할 만큼 분노한 모양이었다.

"뻔뻔스러운 것…… 말하라! 말해보아라. 갈가리 찢어 죽이겠다."

"예, 자세히 말씀 드리겠습니다. 우도노 나가테루 님의 서형庶兄인 마츠다이라 사콘 타다츠구는 요시다 성 밖에서 처자가 처형당한 데 대해 깊은 앙심을 품고, 오다 쪽에 마음을 의탁하고 있는 히사마츠 사도노카미 토시카츠와 공모하여 니시고리를 노렸습니다. 저의 주군 모토야스도 언젠가는 이런 일이 벌어질 것을 우려하고 있던 터여서, 곧 군사를 출동시켜 니시고리를 구하려고 나토리산에 이르렀습니다. 천지신명께 맹세하고 진실을 말씀 드립니다."

"그……그렇다면…… 모토야스가 어째서 토타로를 죽였단 말이냐?"

"또 뜻밖의 말씀을 하시는군요."

카즈마사는 이렇게 말하고 자못 억울하다는 듯 입술을 깨물면서 고개를 떨구었다.

12

"뜻밖이라니, 그럼 토타로 형제가 이 세상에 살아 있다는 말이냐?"

우지자네는 숨이 차서 사방침을 끌어당겼다. 그리고는 성질을 이기지 못하여 심하게 말을 더듬었다.

"죽´……죽여버리겠다, 대……대……대답 여하에 따라서는."

"대관절 누가 그런 말을 했습니까? 이 카즈마사는 여간 분하지 않습니다."

"그……그럼, 모토야스에게는 반심叛心이 없단 말이냐? 뻔뻔스럽게도."

"반심이라니 당치도 않습니다! 만일 나가테루 님이 하루만 더 성을 지켜주셨더라도 니시고리는 이겼습니다."

카즈마사는 이렇게 말하고 흐트러진 머리와 깎지 않은 수염 그대로의 모습으로 입술을 일그러뜨리고 뚝뚝 눈물을 떨구었다.

"저의 주군이 달려갔을 때는 이미 성은 적의 수중에 들어갔습니다. 나가테루 님도 너무 어처구니없게 성이 함락되어서였던지 아군인 줄 알고 적에게 말을 걸었다가 그대로 목숨을 잃은 뒤였습니다. 그대로 물러설 수는 없었기 때문에 저의 주군은 즉시 성안으로 사자를 보내 두 아들을 죽음으로부터 구출, 지금 오카자키에서 강력히 저지하고 있습니다. 만일 거짓이라 생각되시면 슨푸에 계신 마님 모자와 함께 이 카즈마사의 목을 치십시오."

"뭐……뭐……뭣이, 나가테루의 자식들이 오카자키에 구출되었다고?"

"예, 분명히 구출했습니다. 그것도 고심에 고심을 거듭한 고육지책苦肉之策으로 마침내 죽음에서 구출해냈습니다. 칭찬하실 것이니 즉시 보고 드려라. 이것이 저의 주군 모토야스의 분부였습니다."

카즈마사의 말에 퉁퉁 부은 우지자네의 눈에 번쩍 의혹의 빛이 떠올랐다.

"먼저 보고받은 내용과 상당한 차이가 있는데……"

우지자네는 미우라 요시나가를 돌아보고 다시 카즈마사에게로 눈길을 돌렸다.

"고심에 고심을 거듭한 끝에 구출했다고 했겠다."

"예, 고육지책을 썼습니다."

"어떤 책략을 썼는지 말해보라."

"먼저 저의 주군 모토야스가, 만일 나가테루의 두 아들을 죽인다면 나는 죽는 한이 있더라도 한 걸음도 물러서지 않고 사도노카미와 사콘의 군사와 결전을 벌일 것이다, 잘 생각하여 답하라고 강경하게 나왔습니다."

"두 아들을 죽인다면…… 그래서 상대가 납득했다는 말이냐?"

"슨푸에는 모토야스의 처자가 있다, 두 아들을 죽인다면 나의 처자도 결코 살아남을 길이 없다, 모토야스로서는 나가테루의 두 아들이 죽는다는 것은 나의 처자를 잃는 것과 같다, 그러니 두 아들을 순순히 내놓으면 모를까, 그렇지 않다면 결전을 벌일 수밖에 없다……고."

카즈마사의 말에 미우라 요시나가가 다시 고개를 끄덕였다.

"음…… 그래서 두 아들을 내놓았다는 말이냐?"

"아니, 아직은 내놓지 않았습니다."

카즈마사는 필사적으로 고개를 저었다.

"단지 그것만으로는 말을 듣지 않았습니다. 그래서 또 하나의 계략…… 모토야스는 나가테루의 두 아들을 인계받고, 인질교환 형식으로 처자를 슨푸에서 오카자키로 데려와, 앞으로는 슨푸와 손을 끊겠다…… 이것이 계략입니다. 그렇지 않고는 두 아들을 구할 수 없으니 분한 일이라고 주군께서는 말했습니다. 어떨까요, 표면적으로 나가테루의 두 아들과 모토야스 처자의 인질교환을 가장하고 다시 새로운 계략을 꾸미시면?"

드디어 카즈마사는 본론으로 들어갔다. 얼굴도 겨드랑이도 땀으로 흠뻑 젖어 있었다.

우지자네는 다시 총신寵臣 미우라 요시나가를 슬쩍 돌아보았다.

13

미우라 요시나가는 우지자네의 눈길을 받고는 여자처럼 고개를 갸웃했다.

그로서는 생각해볼 필요도 없는 일이었다. 우지자네는 아마도 우도노 나가테루의 자식들을 죽게 내버려두지는 못할 것이었다. 그렇다면 카즈마사의 말대로 세나히메 모자와 교환하여 구출하는 길밖에 도리가 없었다.

'이것은 우지자네 님의 패배……'

그런 생각이 들었으나 당장 대답하지 않고, 아양을 떨 듯이 말했다.

"주군의 뜻을 먼저."

"나는 아직도 모토야스 놈이 무언가 잔꾀를 부리고 있다는 생각이 들어서 네 의견을 묻고 있는 거야."

"황송하지만 이 일은 거절하심이 어떨까 생각합니다."

"어째서?"

"화려한 슨푸에서 오카자키의 변방으로 옮겨가실 세키구치 마님이 가엾게 느껴지기 때문입니다."

"그녀가 불쌍하다고 해서 토타로의 아이들을 죽게 내버려두라는 말이냐?"

80

"그리고…… 마님도 주군 곁을 떠나기 싫어하실 것 같고……"

이시카와 카즈마사는 두 사람의 대화에 숨을 죽이고 있었다. 이번 사명의 성공 여부는 우지자네의 총신 요시나가의 말에 달려 있었다. 우지자네는 이미 자기 머리로는 결단을 내리지 못하고 요시나가와 상의하고 있었다.

"그러시면 이렇게 하는 것이……"

요시나가는 다시 몸을 비틀며 교태를 부렸다. 요시나가로서는 세나가 자기와 우지자네의 총애를 다투는 연적으로 생각되었다. 그러므로 일부러 세나가 가엾다는 등 마음에도 없는 말을 지껄이고 나서, 그 뒤 교환하는 것이 좋겠다고 하여 세나를 슨푸에서 쫓아낼 생각이었다. 그러나 그런 질투심까지는 카즈마사도 알지 못했다. 카즈마사는 무릎 위에서 주먹을 꼭 쥐고 요시나가를 잔뜩 노려보았다.

"잔꾀라 생각되시면 모토야스가 슨푸를 배반하지 않겠다는 서약서를 이 자리에서 카즈마사에게 쓰도록 하시면 어떨까요?"

"서약서를…… 그렇게 하고는 어쩌라는 말이냐?"

"그런 뒤 카즈마사에게 마님 모자를 인도하는 것입니다. 그러면 아직 사카이 타다츠구 등의 처자도 남아 있으니 카즈마사도 우도노의 아이들을 소홀히 다루지 못할 것입니다."

우지자네는 크게 안도의 숨을 쉬고 고개를 끄덕이면서 카즈마사를 돌아보았다.

"지금 들은 그대로다. 그대는 모토야스가 나를 배반하지 않는다는 서약서를 쓸 수 있겠느냐?"

"예."

카즈마사는 머리를 조아렸다. 저도 모르게 눈물이 쏟아져 당장에는 얼굴을 들 수 없었다. 두 마음이 없다는 증거로 배를 가르라고 한다면 그것조차 마다하지 않을 각오였던 카즈마사였다.

카즈마사는 마음속으로 신불에게 합장했다. 혼자서는 큰일을 결정하지 못하는 우지자네. 만일 그 옆에 분별을 가진 중신이 있었다면 자신의 계략을 간파당할 우려가 있었지만……

"처음부터 반심이 없는 주군이라 어떠한 서약서도 인정할 것이고, 또 나가테루 님의 자식은 이 카즈마사가 목숨을 걸고라도 슨푸에 보내드리겠습니다."

"좋아."

우지자네는 다시 요시나가를 돌아보았다.

"알겠습니다. 곧 준비하겠습니다."

요시나가는 조용히 일어나 서약서 종이와 벼루를 가지러 갔다.

14

이시카와 카즈마사가 세나와 타케치요를 데리고 슨푸를 떠난 것은 그 이튿날 아침이었다. 이미 교섭을 끝낸 이상 잠시도 더 슨푸에 머무를 필요가 없었다.

세나히메와 카메히메는 가마에 태워 세키구치 가의 가신으로 하여금 호위케 하고, 자신은 타케치요를 말안장 앞에 태워 만일의 사태에 대비했다.

집에서 나온 것은 아직 완전히 날이 밝기 전이었다. 그날도 새벽까지 춤에 미쳐 있던 사람들이 얼굴을 가리고 정사의 꿈에서 깨어 서둘러 갈 길을 재촉하고 있는 모습이 눈에 띄었다.

'슨푸여, 잘 있거라……'

아침 안개 속에서 말을 달리며 돌아다보니, 슨푸 성이 인간사의 희비를 초월한 꽃 속에서 손을 흔들고 있는 것 같았다. 아직 사카이 타다츠구와 그 가족들은 이 땅에 남아 있었다. 그러나 나가테루의 두 아들이 무사히 슨푸에 도착하면 그들도 틀림없이 오카자키에 돌아올 수 있을 것이다.

아베카와安倍川의 둑으로 이어지는 벚꽃이 만발한 길에는 발을 딛기가 아까울 정도로 꽃잎이 날리고 있었다. 곧 구름을 떨쳐버리고 나타날 후지산에도 각별한 아쉬움이 남아 있었다.

같은 이 길을 여덟 살 된 모토야스와 같이 지나왔을 때는 추위가 살을 에는 듯한 해질 무렵이었는데…… 그 이후 모토야스에게도 카즈마사에게도 13년이란 긴 밤이 계속되었다. 지금은 한 걸음 한 걸음 새벽을 향해 걸어가고 있었다.

'누가 밤의 장막을 걷어올렸는가.'

어린 타케치요의 머리에서 풍기는 향기가 찡 하고 코를 간질렀다. 카즈마사는 입술을 깨물고 소리 없이 울기 시작했다.

어제 상대가 요구하는 대로 서약서를 써서 피로 도장을 찍고 성을 나왔을 때는 꿈만 같은 느낌과 함께 온몸의 힘이 빠져 문을 나설 때까지 몇 번이나 걸음을 멈추곤 했다. 내가 무사히 살아 있다…… 아니 그보다도 모토야스가 고심에 고심을 거듭하고 자신이 죽음을 무릅쓰고 한 말이 효과를 나타내어 타케치요도 세나도 카메히메도 무사히 구출할 수 있었다는 생각에 갑자기 현기증이 나고 무릎에서 힘이 빠져나갔다.

'성주님! 들으셨습니까. 우지자네가 바로 인질교환을 하자고 했습니다. 축하…… 축하 드립니다.'

카즈마사는 겨우 해자 옆 버드나무에 기대었다. 소리내어 말할 기력마저 없었다. 하염없이 눈물만 쏟아져 이대로 쓰러지는 게 아닌가 싶었다. 그런 뒤 어떻게 미야마치까지 돌아왔는지 정신이 없었다.

"카즈마사! 어떻게 되었나요?"

달려나온 세나의 질문을 받고 카즈마사는 껄껄 웃었다. 아니, 웃으려고 해서 웃은 것이 아니었다. 지금까지 억제하고 있던 통곡이 그대로 웃음이 되어 터져나왔다.

"마님······ 무사히······ 모두······ 축하 드립니다."

이렇게 말하고 대기실로 들어가려다 또다시 현관 마루에 발을 헛디뎠다.

세나도 기뻐했다. 그녀의 아버지 치카나가도 미칠 듯이 좋아했다.

그리하여 오늘 아침 이렇게 슨푸를 떠날 수 있게 되었다.

타케치요는 등뒤에서 카즈마사가 떨고 있는 것을 깨달았는지 돌아보았다.

"어디 아픈가요?"

카즈마사는 그 머리에 턱을 얹고 웃었다.

"허허허."

"도련님, 조금만 더 가면 후지산富士山이 보입니다. 이 나라에서 제일가는 산이."

그러한 두 사람의 머리 위에 또다시 우수수 꽃잎이 떨어졌다.

15

카즈마사 일행은 도중에 이틀 밤을 묵은 뒤 오카자키 영내로 들어섰다. 모든 것이 예정대로 되었다.

요시다 성에서는 우지자네의 지시가 있었기 때문에 일행을 엄중히 경계해주었고, 니시고리 성에 있는 것은 히사마츠 사도노카미와 그 적자였다.

모토야스는 이미 이 성을 히사마츠 사도노카미에게 맡기고 있었다. 생모 오다이의 남편인 사도노카미 토시카츠의 성실한 인품을 잘 알고 있었기 때문이다.

사도노카미는, 이전의 영지 아구이는 서장자庶長子 야쿠로 사다카즈彌九郎定員에게 맡기고, 니시고리 성은 적자인 사부로타로 카츠모토三郎太郎勝元에게 지키도록 했다. 그리고 자신은 오카자키 성에 있으면서 모토야스가 출전했을 때를 위해 성의 수비를 준비하고 있었다. 그런 만큼 사도노카미도 일행을 따라 오카자키로 돌아오게 되어 일행의 대열은 한층 더 활기를 띠었다.

카즈마사는 끝까지 타케치요 곁을 떠나지 않았다. 기거도 같이 했고 식사와 변소 출입까지 자신이 직접 시중을 들었다. 그리고 언제나 자기 말에 태우고 행렬의 선두에 섰으며 가마에는 태우지 않았다.

"도련님은 훌륭한 무장의 아드님이시니 지금부터 승마를 배우지 않으면 안 됩니다."

카즈마사를 점점 따르게 된 타케치요는 입을 꼭 다물고 그의 말에 고개를 끄덕였다.

다만 세나만은 오카자키가 가까워질수록 마음이 가라앉지 않아 안절부절못했다. 아직은 보이지 않는 오카자키 성. 거기에 있을 많은 가신들. 결코 세나에게 호감만은 갖고 있지 않을 그 고장 백성들도 마음에 걸렸다.

마침내 일행은 오카자키 성에서 십리쯤 떨어진 오히라大平 가로에 이르렀다. 그곳에는 성의 무사들과 백성들이 길을 메우다시피 마중 나와 있었다.

모토야스가 단 한 차례 성묘를 왔을 때 마중 나왔던 사람들은 상투를 짚으로 묶은 초라한 가신들뿐이었다. 오늘은 가신은 물론 승려도 있고 앞치마를 두른 사람도 있었으며, 장사치의 아낙도 일꾼들의 모습도 섞여 있었다. 그들 모두 전과는 비교도 안 될 만큼 옷차림이 단정하고 혈색도 좋았다. 눈에 보이지 않는 독립에 대한 마음가짐이 알지 못하는 사이에 그들을 풍요롭게 하고 있다는 증거였다.

성에서는 히라이와 시치노스케 치카요시가 감개무량한 얼굴로 마중 나왔다. 그 역시 13년 전에 모토야스와 함께 슨푸에 갔던 시동의 하나였다. 그는 겨우 푸른 잎이 돋아나 있는 벚나무와 소나무 사이에 서서 이마에 손을 얹고 어릴 적 친구 이시카와 카즈마사와 타케치요의 모습을 바라보았다.

말은 별로 훌륭해 보이지는 않았다. 하지만 그 밤색 등에서 수염이 더부룩한 모습으로 주위를 둘러보며 오는 카즈마사와, 그 안장 앞에 안기듯이 하고 있는 타케치요의 모습.

"오오!"

그는 저도 모르게 탄성을 지르며 무릎을 쳤다.

"요시치로, 용케도 무사히······"

그와 함께 인파를 헤치고 말 앞으로 달려가 안타까운 듯 혀를 찼다.

"성주님이 얼마나 기뻐하며 기다리시는지 몰라. 요시치로, 어서 말을 달려."

그러더니 사람도 꽃잎도 모두 날려버릴 듯이 웃었다.

"하하하."

그 몸집과 웃음소리가 하도 이상했기 때문에 타케치요도 히히 하고 웃으려다 말고 카즈마사를 돌아보았다. 그러나 카즈마사는 웃는 대신 수염 난 얼굴에 더욱 근엄한 표정을 떠올려 보였다.

즈키야마 마님

1

정원수에는 벚나무가 많았다. 이들 벚나무에는 많은 송충이가 달라붙어 있었다. 송충이가 떨어지는 것을 경계하면서 여자들은 카메히메를 위해 7월 칠석의 축제를 준비하고 있었다. 조릿대 가지에 색종이와 글을 쓴 종이를 매다는 사람, 정원으로 탁자를 들고 오는 사람, 등을 가져오는 사람, 음식을 준비하는 사람 등이 모두 송충이가 무서워 목을 움츠리고 드나들었다.

마루 끝에 놓인 짚신을 신고 정원에 나온 세나는 탁자에 음식을 차리는 오만을 돌아보고 흐뭇한 표정으로 물었다.

"너는 칠석이 무엇인지 알고 있느냐?"

"잘 모릅니다."

"칠석이란 길쌈하는 여자들의 축제야. 황실에서는 키코덴乞巧奠°이라고 불러."

"키코덴……이라고요?"

"응, 그래. 나는 그 말을 쿄토京都에서 슨푸에 오신 어느 고귀한 분으로부터 들었어. 오늘 밤에는 황실에서처럼 잔치를 벌이려고……"

말하다 말고 세나는 무슨 생각을 했는지 옷소매를 입에 대고 킥킥 웃었다.

"예, 뭐라고 하셨습니까?"

"호호호호, 너는 성주님이 높은 분이라고 생각하고 있지?"

"그야 당연한 일이지요. 이 성의 대장님이신데."

"마츠다이라 쿠란도……"

그리고 세나는 다시 웃었다.

"황실에서는 말이다, 이 탁자나 등, 음식 따위를 운반하는 것이 쿠란도의 역할이라고 하더구나. 성주님께 그런 일을 하라고 하면 어떤 표정을 지으실까 하는 생각을 하니 절로 웃음이 나온 거야."

"어머, 쿠란도가 그렇게 낮은 직책인가요?"

"그래서 나는 늘 안타깝게 생각하고 있어. 하지만 오카자키와 쿄토는 아무런 연줄도 없으니……"

문득 슬푸를 떠올리는 듯한 표정이었으나, 오만이 걱정할 정도로 어두운 그림자는 비치지 않았다.

오카자키에 도착한 지 이미 넉 달에 접어들고 있었다. 얼마나 초라한 시골일까 하고 걱정했는데 의외로 훌륭한 거리이고 성이었다.

세나 모자를 위해서는 츠키야마築山에 새로 저택이 세워져 있었다. 지금 세나히메는 그 저택의 이름을 따서 츠키야마 마님으로 불리고 있었다.

본성과 복도로 이어진 내전을 기대하고 왔었다. 그러나 그곳에서는 너무 답답하다, 그래서 새로 저택을 마련했다고 했을 때는 무턱대고 불평만 할 수 없었다.

오랜 독수공방에서 해방되어 얼마 동안은 모토야스를 자기 곁에서 떠나게 하고 싶지도 않았다.

'오늘 밤에는 그 모토야스가 찾아온다.'

손을 꼽아보니 저번에 다녀간 지 벌써 8일이나 되었다. 하다못해 사홀에 한 번씩이라도…… 이러한 불만도 그가 오늘 밤에 온다는 생각에 그만 희미해졌다.

탁자 네 개에 촛대 아홉 자루, 전에 배운 형식대로 정원에 늘어놓고 일 년에 한 번 만난다는 견우와 직녀 두 별의 전설을 떠올리고 있을 때.

"마님도 아시다시피……"

제단장식을 끝낸 오만이 혼잣말하듯 입을 열었다.

"타케치요 님과 오다 가 맏따님이 올봄에 정혼을 하셨다니 축하 드립니다."

2

"지금 무어라고 했느냐, 타케치요와 오다 가의 맏딸이?"

세나의 반문에 오만은 비로소 고개를 돌리다가 깜짝 놀랐다. 세나의 무섭게 성난 얼굴 때문이었다.

"올봄이라니 언제란 말이냐?"

"예…… 예. 삼월이라고……"

"너는 그 얘길 누구한테 들었느냐?"

"저어, 카케이인 님을 모시는 카네라는 시녀에게 들었습니다."

"카네……라면 성주님의 총애를 받았느니 어쩌느니 하는 여자가 아니더냐?"

"예. 그 소문이 사실인지 알아보라는 마님의 분부로 셋째 성에 갔을 때 들었습니다. 마님도 아시는 줄 알고……"

여기까지 말했을 때 세나는 이미 거칠게 발걸음을 돌려 저택의 층계

를 올라가고 있었다. 가슴속에 무섭게 타오르는 불길을 느꼈다. 질투가
아니라, 그 이상의 굴욕이고 분노이며 또 슬픔이기도 했다.

카네가 그런 중요한 일을 알고 있다면, 분명 모토야스와의 사이에 무
언가 있을 것이었다. 이 사실만으로도 참을 수 없었으나, 그와 같은 중
요한 일을 아직까지 자기한테 말하지 않은 모토야스의 마음이, 갈기갈
기 찢어주고 싶을 정도로 미웠다.

'날 무시하고 있구나!'

이마가와 요시모토가 죽은 후 슨푸가 아무리 빛을 잃었다고 해도 나
는 요시모토의 조카딸이다. 요시모토의 목을 자른 노부나가의 딸과 자
기 아들 타케치요의 혼인을 허락하다니……

세나는 저택에 올라가 휴게실(모토야스의 침소) 옆에 있는 화장실에
들어가 잠시 돌처럼 서 있었다. 모토야스는 자기 모자의 생명을 구해주
었다. 그 사실로 미루어 순순히 사랑을 믿으려 애써왔다.

세나의 가슴에는 씻을 수 없는 상처가 남아 있었다. 자기마저도 분노
에 못 이겨 죽이려 한 우지자네의 무정도 그 하나였다. 모자가 슨푸를
떠나 쌍방의 인질이 교환된 지 얼마 안 되어 아버지 세키구치 치카나가
는 자결을 명령받았다.

"너하고는 상관없는 일이니 모토야스를 잘 섬겨 화목하고 아이들의
교육에 힘쓰도록 하여라."

이런 편지가 은밀히 전해졌을 때, 아버지는 이미 이 세상 사람이 아
니었다.

'모토야스 때문에 아버지까지……'

그런 생각은 하지 말라고 씌어 있는 아버지 편지를 읽고 있으려면 그
원한이 더욱 가슴의 상처를 아프게 했다. 아버지를 죽게 한 원수와 부
부의 인연을 맺고 있다. 이런 생각을 하는 것 자체만으로도 미칠 듯한
고통이었다. 더구나 그렇게 하게 한 것은 이 세나가 세상에서 처음으로

몸을 맡긴 우지자네.

'잊어야 한다!'

새로 지어 나무 향기가 풍기는 저택에서 남편의 가슴에 얼굴을 묻고, 나는 행복하다는 생각에 겨우 익숙해지려는 이때 뜻하지 않은 말을 오늘 오만의 입을 통해 들었다.

'이 일은 절대로 그냥 둘 수 없다.'

그러나 점점 더 신중해지고 무게를 더하여 세나의 뜻대로 움직이지 않는 모토야스가 세나히메의 항의에 얼마나 반응을 보일 것인가.

"거기 누가 있거든 본성에 가서 이시카와 이에나리를 불러오너라."

세나는 잠시 후 허둥지둥 시녀의 방으로 달려가고 있었다.

3

츠키야마 저택에는 거의 남자를 두지 않았다.

세나는 이것을 모토야스의 질투심 때문이라 생각하고 있었다. 무언가 중요한 일이 있을 때는 이시카와 카즈마사의 숙부 히코고로 이에나리彥五郎家成가 내전의 연락을 담당하는 역할을 맡고 있었다. 이시카와 히코고로의 어머니는 오다이와 같이 미즈노 타다마사水野忠政의 딸로, 이에나리와 모토야스는 이종 사이였다.

히코고로는 시녀의 말을 듣고 츠키야마 저택으로 달려왔다. 아직 해가 지기 전인데도 눈언저리와 볼이 술기운으로 불그레해져 있었다.

"부르셨습니까?"

방으로 들어와 문가에 앉는 그를 보고 세나는 금세 술기운을 알아차렸다.

"본성에서는 대낮부터 술을 마시나요? 오늘은 칠월 칠석, 여자들의 축제인데도 남자들이…… 이해할 수 없군요."

이에나리는 계속 부채질을 하여 가슴에 바람을 보내면서 말했다.

"실은 오늘 성주님의 개명改名을 축하하기 위해 본성에서 술좌석이 마련되었습니다."

"아니, 뭐라구요? 성주님이 이름을 바꾸셨다니?"

"예, 오늘부터는 마츠다이라 쿠란도 이에야스松平藏人家康 님이라 부르게 되었습니다. 마님도 기억해두십시오."

이에나리는 서글서글한 눈에 미소를 띠고 부드럽게 말했다.

"뭐, 쿠란도 이에야스?"

"예. 모토야스의 모토元는 돌아가신 요시모토義元 공의 모토에서 딴 글자. 슨푸와는 확실하게 인연을 끊은 지금 그 모토란 자를 반환하겠다고 하시어…… 이에야스…… 이 야스康는 할아버님이신 키요야스의 야스입니다. 이에家라고 한 것은 누구의 힘도 빌리지 않고 마츠다이라 가문을 자신의 힘만으로 일으키겠다는 각오를 나타내신 것으로 알고 있습니다."

세나는 눈앞이 캄캄해지는 느낌이었다.

요시모토의 조카딸.

이것이 지금까지 그녀를 지탱해온 자랑이었고, 모토야스에게 꿇리지 않고 살아온 마음의 기둥이기도 했다. 그런데 이 요시모토의 모토란 한 글자마저 사라져버린다. 자기는 모토야스에게 아무런 권위도 내세울 수 없는 단순한 아내로 전락해버리는 것은 아닐까……?

"이에나리."

"예."

"그대는 타케치요와 오다 가 처녀와의 혼담을 알고 있소?"

"예, 알고 있습니다."

"그렇다면…… 왜 그 말을 나에게는 하지 않았나요? 성주님도 그렇지. 어째서 나한테는 말하지 않았을까, 셋째 성의 하녀들까지 알고 있는데도."

이에나리는 천천히 고개를 끄덕이면서 말했다.

"츠키야마 마님은 여러 가지로 괴로운 일이 많을 테니 기회를 보아 내가 말하겠다……고 성주님이 말씀하셔서 저도 가만히 있었습니다마는, 이 일도 다 성주님의 깊은 배려가 아닐까 생각합니다."

"배려는 무슨 배려! 나는 요시모토 공의 조카딸이란 말이에요. 그런데 하필이면 외삼촌을 죽인 오다의 딸과……"

이때 이에나리는 천천히 손으로 제지했다.

"그런 말씀은 하지 마십시오. 오카자키 성안에서는 성주님을 열아홉 살이 될 때까지 인질로 잡아놓았던 지부노타유를 두고두고 원망하는 사람이 많습니다."

생각이 모자라는 아이를 일깨우고 나무라는 듯한 어조였다.

4

세나는 입술이 부르르 떨렸으나, 그 이상 심한 말은 삼가는 수밖에 없었다.

마츠다이라 일족에 대한 요시모토의 보호. 슨푸 쪽에서 보는 견해와 오카자키 쪽에서 보는 견해는 전혀 다를 수밖에 없었다. 이것을 깨닫고 세나는 점점 더 자신의 존재가 희미해지고 있다는 사실을 절감했다.

"그렇다면 모두들 이 혼담을 기뻐하고 있다는 말이오?"

"예, 경사스러운 일이라 생각하고 있습니다."

"알았어요, 더 이상 그대에겐 물을 것이 없어요. 성주님께 직접 묻겠어요. 이것이 이마가와 쪽에 대해 의리를 지키는 일이냐고."

이시카와 이에나리는 그 마지막 말은 못 들은 체하고 귀를 기울이며 말했다.

"아, 성주님이 드시는 것 같습니다."

아직 해도 지지 않은 이 시각에 츠키야마로 건너오는 일은 드물었다. 역시 딸에 대한 사랑에서일 것이었다.

"성주님께서 드십니다."

올봄부터 모토야스의 곁에서 시중을 들게 된 사카키바라 코헤이타 榊原小平太의 목소리가 들렸다.

열다섯 살이 되었으나 아직 관례를 올리지 않은 코헤이타가 칼을 들고 모토야스를 뒤따르고 있었다. 당사자는 이것이 불만이어서 이미 관례를 올린 혼다 헤이하치로를 노상 부러워했으나, 모토야스는 그대로 내버려두고 있었다.

"너무 성급한 자만 있어도 곤란하다."

이렇게 말하고 조급해하는 코헤이타를 보고도 모른 체하고 있었다.

여자들이 정중하게 맞이하는 기척에 이어 이윽고 모토야스는 휴게실로 들어간 모양이었다.

오만이 달려와 그 사실을 세나에게 알렸다. 세나는 우치카케打掛け°를 벗기게 한 뒤 흘끗 거울을 들여다보고 거실을 나왔다.

안색이 창백하고 눈초리에 불만의 기색이 역력히 드러나 있었다.

이에나리는 그 모습을 잠자코 바라보았다.

"성주님……"

어서 오십시오 — 하려 했지만 그만 가슴이 막혀버린 것은 분노말고 어리광도 섞여 있었기 때문이었다. 모토야스는 그와 같은 세나의 격앙된 감정은 무시하고, 정원을 바라보면서 말을 걸었다.

"날씨가 참 좋군. 은하수가 아름답지 않소? 그런데 카메는?"

"성주님!"

세나는 말문을 열자마자 눈물부터 흐르는 것을 굳이 억제하려 하지 않았다.

"오늘 이에야스로 개명하셨다면서요?"

"음. 이쯤해서 나도 뜻을 세우고 일어서야겠소. 좋은 이름이 아니오?"

"무척…… 고쇼 님이 저세상에서 기뻐하시겠군요."

"그럴 테지. 인간이 좀더 성장한다는 것은 무엇보다도 큰 보답이 되겠지."

세나는 무너지듯 남편 옆으로 몸을 던지고 어린아이처럼 흐느껴 울었다.

"정말로 기뻐하시겠죠! 확실하게 슨푸와 인연을 끊었다…… 훌륭한 사돈을 두게 되었다고…… 무척 기뻐하시겠죠……"

이에야스로 이름을 바꾼 남편은 제정신이 아닌 아내의 상대가 되지 않았다.

"오늘은 칠석이오. 딸을 위한 축제날이 아니오? 카메를 이리 데려오시오."

세나가 여전히 몸부림치며 울고 있으므로, 오만이 조심스럽게 일어나서 나갔다.

"예, 곧 모셔오겠습니다."

5

세나는 오만이 잘 차려 입은 카메히메의 손을 잡고 나타났는데도 아직 울음을 그치지 않았다. 그렇게 함으로써 남편으로부터 다정한 말을 들을 수 있지 않을까 하는 마음이 무의식적으로 작용하고 있는 모양이었다.

이에야스 뒤에서는 사카키바라 코헤이타가 인형처럼 칼을 들고 서서 초조해하고 있었다. 무슨 말이라도 해주지 않으면 울음이 그치지 않을 것이라 생각하면서.

그러나 이에야스는 세나에게는 아무 말도 하지 않았다.

"카메, 아주 예뻐졌구나. 이 아버지가 머리를 쓰다듬어줄 테니 내 무릎에 앉아라."

"예."

카메히메는 흘끗 어머니를 바라보았으나 별로 얼굴빛은 변하지 않았다. 아버지의 기분이 좋아 보였기 때문이다. 두 사람이 다툰 것이 아니라 어머니 혼자 화가 난 것이다. 어머니의 그런 모습에는 익숙해 있는 카메히메였다.

"많이 자랐구나. 너, 오늘 밤이 무슨 축제날인지 아느냐?"

"예. 칠석날요."

"응 그래, 아주 똑똑하구나. 하늘에 떠 있는 수많은 별, 저 별 중에는 네 별도 있어."

"내 별이…… 하늘에?"

"그래. 그 별이 슬픈 별이 아니었으면 좋겠는데…… 아니, 착한 아이로 훌륭하게 자라면 틀림없이 행운이 찾아올 거야."

"예. 저는 착한 아이가 되겠어요."

이때 지금까지 눈을 내리깔고 울고 있던 세나가 번쩍 고개를 들었다.

"이 카메는…… 우리 딸 카메는…… 적의 집안으로는 시집보내지 않겠어요."

"아니, 느닷없이 그게 무슨 말이오?"

"타케치요의 배필을 나하고는 한 마디 상의도 없이 오다 집안에서 데려오기로 결정하지 않았나요?"

"아, 그 일 말이군. 누가 그런 말을 했소? 내가 기회를 보아 직접 말해주려고 했는데."

"타케치요는 아직 어려요. 오다의 딸도 역시 겨우 기저귀를 벗은 나이인데, 그런 무리한 일을 했다가 두 사람 사이가 좋지 않으면 어떻게 하겠어요?"

"좋게 마련이야, 남녀라는 것은."

"아뇨, 그럴 리 없어요. 나는 나이가 들어 많은 생각을 한 끝에 맺어졌는데도 남 모르는 한이 있어요. 그런데 서로 잘 알지도 못하면서 어른들의 야심만으로 맺어진다면……"

"츠키야마……"

비로소 이에야스의 목소리가 날카로워졌다.

"그대는 듣기 거북한 말을 하는군."

"물론 거북하시겠죠. 타케치요의 어머니, 모토야스가 아닌 이에야스님의 정실은 이 혼담을 분명히 반대하고 있으니까요."

"침착하지 못하겠소!"

"나는 침착해요. 타케치요의 행복을 바라기 때문에 이런 말을 하는 거예요."

이에야스는 카메히메를 가만히 무릎에서 내려놓았다.

"그대의 눈에는 이 난세가 보이지 않소?"

"말씀을 다른 데로 돌리지 마세요."

"그대는 이 난세에 자기가 원하는 행복이 허락될 줄 알고 있는 거요? 강하지 못하면 죽을 수밖에 없는 것이 난세란 말이오. 살기 위해서는 죽여야만 하는 것이 난세. 이러한 세상에서 힘도 없는 여자가 자기가 원하는 대로 남자를 선택할 수 있다고 믿는 거요? 나의 외할머니는 미모가 뛰어나다는 이유로 다섯 번이나 결혼하며 전전할 수밖에 없었소…… 그뿐 아니라 황송한 말이지만, 쿄토의 황실에 있는 궁녀들까지도 입에 풀칠을 하기 위해 은밀히 몸을 파는…… 이것이 난세의 진정한 모습이오."

6

세나에게는 이에야스의 말이 통하지 않았다. 슨푸에서 제멋대로 살아온 세나는 그것이 그대로 인생인 줄 알고 있었다.

"점점 더 말씀이 빗나가는군요. 이 세나는 몸을 팔아야 하는 궁녀가 아니에요. 또 타케치요는 언제 살해될지 모르는 무력한 자의 아들이 아니에요. 아무 상관도 없는 말씀은 하지 마세요."

이에야스는 가볍게 혀를 차고 입을 다물었다.

옆에 있는 시녀와 사카키바라 코헤이타에게 더 이상 복잡한 이야기는 들려주고 싶지 않았다.

"코헤이타도 오만도 카메히메를 데리고 물러나 있거라."

이에야스는 담담하게 말하고 잠시 동안 정원의 푸른 나무를 망연히 바라보고 있었다.

해는 상당히 기울어 있었다. 부드러운 산들바람이 나뭇잎을 흔드는 모습을 보고 있으려니 울적한 마음마저 느껴졌다.

'여자란……'

속으로 중얼거리는데 안타까운 마음에 자기도 모르게 한숨이 나왔다. 세나와 자기 사이에는 도저히 이해할 수 없는 하나의 선이 그어져 있었다.

여자라고 모두 똑같지는 않다. 이오 부젠의 미망인이 된 키라의 딸, 최근에 알게 된 카네. 그 두 여자에 비하면 세나는 목에 걸린 걸쭉한 가래침 같은 귀찮은 면을 가지고 있었다.

'어째서일까……?'

세나의 말대로, 그것은 좋고 나쁨을 자유롭게 선택해서 맺어진 것이 아니라, 이마가와 집안과 마츠다이라 집안의 정략결혼이었기 때문일 것이다. 그러나 지금 세상은 정략에 의한 결혼의 좋고 나쁨을 따질 때가 아니었다.

슨푸에 머물던 타케치요 시절의 이에야스에게 과연 세나를 거부할 자유가 있었던 것일까? 그러기는커녕, 그 혼인에 매달려 가엾은 오카자키 사람들의 목숨을 구하는 것이 엄연한 목적이었다.

세나가 그것을 이해해주었더라면, 이 슬픈 인간끼리 새로운 애정을 발견할 수도 있을 텐데……

"성주님! 어떻게 하시렵니까? 제가 이토록 반대해도 그 혼인을 성사시키겠습니까?"

"좀 기다려요."

이에야스는 아직도 눈길을 정원으로 향한 채였다.

"그대에게는 자초지종을 설명하지 않으면 이해되지 않을 거요. 그대는 지금 오다의 세력이 어떠한지 알고 있소?"

"모릅니다. 알고 있는 것은 이마가와 집안과는 원수 사이라는 것뿐이에요."

"마음을 진정시켜요. 오다 집안은 어째서 이마가와 집안과 원수가 되었소?"

"고쇼 님이…… 우리 외삼촌이…… 전사하신 것을 모르세요?"

"어째서 전사했는지 생각해본 적이 있소? 이마가와 쪽에서 일부러 오다 쪽을 공격하다가 그렇게 된 거요."

"그렇더라도……"

"마음을 가라앉히라고 하지 않았소! 스루가, 토토우미, 미카와 이 세 곳의 태수가 먼저 공격했는데도 어째서 전사를 했겠소? 오다의 세력이 이미 이마가와의 그것을 능가했기 때문이라고 생각지는 않소?"

"……"

"이마가와 요시모토조차 이기지 못한 오와리의 세력을 나 혼자 적으로 맞아 싸운다…… 맞서 싸울 수 없기 때문에 어쩔 수 없다는 사정을 이해 못하겠소?"

이에야스의 말에 세나는 갑자기 얼굴을 찡그리고 웃기 시작했다.

"그러니까 성주님은 자신의 허약함을 타케치요에게 전가시키려 하시는군요. 호호호, 그렇게 약한 대장인 줄은 몰랐어요."

순간 이에야스의 눈이 무서운 분노의 빛을 띠고 세나를 노려보았다.

7

그 무서운 눈길에 세나도 그만 섬뜩했다. 비웃는 것이 얼마나 남자를 분노케 하는가는 세나도 잘 알고 있었다. 찻잔이 날아올까 아니면 사방침이…… 하면서 저도 모르게 몸을 움츠렸으나 이에야스는 마지막 단계에서 겨우 자제심을 발휘한 모양이었다.

"츠키야마."

"왜 그러세요?"

"그대와 나의 결혼도 역시 정략이었소. 그것을 잊지는 않았을 텐데."

"잊지 않았어요. 그래서 타케치요에게는 똑같은 불행을 안겨주고 싶지 않아요."

"좋소. 그렇게 합시다."

이에야스는 침통한 목소리로 말했다.

"혼인만이 타케치요의 행불행을 결정한다고 믿는다면 도리가 없지."

"그러면 파혼하시겠나요?"

이에야스는 고개를 끄덕였다.

"이 혼담은 노부나가가 제의했던 것이므로 파혼하면 그의 분노를 사게 될 거요. 그때는 어떻게 하면 되겠소?"

"오와리의 따님이 가엾다는 구실을 대고……"

"그 말을 들어주지 않고, 마츠다이라는 우리와 손을 잡을 의사가 없다, 더 강해지기 전에 쳐부수겠다고 전쟁을 걸어오면?"

"글쎄요……"

"그때는 패할 각오를 하고 싸우라는 말이오? 전쟁이 벌어지면 나도 없고 그대도 없소. 타케치요도 카메도, 가신도 영토도 성도……"

이에야스가 조용히 손가락을 꼽아나갔다.

"성주님! 비겁하시군요."

세나는 다시 몸을 떨면서 울부짖었다.

"파혼하겠다는 것은 거짓이고, 나를 설득하려고 그랬던 것이군요."

이에야스는 크게 한숨을 쉬었다.

"그럴지도 모르지. 하지만 그렇지 않을지도 몰라."

"그렇지 않을지도 모른다니 그게 무슨 말씀이세요?"

"그대의 생각대로라면 타케치요의 앞날이 걱정스럽소. 어차피 망할 것이라면 차라리 빨리 싸워서 하루라도 빨리 이 고통스런 세상을 떠나고 싶은 마음이 없지도 않소."

세나는 터질 듯이 눈을 크게 뜬 채 입을 다물었다. 속에서는 부글부글 부아가 치밀어오르고 있었다. 그러면서도 한편으로는 이에야스의 말이 무시무시하게 이성理性에 시퍼런 칼날을 들이대고 있었다.

싸우다 죽을 것인가, 오와리의 딸을 맞아들여 살아남을 것인가. 삶과 죽음 중에서 하나를 택하라는 말에, 결혼만이 인간의 행복이 아니라고 한 이에야스의 말을 싫어도 따르지 않을 수 없었다.

"나는 말이오, 츠키야마."

이에야스는 세나의 마음에 파고드는 듯한 어조로 말을 계속했다.

"오다 노부나가를 우러러보아야 할 사람이라 생각하오, 알겠소? 슨
푸에서는 마츠다이라 집안이 멸망하려 했을 때 무어라 했는지 기억하
고 있소? 나를 인질로 보내라고 했소. 지금 노부나가가 똑같은 요구를
해온다면 어떻게 하겠소? 일족이 살아남기 위해서는 눈물을 머금고 타
케치요를 키요스에 보내지 않을 수 없을 거요……"

"……"

"아무리 억울하더라도 감정에 못 이겨 가신을 죽이고 일족을 길에서
헤매게 한다면 대장의 그릇이 못 된다고 비웃음을 살 것이오. 내놓으라
고 하면 내놓을 수밖에 없어요. 그러나 노부나가는 그런 말은 하지 않
고, 대신 자기 쪽에서 먼저 딸을 오카자키에 보내겠노라고 했소. 인질
을 잡는 대신 딸을 줄 테니 협력하라고…… 타케치요를 인질로 보내는
것이 좋겠소…… 오와리의 딸을 데려오는 게 좋겠소……"

이에야스는 살며시 눈을 감고 말끝을 조용히 낮췄다.

8

세나는 다시 소리내어 울기 시작했다.

멋대로 설치던 요시모토의 조카딸이라는 위치에서 한 단계 떨어져
자존심을 잃었다고 생각하는데, 거기에는 상상도 하지 못했던 어머니
의 자리가 있었다.

"타케치요를 인질로 보내라는 요구는 하지 않고 딸을 오카자키에 주
겠다고 한 오다 노부나가. 나는 요즘 세상에도 이런 사람이 있었구나
하고 감격해서 얼른 승낙했소. 그런데도 그대는 불만이란 말이오?"

세나는 무섭게 몸부림쳤다. 승낙할 수 없다고 소리치며 대들고 싶었

다. 노부나가와 이에야스, 오와리와 미카와. 그런 현실보다도, 자연스러움을 긍정하면서 살아갈 수 없는 시대의 모순에 화가 난 것이지만, 그 모순의 존재를 눈앞에 드러내 보인 남편도 참을 수 없을 정도로 미웠다.

"알겠소? 지금은 여자가 자신이 원하는 남자와 맺어질 수 있는…… 그런 달콤한 세상이 아니오. 그러므로 나도……"

그렇게 말했을 때 세나의 손에서 찻잔이 휙 정원으로 날아갔다. 쨍그랑 소리와 함께 정원을 꾸미고 있던 칠석제 공물이 사방으로 튀었다.

이에야스의 안색이 또다시 창백해졌다.

억제에 억제를 거듭하며 설득해온 분노와 고뇌가 두 눈에 점화되었다. 움켜쥘 것이 없었기 때문에 이에야스는 사방침을 집어들었다. 그러나 그것을 내던지는 대신, 일갈하고는 그대로 일어났다.

"이 못난 것!"

"도망치는 건가요, 비겁하게!"

세나는 벌떡 일어서려다 자신의 옷자락을 밟고 그 자리에 쓰러졌다.

"성주님!"

이에야스는 이미 거친 발걸음으로 현관을 향해 걸어가고 있었다.

세나는 다시 무어라고 소리질렀으나 잘 알아들을 수 없었고, 당황하면서 뒤쫓아오는 코헤이타와 시녀들의 발소리가 애처롭게 귓전에 들려왔다.

짚신을 신고 있을 때 뒤에서 카메히메의 목소리가 들렸다.

"아버님."

이에야스가 아직 혈색이 돌아오지 않은 얼굴로 딸을 돌아보고 다시 미소를 떠올리기까지는 상당한 시간이 걸렸다. 카메히메는 오만과 나란히 서서 불만이라도 있는 듯이 원망스런 눈길로 이에야스를 노려보고 있었다.

"벌써 돌아가시려구요?"

"카메야!"

"또 어머님이 무슨……"

"아니다."

이에야스는 우는지 웃는지 모를 얼굴로 손을 흔들면서 말했다.

"곧 다시 오마. 오늘 밤은 오만과 같이 별을 보고 놀아라. 착한 아이가 되어야 한다."

그러면서 오만을 돌아보았다.

"카메를 데리고 재밌게 놀아라."

"예…… 알겠습니다."

두 사람 사이의 거북한 관계를 알고 있는 오만은 빨갛게 충혈된 눈으로 고개를 끄덕였다.

이에야스는 그길로 밖으로 나왔다. 그리고 해가 진 하늘을 쳐다보고 혼자 중얼거렸다.

"이 이에야스에게만 따뜻한 가정이 주어져서야 어디 될 말인가. 남자든 여자든…… 난세에는 모두 가련한 것이니."

"예?"

사카키바라 코헤이타가 물었으나 이에야스는 그냥 곧바로 본성 쪽을 향해 걸어갔다.

남편과 아내

1

이에야스는 본성 거실에 들어가 잠시 동안 묵묵히 앉아 있었다.

아내와 남편.

그 문제를 오늘처럼 심각하게 생각한 적은 일찍이 없었다. 지금까지는 언제나 남자와 여자의 대조 속에서 보아왔던 여자. 그것만으로 충분하다고 여겼던 생각이 오늘 세나히메를 만나고는 산산이 부서진 느낌이었다.

남자와 여자라는 관계와, 여기에서 비롯되는 남편과 아내라는 관계는 전혀 다른 것인 듯.

남자와 여자의 경우에는 쉽게 정복되던 것이, 아내가 되어서는 심한 반격을 해온다. 그것도 사리에 맞고 이치를 동반하는 반격이라면 설득할 수도 있고 또 받아들일 수도 있다. 그러나 세나는 감정만 앞세워 반성도 겸양도 없이 미친 사람처럼 대들 뿐이다. 아내로서 육체를 정복당한다는 것은 반격을 해야 할 정도로 원한이 되는 것일까? 새삼스럽게 생각해보아야 할 만큼 세나히메와 이에야스의 부부 생활은 서로 잘 맞지 않았다.

잘 맞지 않는 점이 드디어 오늘 폭발한 것인지도 모른다.

이에야스와 세나의 성장과정은 각각 달랐고, 세나가 원하는 것은 이에야스가 원하는 것과는 너무 동떨어져 있었다. 이에야스는 언제나 세상과 환경과의 관련 속에서 인간의 욕망을 생각하려는 데 반하여 세나는 어디까지나 개인의 행복만을 추구했다. 그것이 얻어질 경우에는 다행이지만, 얻지 못할 것을 원할 때는 그저 웃고 있을 수만은 없는 일이었다.

이에야스 역시 태평하게 지낼 수 있는 세상이라면 넷이나 다섯밖에 안 된 어린아이의 약혼 같은 것은 결코 서두르지 않았을 것이다. 그러나 현실은 그처럼 여유만만한 게 아니었다. 그리고 난세의 위기에서 살아가는 방식을, 아무리 태평스럽게 자랐다 해도 세나가 모를 리 없는데도 그녀는 전혀 이해하려고 하지 않았다.

이해하려 하지 않는 것을 애써 이해시키려는, 그런 여유조차 현재의 무인생활에서는 갖기 어려웠다.

'세나를 어떻게 할 것인가?'

슨푸에서 구출해내기 위해 온갖 고생을 다하고, 새로운 거처까지 마련하고 기다렸다. 그런 생각을 하면 치밀었던 분노가 사그라졌다가도 다시 치밀어올라 좀처럼 마음이 풀리지 않았다. 아내만 아니라면 일소에 부치고 접근하지 않으면 그만이지만, 아내는 또한 타케치요의 어머니이기도 했다.

서원에서는 아직도 그곳에 남아 담소하는 가신들의 활기찬 목소리가 들려왔다.

모두 이에야스의 뜻을 이해하고, 표면적으로도 이마가와 쪽과 관계를 끊은 처사를 기뻐하고 있었다.

'그렇다, 이 문제는 더 이상 생각을 말자.'

오늘 밤만이라도 불쾌한 일은 잊어버리고 가신들처럼 기쁨 속에 녹아들자.

이에야스는 날이 저물자 뒤따라오려는 코헤이타에게 말했다.

"이 근처를 잠시 산책할 것이다. 너는 따라올 것 없다."

셋째 성에서 몰아沒我의 사랑으로 매달려오는 카네의 모습을 떠올리며 거실을 나왔다.

2

카네는 아내도 아니고 정식 소실도 아니었다. 사랑을 받으려 하면서도 어디까지나 자제하고 있었다. 그녀 역시 소실이 되고 아내가 된다면 저절로 원하는 것도 달라질까?

이미 주위는 어두워져 있었다. 은하수는 아직 나타나지 않았다. 그러나 별은 여기저기서 반짝이고 살갗을 스치는 바람에 서늘함이 더해지고 있었다.

이에야스는 중문을 들어서면서 문득 카메히메를 생각했다. 오늘 밤을 고대하고 있었을 카메히메의 동심童心을.

남편과 아내의 불화가 카메히메에게는 아버지와 어머니의 불화였다. 세나에게는 화가 났다. 그러나 이 때문에 어린 카메히메에게 고독을 느끼게 하는 것은 차마 하지 못할 일이었다. 문을 나선 이에야스의 발길은 저절로 방향이 바뀌고 있었다.

'이대로는 카네를 찾아갈 수 없다……'

다시 한 번 츠키야마 저택으로 돌아가 축제의 등불 속에 잠자코 얼굴을 내밀어야지. 단지 그것만으로도 카메히메는 얼마나 기뻐할 것인가. 어쩌면 타케치요도 카메히메와 같이 정원에 나와 있을지 모른다……

세나에게는 말을 걸 생각이 없었다. 다만 두 아이에게만은 머리 위에 얹혀진 아버지 손의 따뜻함을 맛보게 해주고 싶었다.

'세나는 그런 모습을 보이고는 차마 밖에 나오지 못한다.'

그렇다면 아이들에게는 더더구나 아버지의 웃는 얼굴이 즐거울 터이다. 이렇게 생각하고 츠키야마 저택에 다시 왔을 때 정원 어디에도 불빛을 찾아볼 수 없었다.

이에야스는 사립문을 열고 정원으로 들어갔다. 허리를 구부리고 탁자를 놓았던 부근을 둘러보았다.

"발칙한 것—"

거기에는 저녁 때 세나가 내던져 깨진 찻잔조각과 탁자 위의 음식이 그대로 흐트러진 채 있었다. 집 안에까지 싸늘한 냉기가 감도는 가운데 정적에 휩싸여 있었다.

이에야스는 혀를 차고 발걸음을 돌렸다. 뒷맛이 좋지 않은 분노가 다시 가슴에 되살아났다.

세나는 지금 아이들의 기대를 저버린 것은 자기가 아니라 남편이라고 확신하면서 분노를 삭이지 못하고 있을지도 몰랐다.

이번에는 곧바로 셋째 성을 향해 걸으면서, 이에야스는 오지 말 것을 그랬다고 후회하고 동시에 반성도 했다. 자신에게는 그래도 이런 불쾌감을 씻어버릴 방법이 있으나 세나에게는 없었다. 한 번의 불만을 언제까지나 가슴에 안은 채 안절부절못할 세나.

"그 점에 아내로서의 불쌍한 면이 있지……"

셋째 성에서 카케이인의 방에서 새어나오는 불빛을 보면서 이에야스는 다시 걸음을 멈추고 한숨을 쉬었다.

다른 때처럼 홀가분하게 사랑의 어릿광대가 될 수 없는 마음의 무거운 응어리를 느꼈다.

'되돌아갈까……'

아니면 카케이인을 찾아가 차라도 마시면서 이야기를 나눌까 하고 생각했을 때였다. 카네의 방 창문에 퍼뜩 검은 그림자가 비쳤다. 안에서 비치는 그림자가 아니었다. 밖에서 빛을 막은 그림자…… 그렇다면 그것은 정원에서 방안을 엿보는 자의 그림자였다.

남자일까 여자일까?

이에야스는 무의식적으로 몸을 움츠리고 뒤에서 그 그림자에게 다가갔다.

"누구냐?"

작은 소리로 물었다.

"예…… 예."

소스라치게 놀라는 그림자의 주인은 젊은 여자였다.

3

"누구냐?"

이에야스는 다시 물었다.

상대는 더욱 당황하며 오른쪽 남천촉南天燭의 뿌리에 몸을 기댄 채 모기소리만한 목소리로 말했다.

"요……용……용서해주십시오."

"누구냐고 묻지 않느냐? 일하는 곳과 이름을 말하여라."

"다……당신은?"

"이 성의 주인이다. 무슨 일로 이런 곳에서 안을 들여다보느냐? 우선 이름부터 말하여라."

"아아, 성주님."

방안에는 카네가 없는지 창을 여는 기척은 없었다.

"용서해주십시오. 마⋯⋯마⋯⋯만입니다."

"뭐, 만이라고? 츠키야마를 모시는 만이란 말이냐?"

"예⋯⋯ 예, 그렇습니다."

이에야스는 혀를 차면서 나직하게 신음했다.

"다른 사람이 보면 안 좋다. 나를 따라오너라."

"예⋯⋯ 예."

"떨지 마라, 못된 것."

"예."

이에야스는 다시 입에 오물이 들어간 듯한 불쾌감을 느끼고 잠시 동안 묵묵히 걸었다.

이미 하늘에는 비스듬히 은하수가 걸려 있었고, 여기저기서 벌레소리가 들리기 시작했다.

셋째 성에서 사카타니의 마장에 이르렀을 때에야 비로소 달이 떠 있다는 것을 알았다. 뜨자마자 곧 기우는 달이었으나 어둠에 익숙해진 눈에는 부실 정도로 밝았다.

"여기가 좋겠군."

이에야스는 벚나무 그루터기를 발견하고 그곳에 걸터앉으면서 오만을 돌아보았다.

"츠키야마가 명한 대로 말하여라. 한 마디라도 거짓을 말하면 용서하지 않겠다."

왜 그런 말을 했는지 스스로도 의아하게 여기면서 거칠게 심문조로 다그쳤다.

"용서해주십시오."

오만은 아까처럼 떨지는 않았다. 카네와는 대조적인 단아한 얼굴에 달빛을 받으며, 오만은 필사적인 눈빛이었다.

"츠키야마 마님이 명하신 것은 아닙니다. 제 생각이었습니다."

"너는 내 명을 어기고 츠키야마를 감쌀 생각이냐?"

"아닙니다! 그렇지 않습니다."

오만은 진지한 얼굴로 고개를 저었다.

"성주님의 명을 어기다니…… 그런 무엄한 짓을…… 정말 제가 스스로 한 행동이었습니다."

"으음."

이에야스는 어린것에게 속는다는 마음에 가증스럽기도 했지만, 귀엽기도 했다. 슨푸에서 세나를 따라온 처녀, 말하자면 세나의 가신이었다. 자기 본분을 잊고 뻔뻔스럽게 세나가 명한 그대로를 말했다면 더욱 불쾌했을 것이다.

'이 여자에게는 제법 성깔이 있는 것 같군.'

"너는 성직자의 딸이라고 했지?"

"예. 미이케치리유 신사의 신관 나가미 시마노카미의 딸입니다."

"몇 살이나 됐느냐?"

"열다섯입니다."

"열다섯밖에 안 된 네가 자신의 의사에 따라 그 방을 들여다보았다는 말이냐? 그 이유를 알고 싶다. 말해보아라."

이에야스는 일부러 목소리를 누그러뜨리지 않고 엄한 얼굴로 오만에게 말했다.

4

오만은 마른침을 꿀꺽 삼키고 또렷하게 말했다.

"말씀 드리겠습니다."

상당히 기질이 강한 여자인 듯, 침착성을 되찾으면서부터 이에야스를 쳐다보는 눈에 기백 같은 것이 느껴졌다.

"사……사랑입니다."

"뭣이, 사랑?"

이에야스는 어이가 없어 고개를 갸웃하고 말했다.

"예. 저는 성주님을 사랑하고 있습니다."

"닥쳐라, 그게 사랑하는 사람의 얼굴이냐? 허튼소리를 하면 용서하지 않겠다."

오만은 다시 꿀꺽 침을 삼켰다. 크게 뜬 눈에 격한 감정이 떠올라 눈도 깜빡이지 않았다.

"허튼소리가 아닙니다. 진심입니다."

"너는 내가 그리워 그 방에 왔었다는 말이냐? 그 방에 내가 간다는 것을 누구에게 들었느냐?"

"저어…… 사모하고 있기 때문에…… 누구에게…… 누구에게 묻지 않아도 알 수 있습니다."

"오만!"

"예."

"네 기질은 알겠다. 츠키야마가 훌륭한 하녀를 두어 부럽구나. 하지만 네가 하는 말을 내가 믿을 것 같으냐?"

"믿으시건 안 믿으시건 저는 진심입니다."

"하하하하, 그만 됐다. 너는 츠키야마의 명으로 내가 그 방에 들어가는지를 살피러 왔었다는 것쯤은 묻지 않아도 알 수 있다. 그런데 츠키야마는 어째서 카메히메의 칠석제를 중단시켰느냐?"

"저는 모릅니다."

"모르다니, 그럼 설명할 수 없다는 말이냐?"

"예. 마님께서는 몸이 불편하시다면서 성주님이 가신 뒤 그대로 잠자리에 드셨습니다."

"음식이나 탁자에는 손을 대지 말라고 했을 테지. 그렇지 않다면 너는 카메히메와 같이 다시 장식하여 지금쯤 별에 제사를 지내고 있었을 것 아니냐. 아니, 어쨌든 좋다. 그런데 너는 똑똑해 보이니 한 가지만 묻겠다. 오늘 우리 두 사람이 다투는 것을 보고 어느 쪽이 옳다고 생각했느냐? 생각한 대로 말해보아라."

이 물음에 비로소 오만은 눈을 깜빡거렸다. 마음속으로 대답을 생각하고 그 답이 나왔다고 생각했을 때 오만은 기묘한 말을 했다.

"제가 말씀 드려도 그것은 정확한 답이 되지 않습니다."

"어째서?"

"저는 성주님을 사모하고 있습니다. 그래서 아무래도 성주님 편을 들게 됩니다."

"하하하하, 그만 됐다. 네가 사모한다느니 사랑한다느니 하는 말을 들으니 슬퍼서 눈물이 나오려고 한다."

"하지만…… 하지만…… 진실입니다. 성주님이 그 방에 몰래 들어가시는 것을 보면 저는 안타깝습니다."

이에야스는 다시 얼굴을 긴장시켰다. 오만은 끝까지 츠키야마를 감싸며 자기 생각을 밀고 나갔다.

"너는 계속해서 내가 좋다고 고집을 부릴 생각이냐?"

"예."

"내가 그 방에 들어가면 어째서 안타깝다는 거냐?"

"질투 때문입니다."

"질투 같은 것을…… 너는 알 리가 없다. 너는 아직 남자를 모르는 어린아이야."

"아닙니다, 알고 있습니다."

무슨 생각을 했는지 오만은 경직된 표정으로 주장했다.

5

이에야스는 저도 모르게 웃음이 터져나오려는 것을 억지로 참았다.

"남자를 알고 있다는 말이냐?"

"예."

"대관절 몇 살 때 알았다는 것이냐?"

상대가 너무 당돌하게 나오는 바람에 이에야스의 마음도 차차 누그러졌다.

이 소녀는 언제까지 자기 주인을 감쌀 것인가?

"예. 열두 살 때."

상대는 주의깊게 주머니 속에 있는 것을 찾는 듯한 얼굴로 대답했다.

"허어, 잘도 둘러대는구나. 네가 마님을 모시게 된 것은 열세 살 때라고 들었다. 그 뒤에 남자를 알았다면 불의를 행한 것이 되지만 그 전이라면 나무랄 수가 없지. 열두 살 때였다면."

오만은 어깨를 크게 들썩였다. 그러나 아직 눈은 경계를 풀지 않고 있었다.

"너는 그토록 마님이 좋으냐?"

"예. 소중한 주인이기 때문입니다."

"너는 질투를 느꼈다고 했는데, 마님은 그렇지 않더냐?"

오만은 흠칫 놀라 대답을 하지 않았다.

"질투의 맛을 아는 너라면 주인의 그것도 알 수 있을 게 아니냐?"

"마님은…… 질투 같은 것은…… 하시지 않습니다."

"질투를 하지 않는다고……?"

이에야스는 또다시 불안한 듯 눈을 깜빡거리는 오만의 얼굴에서 세나의 집요한 애정을 떠올리고 쓴웃음을 지었다.

"알겠다. 네가 그렇다면 그럴 테지."

"예. 분명히 그렇습니다."

"그렇다면 나는 안심하고 너를 사랑해도 되겠구나. 너는 나를 사모하고 있다고 했어. 츠키야마는 질투하지 않는다고 했고. 그러니 아무 문제도 없지 않겠느냐?"

"……"

"왜 그런 묘한 표정을 짓느냐? 남자를 알고 있다니 그렇다면 사랑해주겠다. 나를 따라오너라."

이에야스가 미소를 띠고 일어나는 모습에 오만이 소리쳤다.

"성……성주님!"

이렇게까지 될 줄은 몰랐다. 츠키야마를 감싸려고 오만은 지나치게 어른스런 말을 했다. 츠키야마가 질투를 안 하기는커녕 너무도 심하여 감싸주려고 한 말, 이것이 오만의 두뇌로서는 빠져나올 수 없는 파탄을 초래했다.

"왜 불렀느냐?"

이에야스는 천연덕스럽게 돌아보고 조롱하듯 말했다.

"달이 지겠다. 발 밑이 밝을 때 어서 따라와."

"성주님……"

"묘한 표정을 짓는 것을 보니 기쁜 모양이로구나…… 내가 사랑해줄 테니 돌아가거든 마님에게 그대로 말하여라. 분명하게 말이다. 성주님은 오만을 소실로 삼겠다고 하더라고."

"아아……"

오만은 이상한 소리를 내며 울기 시작했다.

츠키야마와도, 키라의 딸과도, 카네와도 다른 철부지 같은, 그러면서도 격렬함을 가지고 울음을 터뜨리는 동시에 땅을 차고 이에야스에게 덤벼들었다. 너무나 갑작스러운 일이어서 이에야스는 저도 모르게 무슨 흉기라도 들고 있지 않나 하고 그녀의 손을 내려다보았을 정도였

다. 그러나 절박하게 달려든 오만은 이에야스의 가슴에 파고들어 흐느
껴 울고 있을 뿐이었다.

6

"성주님…… 부탁입니다! 마님께는…… 마님께는 비밀로. 마님께
는……"

이에야스는 망연히 오만을 내려다보았다. 이것도 남편과 아내 사이
에 생긴 장벽이 초래한 미묘한 심리의 움직임일 것이다. 오만의 비약은
이에야스의 야유를 훨씬 더 뛰어넘어, 사랑받는 것은 좋지만 세나히메
의 질투가 무섭다는 그런 단계까지 뛰어올라 있었다.

"어째서 마님에겐 숨기라는 말이냐, 질투는 하지 않는다고 하지 않
았느냐?"

"하지만…… 그렇게 되면 제가 곤란합니다."

가슴에 얼굴을 밀어붙이는 것도, 울면서 몸부림치는 것도 필사적이
었다.

달이 떨어졌다. 머리 위의 은하수가 보석의 띠를 늘어놓은 것처럼 선
명했다. 맑고 희미한 벌레소리가 마음속에서 울리고 있었다.

어느 틈에 오만을 꼭 끌어안은 자세가 된 이에야스는 자신과 세나의
'부부 생활'을 생각하고 있었다.

어디서 어떻게 빗나가게 되었는지 알 수 없었다. 실이 원하는 대로
바늘귀에는 꿰이지 않고, 그때마다 다른 여자가 새로이 나타나고는 했
다. 세나히메와 자기의 화목에 아무런 틈도 없었다면 당연히 그냥 지나
쳐갔을 여자들. 지나쳐갔어야 할 여자들이 언제나 걸음을 멈추고는 두
사람 사이의 틈을 더욱 벌려놓았다.

특히 오만의 경우는 극단적이었다. 세나가 공연히 카네의 방을 엿보도록 오만을 보냈다가, 이에야스 자신도 원치 않았을 뿐 아니라 기대하지도 않았던 이상한 위치에 그를 몰아넣고 말았다.

불붙기 쉬운 기름에 일부러 불을 던진 것은 세나였다. 그리고 이러한 세나와 마음이 멀리 떨어져 있기 때문에 이에야스의 젊음은 더욱 이성 理性 밖에서 불타오르곤 했다.

생과 사가 인간의 의지 밖에 있는 것과 마찬가지로, 여자와 남자가 서로 껴안음으로써 타오르는 미묘한 불길 또한 진화할 수 있는 한계 밖에 있었다.

처음에는 은하수를 쳐다보았다. 바람을 느끼고 벌레소리로 마음을 맑게 하려고 했다. 그러나 이미 사랑받을 것을 전제로 하고 그 다음의 비밀에만 신경을 쓰며 육박해오는 오만의 불길은 서서히 이에야스에게도 옮겨붙기 시작했다.

이에야스는 또다시 인간의 영위에 거역할 수 없는 신비를 오만에게서 느끼고 드디어 몰아의 경지에 들어갔다.

바람이 불어 삼나무가 쏴아 하며 울부짖었다.

어딘가 멀리서 서툰 노랫소리가 들려왔다.

성안 누군가가 은하수를 올려다보면서 마음이 심란해지기라도 한 모양이었다.

"만."

이에야스는 문득 오만의 손을 놓았다.

"걱정할 것 없어. 말하지 않을 테니."

이렇게 속삭이고 얼른 옷자락을 털고 사라져갔다.

오만은 아직도 온몸에 고통과 황홀과 공포를 간직하고 멍하니 하늘을 쳐다보고 있었다.

별의 축제.

일년에 한 번 만나는 별.

마님의 눈. 남자를 안 육체.

이런 것들이 조각조각 의식의 표면을 가로질러, 앞으로 어떻게 될 것인가? 어떻게 했으면 좋을지 전혀 알 수 없었다.

"성주님……"

오만은 비틀거리면서 일어났다. 그리고 카네의 방을 엿보러 왔을 때부터 상당한 시각이 지났다는 것을 깨닫고는 서둘러 나무 밑을 걷기 시작했다.

7

세나는 이부자리 위에 엎드려 베개에 이마를 푹 파묻고 오만이 돌아오기를 기다리고 있었다.

생각하면 할수록 화가 치밀고 자기 존재까지 저주스러웠다. 카메히메를 위한 칠석제를 하지 말도록 한 것도 후회되고, 지나치게 남편을 들볶은 것이 아닌가 싶기도 해 마음에 걸렸다. 반성은 아니었다. 미칠 것만 같은 고독과 초조함이 깊어질 뿐이었다.

오만은 아직도 돌아오지 않았다.

'무엇을 하고 있을까?'

초조하게 기다리고 있으려니 다시 끝없는 망상이 떠올랐다.

카네라는 여자는 세나도 산책을 구실로 셋째 성에 갔을 때 싸리나무 잎 너머로 한 번 얼핏 본 적이 있었다.

세나가 그녀와 남편 때문에 다투기에는 너무 촌스러운 느낌이 드는 여자였다. 그러면서도 세나히메의 몸에서는 사라져가고 있는 싱싱함이 들에서 이슬을 맞고 빛나는 포도송이를 연상케 했다.

"흥, 그 따위 계집이."

그런데도 그 여자의 목을 안고 몽롱해져 있는 이에야스의 모습.

'오만은 도대체 언제까지 들여다보려는 것일까?'

누군가에게 발각되어 이에야스 앞에 끌려간 것은 아닐까? 어떤 경우에도 세나의 이름은 말하지 않겠다고 굳게 맹세하기는 했지만……

이런 생각을 하는 동안 세나는 더욱 슬퍼졌다.

남편의 사랑을 받지 못하는 아내.

남편 때문에 아버지까지 자살하게 만든 여자.

그리고 또 그 여자는 자기 자식이 그토록 고대하던 칠석제마저 중단시켰다.

남편은 다른 여자를 껴안고 황홀경에 빠져 있는데, 자기는 고독을 못이겨 비 내리는 날의 꽃처럼 흐느끼고 있었다.

세나의 울음소리가 점점 높아졌다. 누가 들으면 창피하다는 것을 알면서도 억누를 수 없는 장마철의 개울물 같은 눈물이었다.

"어머니."

거실 입구에서 카메히메의 목소리가 들려왔다. 아직도 축제의 유혹을 떨치지 못한 듯 하녀들 몰래 숨어들어왔다. 그 소리를 듣고 세나는 더욱 슬퍼 울음소리가 높아졌다.

"어머니."

다시 카메히메가 불렀다. 그러나 어머니가 울고 있다는 것을 알았는지 조용히 장지문이 닫혔다.

'이 어미를 용서해다오……'

또다시 몸부림쳤을 때였다. 일단 닫혔던 장지문이 전보다 더욱 조심스럽고 조용히 열렸다. 그리고 잔뜩 겁에 질린 표정으로 오만이 유령처럼 들어왔다.

오만은 문지방 옆에 가만히 앉아 무섭게 흐느끼고 있는 세나를 멍하니 바라본 채 잠시 동안 입을 열지 않았다.

세나는 울음을 그쳤다.

방안이 조용해지고 희미한 불빛이 가만히 흔들리고 있었다.

"마님."

오만이 기어들어가는 듯한 소리로 불렀다. 아무도 없는 줄 알았던 세나는 가슴을 누르고 벌떡 일어났다.

8

"아니! 오만이 아니냐."

"예."

"언제 들어왔어, 왜 잠자코 앉아 있었느냐?"

세나는 꾸짖듯이 말했다.

"예…… 예."

오만은 더욱 몸을 움츠렸다.

"마님이…… 너무도 슬피 우셔서."

"그래서 너도 울었다는 말이냐? 깜짝 놀랐구나. 하지만 너니까 울어주는 거야. 나를 위해 눈물을 흘려주는 것은 너밖에 없어, 오만!"

오만은 꺼져들듯 고개를 수그렸다.

"보아하니 너도 어이가 없고 슬픈 장면을 보고 온 모양이로구나. 역시 성주님이 카네의 방에 들어가시더냐?"

"아닙니다…… 오시지 않았습니다."

"오시지 않았다! 그런데 왜 이렇게 늦게 돌아왔어? 도중에 무슨 일이라도 있었느냐?"

"아닙니다! 아닙니다! 아무 일도 없었습니다."

"오만!"

"예."

"너는 무언가 나에게 숨기고 있어."

"당치도 않습니다. 그런 것은 없습니다."

"아니야. 무언가 숨기고 있어. 머리가 흐트러져 있고 입술도 창백해. 누구에게 발각된 것은 아니냐?"

오만은 지금 울면 안 된다는 생각을 했으나, 감정의 큰 파도가 의지를 삼켜버렸다. 목에 걸린 오물을 토해내듯 와락 울음을 터뜨리다가 깜짝 놀라 소리를 죽였다.

아니나다를까 이때부터 세나의 추궁이 날카로워졌다.

"숨기면 용서하지 않겠다. 오만, 무슨 일이 있었느냐? 누구에게 들켰느냐?"

세나도 창백한 얼굴로 일어나 앉아 있었다. 만일 오만이 누군가의 눈에 띄었다고 하면 세나히메로서는 큰일이었다. 결국 그 말은 이에야스의 귀에 들어갈 것이고, 그렇게 되면 세나의 지시라는 것이 밝혀져 이에야스의 발길은 더욱 뜸해질 게 분명했다.

"설마 내가 시켰다고는 말하지 않았겠지?"

"예."

"아니? 네 등과 허리에 솔잎이…… 앗……"

부드럽게 달래듯 오만의 몸을 쓰다듬던 세나의 눈이 순간적으로 야릇하게 빛났다.

"너…… 너…… 어느 사내와 몸을 섞었구나."

"마님."

오만은 얼른 세나의 손을 뿌리치고 물러났다. 온몸이 또다시 와들와들 떨리는 것은 오만의 의지를 초월한 힘의 작용이었다.

"용서해주십시오. 하지만…… 하지만…… 마님의 이름은 절대로."

"말하지 않았다는 말이냐? 숨기지 마라. 그 사내가 누구냐? 내가 반드시 복수해줄 테니 그 사내의 이름을……"

"예…… 예. 성주님께 발각되었습니다."

"뭣이! 성주님께……"

이렇게 말하고 세나는 그 자리에 주저앉았다. 이번에는 완전히 정신이 나가 울 수도 노할 수도 없었다.

오만은 자신을 추궁한 사람의 이름을 대려다가 몸을 빼앗은 사람의 이름을 그만 입밖에 내고 말았다.

기인군담奇人軍談

1

동산의 억새풀 위에 달이 떴다.

중추 명월中秋明月이었다. 너무도 맑은 감촉이 살갗에 스며들어, 타케노우치 나미타로竹之內波太郎는 노래할 마음도 춤을 출 기분도 들지 않았다. 그러나 손님인 즈이후隨風는 노상 큰잔을 기울이며 여러 장수들을 평하고 정치를 논했다.

카리야 성刈谷城과 가까운 쿠마熊 도령의 집, 술을 가져오는 것은 분홍색 하카마袴를 입은 무녀巫女들이었다. 나미타로는 윤기나는 머리를 뒤로 늘어뜨리고 때때로 즈이후가 하는 말에 고개를 끄덕였다. 즈이후도 이미 예전과 같은 젊은 승려는 아니었다. 검게 물들인 승복을 아무렇게나 걸치고 우람한 팔을 드러내놓고 있어 히에이잔比叡山의 거친 중과도 같은 모습이었으나, 여전히 그 논법은 예리하고 세상을 보는 눈은 핵심을 찔렀다.

이 법사는 어디서 어디까지 여행하고 왔는지 이번에 홀연히 나타났을 때는 동행자 한 사람을 데리고 있었다.

이름은 아케치 쥬베에明智十兵衛.

"쟈쿠슈오바마若狹小浜의 대장간집 아들인데, 대장간집 아들이라는 걸 아주 싫어해. 그렇지 않은가?"

즈이후는 이렇게 말하고 거침없이 웃었다. 뒤를 이어 쥬베에는 태연히 다른 말로 자기소개를 했다.

"미노美濃의 토키土岐 씨 일족으로 아케치 마을에 사는 켄모츠노스케 미츠쿠니監物之助光國의 아들 쥬베에 미츠히데光秀라고 합니다. 잘 부탁 드립니다."

나미타로는 쥬베에의 자기를 소개하는 태도에 문득 쓴웃음을 떠올렸다.

어딘지 모르게 고풍스러운 허영이 감돌고 태도 역시 근엄했다. 전에 잠시 사이토 도산을 섬긴 일이 있으나, 도산이 그의 아들 요시타츠義龍에게 살해된 뒤에는 주인으로 섬길 사람을 찾아 여러 곳을 방랑하다가 즈이후를 만났다고 했다.

"전술로는 타케다가 뛰어나지만 지리적 조건이 나쁘기 때문에……그것까지는 쥬베에도 나와 같은 의견이었지 않은가?"

즈이후가 말했다.

"그렇습니다."

쥬베에는 정중하게 대답했다.

"저는 중원中原을 장악할 인물은 오다 님일 것이라고 했습니다. 그러나 즈이후 법사님은 마츠다이라 이에야스라고 하십니다."

"하하하……"

즈이후는 술잔이 날아갈 듯 큰 소리로 웃었다.

"결코 오다를 섬기지 말라는 소리는 아닐세. 오다보다 마츠다이라 이에야스가 더 뛰어나다는 것도 아니고. 내가 말하는 것은 자네의 성격일세."

쥬베에는 반론은 펴지 않았으나, 싸늘하게 웃고 있었다. 그 태도로 보아 즈이후의 의견에는 거부한다는 것을 잘 알 수 있었다.

"나미타로, 그대는 어떻게 생각하지? 이 사나이와 오다의 성격이 맞을 거라고 생각하나?"

나미타로는 쓸쓸히 웃었을 뿐 대답하지 않았다.

"쥬베에는 아는 것이 너무 많아. 아니, 알고 있다는 것을 너무 과장하고 있어. 오다는 낡은 관습, 낡은 지식을 혐오하거든."

"그렇다고 언제까지나 필부의 흉내만 내고 있지는 않을 것입니다. 지위에 따라 고사故事에도 통하지 않으면 큰 성공은 바랄 수가 없습니다."

나미타로는 이 사내가 자기를 노부나가에게 추천해주기를 바란다는 생각에 마음이 무거워졌다.

'즈이후의 말대로 이 남자와 오다는 성격이 잘 맞지 않겠어.'

이렇게 생각하고 있는데 쥬베에가 매우 공손하게, 나미타로에게 술잔을 내밀었다.

"잔을 받으시지요."

2

나미타로는 받아 마시고 잔을 쥬베에에게 되돌렸다.

"마시겠습니다."

쥬베에는 얌전하게 잔을 받고 나서 정중하게 말했다.

"쿠마 도련님은 미카와 잇코一向 종도宗徒의 반란을 배후에서 지시한 것으로 알고 있는데요."

나미타로는 흘끗 쥬베에에게 날카로운 시선을 던졌으나, 그의 말에는 긍정도 부정도 하지 않았다. 다만 이 녀석이! 하는 눈으로 미소지었을 뿐이었다.

"즈이후 법사님의 말씀으로 품격은 대략 짐작하고 있었지만, 듣기보다 훨씬 더 탁월한 기량을 가지고 계시군요."

쥬베에는 말을 마치고 나서 다시 탐색하듯 잠시 입을 다물었다.

이에야스가 이마가와 쪽과 완전하게 관계를 끊은 이듬해인 에이로쿠 6년(1563) 이후, 미카와 영내에서는 뜻하지 않은 내란이 일어나 계속되고 있었다.

잇코 종도들의 폭동이 그것이었다. 잇코 종은 그 중흥의 시조라 불리는 렌뇨蓮如 이후 염불전수念佛專修를 구호로 하는 무장단체로 변해 있었다.

에이로쿠 6년 가을, 이에야스가 이마가와에 대비하여 사자키 성佐崎城을 쌓기 시작할 무렵 뜻밖의 분쟁을 일으켰다.

사자키의 죠구 사上宮寺에서 군량미를 빌리기로 했는데, 아직 결정도 나기 전에 이에야스의 가신이 벼를 실어 나르기 시작한 것이 계기가 되었다. 하리사키針崎의 쇼만 사勝鬘寺, 노데라野寺의 혼쇼 사本證寺가 죠구 사에 호응하여 궐기하는 바람에 이에야스는 그 진압에 밤낮이 없을 정도로 바빴다.

사건이 신앙문제와 관계된 것이어서 가신 중에서도 폭동에 가담하는 자가 많아, 이에야스가 직접 진두지휘를 하지 않으면 수습할 수 없었다.

쥬베에는 그 폭동의 이면에 타케노우치 나미타로가 있을 것이라고 말하고 있었다.

"그런 말은 묻는 것이 아닐세, 쥬베에."

즈이후가 나무랐다.

"어찌 되었건 자네와는 관계없는 일이니까."

"그렇지 않습니다."

쥬베에는 가볍게 고개를 저었다.

"모든 것이 다 후학後學을 위해서지요. 쿠마 도련님은 오다의 미노 진출을 돕기 위해 잇코 종도들의 폭동을 뒤에서 조종하시는 것입니까? 아니면……"

"아니면……?"

"마츠다이라 이에야스를 훌륭한 성주로 키우려는 마음에서입니까? 이 쥬베에 미츠히데는 참고로 삼으려고 여쭙는 것입니다."

나미타로는 가만히 고개를 끄덕이고 다시 쓴웃음을 지었다.

'이 녀석, 보통이 아니야.'

이렇게 생각하는 동시에 건방진 사나이라는 반감도 일었다.

냉정하기 짝이 없는 침착성. 자기 눈이 예리하다는 것을 자랑하는 아니꼬움. 이러한 그의 태도는 뒤집어보면 마음을 놓을 수 없는 반골叛骨과도 통한다.

"짐작되는 게 있다니, 어디 이야기해볼까요?"

"예. 참고가 되겠습니다. 부탁 드립니다."

"나는 어느 쪽도 도와주지 않소."

"그렇다면 지시하신 것이 아니라는……"

"그렇소. 인간의 힘으로는 사계절을 만들 수 없소. 인간은 추위가 오면 옷을 겹쳐 입고, 더위가 오면 옷을 벗는 것이오. 그 자연의 움직임도 그릇된 눈으로 보면 추위를 돕고 더위를 초래하는 것으로 생각되기도 하오."

"하하하."

즈이후가 다시 배를 잡고 웃었다.

"이 못난 쥬베에! 그러기에 묻지 말라고 한 거야. 하하하하……"

쥬베에의 얼굴이 벌겋게 달아올랐다.

3

"유능한 사람은……"

쥬베에가 말했다.

"언제나 발톱을 감추고 있지요. 그러나 유능한 사람은 자연의 움직임을 깊이 살펴 조수가 밀려오기 전에 배를 준비하고 눈이 내리기 전에 덧신을 마련하는 것을 게을리 하지 않는다고 들었습니다. 쿠마 도련님은 오다와 마츠다이라 중에서 어느 쪽을 더 높이 보고 계시는지 참고로 의견을 듣고 싶습니다."

"쥬베에! 그것이 자네의 나쁜 버릇이야."

즈이후가 노골적으로 얼굴을 찌푸리고 손을 내저었다.

"자네는 노부나가를 섬기고자 추천받으러 온 사람이 아닌가? 말을 빙빙 돌리지 말고 솔직하게 부탁하는 것이 좋아."

쥬베에는 즈이후의 말을 무시했다.

"어떻습니까. 즈이후 법사님은 비교가 안 된다고 하실 뿐 어떤 점을 비교하셨는지 밝히지 않으십니다. 저도 주인을 선택하려면 어디까지나 신중을 기해야 할 것이므로."

"입을 다물라고 하지 않았나!"

즈이후가 이번에는 성난 목소리로 말했다.

"자네의 그 따지려드는 버릇은 자꾸만 이에 달라붙어. 질이 나쁜 엿처럼."

나미타로는 웃으면서 두 사람을 똑같이 바라보았다.

"당신은 어느 쪽을 섬겨야 할지 망설이고 있소?"

"예, 그렇습니다."

"그렇다면 망설일 것 없소."

"어느 쪽이 우수하고 어느 쪽이 쳐질까요?"

"나는 우열優劣을 말하려는 게 아니오. 마츠다이라 쪽에서는 다른 가문의 낭인 따위는 거들떠보지도 않아요. 처음부터 고용할 의사가 없으니 망설일 것 없다는 말이오."

"하하하……"

즈이후는 느닷없이 손을 뻗어 쥬베에의 무릎을 탁 쳤다.

"알겠나, 망설일 필요가 없다는 이유를? 이거 정말 우습군, 하하하."

쥬베에는 흘끗 즈이후를 바라보았으나 별로 웃지도 않고 화를 내지도 않았다.

"그렇습니까? 그렇다면 마츠다이라 이에야스는 시대에 뒤떨어진 대장이로군요. 이런 전시에는 인재를 구하는 일이 가장 중요하다고 생각합니다마는."

"그렇소……"

나미타로도 쥬베에 이상으로 침착하게 앉아 조용히 무릎을 쓰다듬고 있었다.

"밖에서 인재를 구하는 것도 하나의 방법, 자기 슬하에서 육성하는 것도 하나의 방법. 마츠다이라 이에야스는 후자의 경우를 택하고 있는 것 같소."

"그렇다면 오다 쪽이 먼저 천하를 제압하겠군요."

"인재를 발굴하고 낡은 것을 뒤엎는다는 점에서는……"

나미타로가 여기까지 말했을 때 즈이후는 다시 쥬베에의 무릎을 때리고 나서 나미타로 쪽으로 향했다.

"나는 이 친구가 오다 쪽을 섬기는 데에는 반대일세. 나미타로, 자네는 이 친구가 노부나가의 화를 돋우지 않고 평생을 섬길 수 있을 것이라 생각하나? 속된 말로 궁합이 맞는다는 이야기도 있지 않아?"

"즈이후 님."

"왜 그러나, 쥬베에?"

"교양 없는 필부라면 몰라도, 여러 곳으로 전전하며 고생을 거듭한 이 쥬베에가 노부나가 님과 보조를 맞추지 못할 것이라는 말씀입니까?"

"어림도 없어!"

즈이후는 진지한 표정이었다.

"자네가 그렇게 한다고 해도 상대가 노한다면 죽도 밥도 아니야. 그래서 나는 반대하는 것이지만, 나미타로 님은 어떻게 생각할지."

"허허허."

이번에는 쥬베에가 소리내어 웃기 시작했다.

4

"즈이후 님의 식견에는 언제나 경의를 표하고 있으나……"

쥬베에는 상냥하게 웃고 나서 덧붙였다.

"일부러 저를 여기까지 데려다놓고 반대하시다니 섭섭합니다. 술이 좀 과하시지 않았습니까?"

"무슨 소리를 하는 게야!"

즈이후의 얼굴이 갑자기 험악해졌다.

"반대는 하지만 데려온다. 데려와서 생각을 그대로 털어놓는다. 이것이 넓은 천지에서 호흡하는 이 즈이후의 마음가짐이야. 여러 소리 하지 말고 부탁한다는 말이나 하게. 제발 부탁한다고."

"아케치 님."

이번에는 타케노우치가 점잖게 입을 열었다.

"추천하겠소. 재밌군."

"재밌다니요?"

"노부나가와 당신이 가지고 있는 천성적인 기질의 차이가 말이오."

"허어, 그것 참 고맙군요."

"하지만 그 다음의 일은 이 타케노우치가 알 바 아니오. 나는 마츠다 이라 이에야스와는 원한이 없소. 그러면서도 잇코 종도의 반란을 후원하고 있소. 알고 있을 것이오."

"역시 그렇군요."

"폭동 정도도 진압하지 못한다면 마츠다이라 이에야스가 허세를 부리기 전에 멸망하는 것이 백성을 위한 길이라 생각해요."

"차원이 다르군."

즈이후가 다시 빈정거리듯 입을 열었다.

"자네는 누구를 섬길지 혈안이 되어 있는데, 나미타로는 신의 마음을 찾고 있어. 하하하. 나미타로, 내가 주인을 찾는다면 그대는 누구에게 추천해주겠나?"

"글쎄. 만일 그대가 두 주인을 섬기겠다면 그야 수라왕修羅王 정도이겠지."

"수라왕? 하하하…… 정곡을 찌르는 말을 하는군. 두 주인이라니, 대관절 내가 섬기고 있는 또 하나의 주인이란 누구를 말하나?"

"부처가 아닐까. 열심히 충의를 다하도록 하게."

"뭐, 부처라고……!"

즈이후는 술잔을 든 채 날카롭게 눈을 빛냈다. 그리고 다음에는 크게 고개를 끄덕였다.

"그렇군. 자네는 신을 모시는 충신이었어. 우주라는 신을."

아케치 쥬베에는 창백한 표정으로 단정히 앉아 있었다. 그에게는 이두 사람의 대화가 가소롭게 들렸다. 인간의 힘 이상인 힘을 가공적으로 상상하고, 그 안에 자기를 놓고 도취해 있었다.

"그렇다면 나미타로 님은 노부나가의 편이라고만은 할 수 없겠군요?"

"물어볼 것까지도 없지!"

즈이후가 말했다.

"신불神佛이 어느 개인의 편을 들어서야 어디 쓰겠나? 우리는 어디까지나 이 세상의 진정한 편일세."

쥬베에의 얼굴에 다시 희미한 미소가 떠올랐다.

굳이 나미타로에게 추천을 부탁하기보다 나미타로가 지금 한 말을 반역할 마음이 있다는 증거로 삼아 목을 베어 노부나가에게 바치면…… 문득 이런 생각을 했을 때, 동산의 억새밭 너머에서 휘익하고 밤 공기를 가르는 화살소리가 났다.

"앗!"

즈이후가 목을 움츠렸다.

그 순간 화살 하나가 나미타로의 오른손에 쥐어졌다.

"누구냐!"

나미타로가 벌떡 일어나 곧바로 마루로 나가는 것이 보였다. 쥬베에는 저도 모르게 숨을 죽이고 기둥을 방패삼아 공격자세를 취했다.

5

예사 사수射手가 아니라고 쥬베에는 생각했다. 두번째 화살이 날아온다면 이번에야말로 나미타로의 가슴을 꿰뚫을 터였다. 그러나저러나 나미타로의 동작은 어쩌면 그렇게 빈틈투성이일까.

"엎드려요!"

기둥 옆에서 쥬베에가 손을 흔들었다. 그러나 나미타로는 여전히 그 자리에 선 채, 달을 향해 소리지르고 있었다.

"누구냐!"

아니나다를까 두번째 화살이 바람을 안고 날아왔다.

나미타로는 날아오는 화살을 앞에서 잡은 화살로 후려쳤다. 순간 탁하고 쥬베에의 발밑에 떨어진 화살은 허리가 부러진 살끝에 달린 깃털이었다.

쥬베에는 가만히 이마의 땀을 닦았다. 여자처럼 부드러워 보이는 나미타로의 진면목을 처음으로 보았다.

노부시野武士˚와 부랑자를 비롯하여 양민, 신도, 선원, 뱃사공의 무리에 이르기까지 그 모두를 조종하고 있는 쿠마 마을의 젊은 도령. 아마도 그는 이에 필요한 자금을 사카이堺와 나니와難波 나루터 부근에서, 다이묘大名˚나 혼간 사本願寺의 군량조달을 맡아보며 수륙 양쪽에서 조달하고 있을 것이다.

풍설에 의하면, 이마가와 요시모토今川義元가 상경할 때 물품을 조달한 상인들은 그의 부하였다. 요시모토의 군량을 조달해주고 충분한 이익을 취한 뒤, 패색이 짙다고 판단된 순간 즉시 촌민들에게 약탈케 하여 전쟁으로 인한 기아에 대비했다. 전쟁에 승패가 있는 한 그 고장 백성들을 굶기지 않는다는 소문도 근거가 없는 건 아닐지도 몰랐다.

나미타로가 불렀는데도 억새밭은 조용하기만 했다.

"후후후."

마루에 선 채 나미타로는 웃었다.

"화살을 보니 누군지 알겠네. 어서 나오게."

"아니, 그럼 누가 장난한 것이란 말인가?"

즈이후가 몸을 일으켰다.

"암. 이건 아사노 마타에몬淺野又右衛門의 것은 아니야. 아마 오타 마타스케太田又介의 것일 테지. 마타스케, 이리 나와 한잔하는 게 어떤가?"

화살을 휙 던졌다.

"하하하하."

억새밭 너머에서 웃음소리가 들렸다.

아케치 쥬베에는 잔뜩 긴장하고 그쪽을 보았다. 오타 마타스케라고 하면 아사노 마타에몬, 홋타 마고시치로堀田孫七郎와 더불어 오다 노부나가의 가보로 손꼽히는 명궁名弓 삼총사 가운데 한 사람이다.

"역시 방심하지 않는군. 오늘은 소매를 꿰뚫을 생각이었는데."

얼굴을 두건으로 가린 노바카마野袴° 차림인 거구의 무사 하나가 서슴없이 마루로 다가왔다.

"거기 있는 땡중은 누군가?"

"즈이후라는 성승聖僧일세."

나미타로는 벌써 술잔을 들고 태연하게 대답했다.

"저 창백한 자는?"

오타 마타스케는 쥬베에를 턱으로 가리키면서 활을 내던졌다.

"미노의 토키 씨 일족인 아케치 쥬베에 미츠히데라고 하오. 잘 부탁하겠소."

"떠돌이무사인가?"

마타스케는 그런 자에게는 관심도 없다는 듯이 마루로 올라와 비로소 두건을 벗었다.

"무사히 쿠마노熊野 참배는 끝났네. 그걸 알리러 왔어."

"고생 많았군. 그런데 쿄토의 상황은? 아, 이분들에게는 신경 쓰지 않아도 괜찮아."

마타스케에게 말했다. 마타스케는 쿠마노 참배를 구실로 처음 쿄토에 발을 들여놓은 노부나가를 호위하러 갔다가 돌아왔다.

"아주 재미있더군."

마타스케는 배를 흔들어대며 웃었다.

6

"쿠마 도령도 군사軍師지만, 우리 대장도 재미있는 분이야. 미노의 자객이 따라다닌다는 것을 알고는 쿄토에서 한 번, 사카이에서 한 번, 우리가 먼저 자객의 숙소로 쳐들어가 혼을 내주었지."

"이쪽에서 먼저 자객을 습격한다…… 노부나가다워. 어찌 모든 게 다 덴가쿠하자마田樂挾間 전투 때의 수법과 같군."

"그보다 더 재미있는 일도 있었어. 쿄토에서 모두 칼집 끝에 장난감 수레를 매단 채 끌고 다녔는데, 쿄토 아이들이 그것을 보고 배꼽이 빠져라 웃어대더군."

"칼집 끝에?"

"붉은 색과 흰 색으로 된 끈으로 묶어서. 무엇 때문에 그렇게 했는지 그건 아마 자네도 모를 걸세."

오타 마타스케가 즐거운 듯 가슴을 펴고 말했을 때 무녀가 나와 공손히 술을 따랐다.

나미타로는 양미간을 모으고 고개를 끄덕이면서 말했다.

"그것은 좀 지나치게 기묘한 행동이군."

"무슨 뜻이지?"

"그렇게 하고 다니면 쿄토 아이들의 눈길이 그쪽으로 모일 것이고, 따라서 많은 사람들이 보는 앞에서는 자객이 습격하지 못할 것을 알고 그런 장난을 한 게 아닐까?"

"허어, 과연 쿠마 도령다워. 그것을 알고 있다니."

"그 대신 오다 카즈사노스케織田上總介(노부나가)는 멍청이라고 천하를 손에 넣을 때까지 말들을 할 것일세. 감히 비난은 하지 않겠지만 칭찬할 만한 일은 되지 못해."

천하를……이라는 말을 듣고 쥬베에의 눈이 야릇하게 빛났다. 그는 비로소 노부나가가 천하를 도모하려는 뜻을 갖고 행동하기 시작했다는 것을 알았다.

'그렇구나…… 벌써 그 단계에까지.'

그런 생각을 했을 때 나미타로가 다시 뜻밖의 말을 했다.

"타케다 쪽과 손을 잡을 준비는?"

"그것도 거의 됐어."

나미타로는 크게 고개를 끄덕였다.

"오랜 난세 끝에 드디어 봄이 올 모양이군."

보름달을 쳐다보며 중얼거렸다.

"그건 그렇고, 미카와의 폭동이 상당히 거센 모양이더군."

"사실일세. 그러나 이것으로 미카와도 굳건해질 거네. 이에야스가 직접 칼을 들고 일일이 맞서 싸웠어. 그 담력과 기질이 백성들의 마음 깊이 스며들었을 거네, 오늘 밤의 달빛처럼."

"후후후."

묵묵히 듣고만 있던 즈이후가 갑자기 잔을 놓고 큰 소리로 웃기 시작했다.

"그렇군. 이제야 겨우 알겠군."

"무엇을?"

"자네의 속셈을. 속이 시커멓군, 자네는."

나미타로는 대답 대신 무녀에게 다시 술을 따르라고 눈짓했다.

"아, 그래서 폭동을 뒤에서 조종했군요?"

쥬베에가 힐난하듯 물었다.

"그래서……라니?"

"자네는 정말 머리가 돌지 않는 사람이로군. 노부나가에게 여행을 하게 한다. 그동안 너무 무료하니까…… 그리고 이에야스도 아직 젊으니까."

즈이후가 대신 말했다.

"아아!"

"노부나가가 다음에 취할 행동의 공부가 되었다면, 이에야스에게도 내부를 공고하게 할 공부가 된 것이지. 음, 과연 잘 생각했어."

이때 다시 기묘한 사나이 하나가 어슬렁어슬렁 걸어왔다.

"말에 대한 손질이 끝나서 나도 한 자리 끼려고 왔습니다."

지금은 목재를 관리하고 있는 키노시타 토키치로木下藤吉郎. 그 역시 오타 마타스케와 함께 와 있었다.

7

토키치로는 아무렇게나 말석에 가서 앉았다. 그러나 이 사나이는 꾸밈이 없을수록 더 익살스럽게 보였다.

"아니?"

먼저 즈이후가 이상하다는 듯 그를 바라보았다.

"이것 참 묘하군. 고개를 좀더 들어서 내게 얼굴을 보여주게."

"이렇게 말입니까?"

"허어, 이거 놀랐는걸. 그대는 천하를 손에 넣을 관상이야."

천하라는 말을 듣고 쥬베에는 또다시 눈을 빛냈으나, 당사자인 토키치로는 아무런 관심도 없다는 듯이 손을 내밀면서 입맛을 다셨다.

"아, 내가 천하를 손에 넣으면 스님께 반을 드리죠. 그보다도 우선 술이나 한 잔."

"토키치로, 자네는 여기 오는 도중에 나와 떨어져서 어디를 다녀왔나?"

오타 마타스케가 묻는 말에 토키치로는 공손하게 잔을 받으면서 대답했다.

"밝은 달이란 사람의 마음에 향수를 불러일으키게 하는 것이라서."

"어울리지 않는 소리를 하는군. 밭에 들어가 대변이라도 보고 왔을 테지."

"엉덩이를 드러내어 달에게 보여주었습니다. 그 대신 달도 내가 눈 오줌에 빛을 비치더군요. 천지의 합체合體, 풍류란 이런 것을 두고 하는 말이 아닐까요?"

술을 따르던 무녀가 고개를 숙이고 키득키득 웃었다.

쥬베에 미츠히데는 근엄한 데 비해 토키치로는 대조적으로 자유분방해 보는 이로 하여금 웃음을 자아냈다.

"토키치로."

"예. 왜 그러십니까?"

"너는 그 말재간으로 우리가 없는 동안 후지이 마타에몬藤井又右衛門의 딸 야에八重를 유혹했다면서?"

"말도 안 되는 누명입니다."

"그렇다면 근거가 없는 소문이란 말이냐?"

"우리 대장에게 단단히 주의를 받았기 때문에."

"무어라 주의를 주시더냐?"

"원숭이야, 너는 여자 때문에 운을 망칠 관상이니 부디 조심하라고."

나미타로는 빙긋이 웃으며, 무녀에게 말했다.

"따라주어라."

"그래서 여자를 삼가고 있다는 말이냐?"

마타스케가 물었다.

"그렇습니다. 그러나 이번만은 어쩔 수가 없었어요. 이것도 여난女難이라고 조심은 하고 있지만."

"아니, 그러니까 소문이 사실이냐, 거짓이냐?"

"사실이 아닙니다. 다만 야에가 나한테 반한 것뿐이에요. 나는 마음에 두고 있지 않는데도."

"와하하하."

즈이후가 웃었다.

"음, 상대가 반했을 뿐이라는 말이지. 상대가 반해서 진상한다면 경우에 따라서는 천하도 받아들이지 않으면 안 될 테지. 그래서 상대의 마음을 갸륵하게 여겨 한 번쯤 껴안아주었다는 것인가?"

"아, 아닙니다."

토키치로는 진지한 표정으로 손을 내저었다.

"여자란 일단 껴안아주면 계속 그러기를 바라기 때문에."

"그래서 손을 대지 않았다는 말이냐?"

"사실은 손을 댔습니다. 그런데 나미타로 님."

모두들 어안이 벙벙해져 있을 때, 토키치로는 공손하게 나미타로를 향해 돌아앉았다.

"제가 마타스케 님을 따라온 것은 그 일 때문입니다. 나미타로 님이 우리 대장에게 잘 말씀 드려주셨으면 하고. 가련한 여자의 절실한 뜻이 이루어지도록 해주십시오."

"음, 이거 인물이군!"

즈이후가 감동한 듯 다시 중얼거렸다.

8

"그럼, 자네는 나미타로 님의 힘을 빌려 야에라는 여자와 같이 살 생각인가?"

"글쎄요……"

토키치로는 먼 하늘을 쳐다보는 눈으로 고개를 갸웃했다.

"나미타로 님이 그렇게만 해주신다면 저도 그럴 생각입니다."

"이건 그냥 들어넘길 일이 아니야!"

즈이후는 더욱 흥이 나는 듯 어깨를 으쓱하고 토키치로 쪽으로 돌아 앉았다.

"멋대로 손을 대고는 다음 일은 남에게 맡기겠다는 건가?"

"이게 바로 남의 힘을 빌려 소원을 이룬다. 즉 타력본원他力本願의 묘미라는 것입니다. 이것 보십시오, 명월明月이 떨구는 이슬로 지상의 억새풀이 완전히 젖어 누워 있지 않습니까? 하지만 언제까지나 젖어서 누워 있을 수만은 없지요. 해가 뜨면 다시 일어납니다."

즈이후는 놀란 눈으로 토키치로를 응시했다.

"너는 바람둥이로구나."

"하늘의 이치 그대로입니다."

"하늘의 이치가 바람 피우는 일이냐?"

"예, 그렇지 않다면 나처럼 하찮은 인간들이 늘어날 리가 없지 않습니까?"

"닥쳐라!"

즈이후가 소리질렀다.

"와하하하."

다시 찢어질 듯한 소리로 웃고 토키치로에게 잔을 건넸다.

아케치 쥬베에는 못마땅하다는 듯 이맛살을 찌푸리고 있었고, 오타마타스케는 멍하니 입을 벌리고 있었다. 다만 이 집 주인인 나미타로만이 웃는 것도 웃지 않는 것도 아닌 표정으로 일동을 번갈아 바라보고 있었다.

노부나가에게 추천을 부탁한다고 하면서도 남한테 매달리지 않는 쥬베에.

넉살좋고 개방적이면서도 마음먹은 대로 남을 움직이는 토키치로.

250계戒를 비웃으며 천하를 평정할 그릇을 찾아 돌아다니는 즈이후.

무술에 삶의 보람을 걸고 의리만으로 살아가는 오타 마타스케.

그들 가운데서 누가 가장 나미타로를 흔쾌히 움직이게 하는 힘을 가지고 있을까?

문득 이런 생각을 하고 있을 때였다. 토키치로가 다시 나미타로에게 말했다.

"나미타로 님, 만일 적 한가운데서 하룻밤 사이에 성을 쌓아야 할 일이 생겼을 때는 어떤 방법을 써야 할까요?"

나미타로는 미소를 떠올렸다. 다시 무언가를 섭취하려고 하는 토키치로의 뻔뻔스러움과 순진함.

"그런 방법은 없을 것 같은데."

"없다고 해서 팔짱만 끼고 있으면 패배하고 말 것 아닙니까?"

"그럴 테지. 그럴 때는 패배하는 것이 하늘의 이치라 할 수 있지."

"제가 졌습니다. 손들었습니다."

토키치로는 딱 잘라 말하고 머리를 숙였다.

"가르쳐주십시오. 이렇게 부탁 드립니다."

나미타로는 드디어 노부나가가 미노를 공격할 모양이로구나 하고 생각하면서 가만히 고개를 저었다.

"그런 전술이라면 누구보다도 하치스카 마사카츠蜂須賀正勝에게 묻는 것이 좋을 텐데."

토키치로는 고개를 끄덕였다. 알았는지 몰랐는지 그 다음에는 말을 돌렸다.

"야에에 대한 일을 잘 부탁 드립니다."

나미타로는 고개를 끄덕이며 자기도 모르는 사이에 마음이 훈훈해지는 것을 깨달았다.

난세가 계속되면, 난세가 아니고서는 찾아볼 수 없는 젊은이들이 나타난다. 오늘 밤의 모임만 해도 지금까지 없었던 꽃밭에 서 있는 듯한 느낌이었다.

"술."

나미타로는 무녀에게 재촉했다.

부처인가 사람인가

1

에이로쿠 6년(1563) 9월부터 이듬해 2월에 걸친 미카와 잇코 종도의 반란처럼 이에야스를 놀라게 한 것은 없었다.

13년간의 인질생활을 하는 동안에도 무쇠와 같은 단결력을 과시하며 어떤 일에도 끄떡하지 않았던 오카자키 일족. 가신이나 백성들의 폭동 같은 것이 일어날 줄은 꿈에도 생각지 않았다. 그런데 사자키에 있는 죠구 사에서 약간의 벼를 빌린 것이 계기가 되어 잇코 종도의 반란은 미카와 전역에 걸친 큰 소란으로 번졌다. 더구나 이에야스가 폭동을 하루빨리 종식시키려 했을 때, 그들 중에는 마츠다이라 가문의 중신이 다수 섞여 있었다.

현재 동미카와에서 이마가와의 세력 아래 남아 있는 것은 요시다吉田, 우시쿠보牛久保, 타와라 등 세 개의 성밖에 없었다. 그 가운데에서도 우시쿠보의 마키노 신지로 나리사다牧野新次郎成定는 은밀히 이에야스와 뜻을 같이하고 있었다.

요시다 성의 오하라 히젠노카미와 타와라 성의 아사히나 히고노카미朝比奈肥後守에게만 항복을 받으면 미카와 일대가 완전히 이에야스의 손에 들어오게 될 중요한 시기였다.

세나히메와 일말의 불화를 남기고 있다고는 하나 생모 오다이를 오카자키 성에 맞아들였고, 그 남편 히사마츠 사도노카미 토시카츠에게 오카자키를 맡긴 뒤 자기 자신은 성밖으로 나가 종횡무진 전투를 벌이고 있는 중이었다.

"사찰에 대해 특히 조심하라. 카가加賀, 노토能登, 에치젠越前에서는 모두 선동자들 때문에 심각한 소동이 벌어졌다는 말을 들었다."

사자키 성을 쌓으면서 이에야스는 장수들에게 엄하게 지시했다. 그런데 정식으로 계약을 맺기 전에 약간의 벼를 가져갔다고 하여 승도僧徒들이 이를 도로 빼앗았을 뿐 아니라, 사카이 우타노스케가 설득하려고 보낸 사자를 절에 끌어다 죽이기까지 했다.

"노데라의 혼쇼 사, 하리사키의 쇼만 사, 사자키의 죠구 사, 이 세 절은 창건 이래 수호 불입守護不入의 신성한 곳, 애송이에 불과한 이에야스가 감히 난입하여 벼를 약탈해가다니 이게 될 말인가."

사자를 죽인 뒤 이런 말까지 했다. 그래서 그대로 둘 수가 없었다. 하지만 나중에 생각해보니 이것은 선동자가 부추긴 것이었다. 그들은 혈기왕성한 스물두 살의 이에야스를 노하게 해, 일제히 잇코 종의 깃발을 들고 폭력혁명을 일으키려고 호시탐탐 기회를 노리고 있었다.

이와 같은 전국적인 조직의 손길이 은밀히 뻗치고 있을 때, 이에야스에 대한 불평분자들이 이마가와 쪽의 달콤한 미끼에 걸렸다.

"조금은 경험을 쌓을 필요가 있다."

이러한 뜻에서 쿠마의 도령 나미타로와 같은 잠재 세력자까지도 불을 끄는 역할 대신 도리어 부채질하는 행동으로 나왔다.

불평분자의 선봉에 선 것은 사카이 쇼겐 타다히사, 아라카와 카이노카미 요시히로荒川甲斐守義廣, 마츠다이라 시치로 마사히사松平七郎昌

144

久 등으로 그들은 토죠東條의 키라 요시아키를 총대장으로 삼아 궐기했다.

"종문宗門의 위기가 닥쳤다. 부처님의 적 마츠다이라 이에야스를 타도하라!"

젊은 이에야스는 놀랄 수밖에 없었다.

종문을 위해 잇코 종이 미카와 일대에 깊숙이 침투해 있었다. 더구나 가신의 대부분이 잇코 종 신자였다. 그들의 자식은 몰라도 노인들은 두 가지 과제가 제기되자 거취에 갈피를 잡지 못했다.

"아미타여래냐? 성주냐?"

이것은 이마가와냐 오다냐 하는 비교와는 전혀 차원이 달랐다. 현세냐 내세냐의 비교이고, 부처가 위대하냐 이에야스가 위대하냐 하는 비교이며, 또 어느 쪽의 보복이 더 무서우냐 하는 비교이기도 했다.

그 결과 아미타여래를 따르겠다고 결심하는 자가 며칠 지나지 않아 미카와를 가득 메우게 되었다.

2

그들은 손에 든 창의 손잡이와 머리띠에 각각 글을 써넣은 천을 매달고 있었다.

"부처의 적을 무찌르는 군사. 전진하면 극락정토極樂淨土, 물러서면 무간지옥無間地獄."

어느 시대나 선동자에게 휘둘리는 군중의 모습은 슬프다. 그들은 이 같은 맹랑한 기치에 현혹되어 어제까지 명군名君이라 믿었던 이에야스를 향해 무기를 들었다.

총대장 키라 요시아키의 토죠 성, 사카이 쇼겐 타다히사의 우에노 성

上野城을 비롯하여 노데라의 아라카와 카이노카미, 오쿠사大草의 마츠다이라 마사히사, 아다치 우마노스케安達右馬助, 아다치 야이치로安達彌一郎, 토리이 시로자에몬鳥居四郎左衛門, 토리이 킨고로鳥居金五郎 등 약 700명.

혼쇼 사에 웅거한 것은 오츠 한에몬大津半右衛門, 이누즈카 진자에몬犬塚甚左衛門, 이누즈카 하치베에犬塚八兵衛 외에 이시카와 일당, 카토 일당, 나카시마 일당, 혼다 일당 등 약 150명.

문제를 일으킨 죠구 사에는 쿠라치 헤이에몬倉地平右衛門, 오타 야다유太田彌大夫, 오타 야로쿠로太田彌六郎를 위시하여 카토 무테노스케加藤無手之助, 토리이 마타에몬鳥居又右衛門, 야다 사쿠쥬로矢田作十郎 등 마츠다이라 가문과는 끊을래야 끊을 수 없는 자들이 230명.

도로土呂의 혼슈 사本宗寺에는 오하시 덴쥬로大橋傳十郎, 이시카와 한사부로石川半三郎 일족 10명 외에 오미 토로쿠로大見藤六郎, 혼다 진시치로本多甚七郎, 나루세 신조成瀬新藏, 야마모토 사이조山本才藏 등 140명.

쇼만 사에는 하치야 한노죠蜂屋半之丞, 와타나베 한조渡邊半藏, 카토 지로자에몬加藤治郎左衛門 일족을 비롯하여 아사오카 신쥬로淺岡新十郎, 쿠제 헤이시로久世平四郎, 카케히 스케다유筧助大夫 이하 150명.

그 밖에 각지에서 궐기한 농부와 기타 폭도를 합하면 그 총수는 3,000명이 넘었다.

이들이 저마다 아미타불이냐 이에야스냐, 극락이냐 지옥이냐 외치면서 오카자키 성으로 난입하려 했다.

물론 모두가 다 폭동에 가담한 것은 아니었다. 사카이 우타노스케는 니시오 성西尾城에 진을 치고 혼쇼 사의 폭도와 아라카와 카이의 군대를 맞아 싸우고 있었다. 혼다 분고노카미 히로타카本多豊後守廣孝는 도이 성土井城에서 하리사키 및 키라 요시아키와 대적하고 있으며, 마츠다이라 치카히사松平親久는 오시카모押鴨에 있으면서 사카이 쇼겐의 군사와 대치하고 있었다.

어쨌거나 이번의 적은 제멋대로인 점이 여느 경우와는 달랐다.

카미와다上和田의 오쿠보 타다토시 노인은 일족을 이끌고 도로, 하리사키의 반란군과 싸우고 있었다. 그들이 오카자키에 돌입하려 할 때면 자기 집 지붕에 올라가 백발을 휘날리면서 대나무고둥을 불었다. 그 고둥소리가 나면 전령은 곧장 오카자키까지 달려갔다.

"폭도가 들이닥쳤다."

성에서 대기하고 있던 이에야스는 말을 달려 토벌에 나섰다. 그 순간 폭도들은 와아 하고 후퇴했다가 다시 밀려들어왔다. 마치 해변으로 밀려드는 파도를 상대로 싸우는 것 같았다.

그들 하나하나의 얼굴을 떠올리니 씹어주고 싶을 정도였다. 생각하면 할수록 머리가 어지럽고 초조감만이 쌓였다.

'설마 그가⋯⋯'

전혀 생각지도 않은 자가 반란군 쪽에 가담하여 이에야스를 정말 부처의 적으로 알고 쳐들어오고는 했다.

붙들어서 타이르고 꾸짖으려 해도 손이 닿지 않고, 증오하려 해도 할 수 없는 안타까움. 밤에도 낮에도 무장을 하지 않고는 쉴 수도 없었다. 9월에 접어들어 가을이 깊어지고, 다시 정월을 맞이할 무렵에는 이에야스도 더 이상 참을 수 없었다.

물론 신년 축하연 같은 것은 생각지도 못했다. 이런 상태라면 모처럼 풍족해지기 시작하던 백성들은 다시 기아에 쫓기게 된다. 아마 봄이 되어 농사철이 다가와도 아미타불이냐 성주냐 하는 마술에 걸려 현실을 외면한 꿈과 같은 전쟁이 계속될 것이다.

'도리가 없다, 도당徒黨들의 본거지를 불살라버려야겠다.'

2월초 드디어 이에야스는 결심했다.

3

그날 밤도 폭동을 일으킨 폭도들은 이에야스를 잠들지 못하게 했다. 밤중에 한번 밀어닥쳤다가 새벽에 다시 대나무고등을 부는 소리가 울려퍼지곤 했다.

이에야스는 신경전에 말려들지 않으려고 일부러 성문을 열지 못하게 했다. 만약 쳐들어온다면 퇴로를 차단할 준비를 하고, 메이다이 사明大寺에 복병을 잠복시킨 채 대기하고 있었다. 그때 폭도들은 즈이넨 사隨念寺 옆 민가에 불을 질렀다.

서리로 얼어붙은 새벽 하늘을 빨갛게 물들이고, 겨우 살림이 편해지기 시작한 백성들의 집이 불타는 것을 보면 말로 다할 수 없는 분노가 온몸에 끓어올랐다.

신앙이라는 걷잡을 수 없는 관념에 현혹되어 자기네 생활을 파괴해나가는 어리석음. 이마가와 지배 때보다 더 가혹한 공납을 징수하고 있었다면 그래도 이해할 수 있었다. 그러나 사실은 정반대였다.

이마가와가 지배하고 있을 때는 입에 풀칠할 수 있는 것이 고작이었다. 폭동을 일으킬 용기는커녕 곁눈질할 틈도 없었다. 그러다가 이에야스가 '인정仁政!'이라 믿고 편 시책 때문에 겨우 집집마다 벼를 저축하며 살게 되었는가 싶은 그 즈음이었다. 그런데 오히려 힘을 준 이에야스에게 발톱을 세워 덤벼들고 있었다.

"더는 참을 수 없다!"

그쪽에서 불태울 때까지 기다릴 것이 아니라, 그들이 웅거한 사원, 성채를 모두 불살라 초토 위에 선 인간의 고통을 다시 맛보게 하겠다. 이에야스는 이제 그렇게 하는 수밖에 없다고 생각했다.

"날이 밝으면 공격하겠다. 히코에몬彦右衛門, 장수들에게 이 뜻을 전하여라."

이 폭동은 이에야스 휘하 장수들의 나이를 훨씬 젊게 만들어놓았다. 피차간에 서로 얼굴을 잘 알고 의리가 있는 노인들로서는 한계가 있을 수밖에 없었다.

스물네 살인 토리이 히코에몬 모토타다를 최연장자로 하여 히라이 와 시치노스케 치카요시, 혼다 헤이하치로 타다카츠, 그리고 이번 가을 에 관례를 올린 사카키바라 코헤이타 야스마사榊原小平太康政 등 모두 슨푸 이래 또는 그 후에 발탁된 혈기왕성한 젊은이들뿐이었다.

불타던 민가의 불이 꺼질 무렵 스고가와蕣生川에는 이미 새벽 안개가 끼기 시작했다. 진격의 분위기를 느꼈는지 말 울음소리마저 우렁찼다.

이때 망루 아래의 장막으로 이에야스를 찾아온 사람이 있었다. 둘째 성을 지키는 대장의 아내로 이곳에 와 있는 생모 오다이였다.

"히사마츠 마님께서 급히 뵙겠다고 지금 장막 밖에서 기다리고 계십 니다."

사카키바라 코헤이타가 고했다. 이에야스는 쓰려던 투구를 놓고 고 개를 갸웃했다.

"이런 때 찾아오시다니 무슨 일일까? 어서 모셔라."

오다이 역시 밤새 잠을 이루지 못한 모양이었다. 마흔이 지나 한결 더 분별의 무게를 더한 차분한 모습이 강 위로 피어오르는 안개를 연상 케 했다.

"여러 가지로 고심하고 있다는 것 잘 알아요."

이곳으로 온 이후에는 이에야스의 어머니가 아니라 언제나 히사마 츠 사도노카미의 아내로서의 태도를 무너뜨리지 않는 오다이였다.

"계속 깨어 계셨습니까?"

"이것저것 생각하다가 그만……"

오다이는 부드럽게 미소지었다.

"혹시 성밖에 나가 단번에 일을 해결하겠다고 생각하는 것은 아니겠지요?"

이에야스는 약간 이맛살을 찌푸렸다. 비록 생모라 해도 전투의 전략까지 간섭하려는 것은 불쾌한 일이었다.

4

이맛살을 찌푸린 채 잠자코 있는 이에야스를 건너다보면서 오다이는 길게 한숨을 쉬었다.

무엇 때문에 대답을 안 하는 것인지, 무엇 때문에 이맛살을 찌푸리고 있는지 너무도 잘 알고 있었다. 그렇다고 더 이상 참지 못하고 결단을 내린 듯한 이에야스를 그대로 둘 수는 없는 오다이였다.

"만일에 서둘러 이번 일을 해결하려고 하면 먼저 사원을 불살라야 할 거예요."

오다이는 바닥에 눈길을 떨어뜨리고 중얼거리듯이 말했다.

"그런데 사원이 불타는 것이야말로 그들에게 구실을 주게 되지요."

이에야스는 아직 대답하지 않았다.

그 역시 어머니의 조심성을 모르는 바 아니었으나, 젊음과 분노가 이미 상대의 폭력에 대항하지 않고는 가만히 있을 수 없는 상태까지 와버렸다.

"가령……"

오다이는 다시 말했다.

"사원을 불태우고 가담했던 자들을 남김없이 처단한다면 어떻게 될까요? 폭동은 그것으로 수습되겠지만 마츠다이라의 힘은 반으로 줄고, 그게 눈에 보이지 않는 적이 가장 원하는 바라면 어떻게 하겠나요?"

"아니, 적이 원하는 바라니……?"

"그래요, 나는 그렇다고 생각해요. 상대가 노리는 목적은 마츠다이라의 힘을 둘로 갈라지게 하는 것이라고."

"으음."

이에야스도 그 말에 무언가 와닿는 것이 있었다. 우선 둘로 갈라져 싸우게 하면 어느 쪽이 이기건 전체의 힘은 반으로 줄어든다. 그런 뒤 약해진 나머지 반을 공격한다……

"어머니……"

이에야스는 목소리를 낮추었다.

"만일 어머니가 이 이에야스라면 어떻게 하시겠습니까?"

"상대가 둘로 갈라지기를 바라는 이상 어떻게 해서든 하나로 뭉치도록 해야지요."

"물론 이 이에야스도 그렇게 하려고 노력해왔습니다. 그러나 워낙 완고한 자들이라, 이대로 내버려두면 올해에는 기근을 면할 길이 없습니다. 봄까지 진압해야만……"

말하다 말고 아직 오다이가 서 있다는 것을 깨달았다.

"코헤이타, 걸상을 가져오너라."

오다이는 사카키바라 코헤이타가 가져온 걸상에 앉지 않았다. 축축하고 싸늘한 땅에 무릎을 짚고 앉았다.

"외람된 말씀이지만, 너무 성급하지 않을까요?"

"올해 농사를 못 지어도 된다는 말씀입니까?"

"그래요."

오다이는 딱 잘라 말했다.

"그보다 더 중요한 것은, 성주가 몇 년이 걸리더라도 가신들이 생각을 고칠 때까지 설득하고 또 설득하겠다는 결심을 굳히는 일이라고 생각해요."

"몇 년이 걸리더라도?"

"그래요. 그대들이 있기에 마츠다이라 가문이 있다, 나는 자신의 수족을 죽일 수 없다…… 벌할 수도 없다…… 이 이에야스의 마음을 모르느냐고 싸울 때마다 가신들에게 고하여 깨끗이 철수하게 되면……"

"으음."

"성주! 그렇게 하도록 하세요. 그러면 가신들과 성주의 마음은 다시 연결될 거예요. 성주님과 우리는 조상 때부터 하나였다…… 이것을 깨닫게 되면 보이지 않는 적, 뒤에서 선동하는 자들이 저절로 밝혀지게 되어 어떤 일도 꾀하지 못하게 될 거예요."

어느 틈에 오다이는 목소리와 눈빛에 뜨거운 정열을 떠올리고 몸을 앞으로 내밀고 있었다.

5

이에야스는 똑바로 어머니를 바라본 채, 가슴속에 흐르는 싸늘한 물결이 심하게 소용돌이치고 있는 것을 느꼈다.

어머니 말이 수긍되지 않는 것은 아니었다. 전략으로도 그것은 분명히 탁월했다. 몇 년이 지나도 이에야스는 칠 수도 없고 굴복시킬 수도 없다는 것을 알면, 아무리 얼빠진 가신이라도 깨닫지 않을 수 없을 것이었다.

'이대로 가다가는 굶어죽는다.'

스스로의 깨달음 속에 반성할 것이 분명했다.

하지만 자기가 너무 비참하다는 생각을 버릴 수 없었다. 젊은 성주라 하여 무시하고, 선동을 당해 자기한테 활을 겨눈 가신들. 무시당했다는 분노는 그런 뜨뜻미지근한 결정으로는 지워질 수 없었다. 본때를 보여야겠다는 패기가 가슴에 꽉 들어차 있었다.

"이해가 되지 않나요?"

오다이는 채근하듯 무릎걸음으로 다가왔다.

"지금이 중대한 기로이니 잘 생각하세요."

"어머니! 그렇게 해서 상대가 굴복했을 때…… 그때는 제 생각대로 처단해도 되겠습니까?"

이에야스가 강한 어조로 물었다.

"절대로 안 됩니다."

오다이는 무릎을 탁 치고 눈썹을 치켜올렸다.

"그렇게 하면 가신들을 속인 것이 됩니다."

"하지만 부처님의 적이라고 매도하며 저에게 칼을 들이대는 자들을……"

"그래도 용서하는 것이 부처님의 마음. 부처님의 적이 아니었다는 증거를 성주가 나타내 보이는 것, 그것이 제일 좋은 전략이라고 생각하지 않나요?"

"그러면 저의 감정을 억제하고 평생 참고 살라는 말씀입니까?"

"성주."

오다이는 부드러운 목소리로 어느 틈에 자기 아들을 설득하는 태도가 되어 있었다.

"그것은 참는 것이 아니라, 부처님이 인간에게 가르치는 도리, 말하자면 작은 깨달음이에요."

이에야스는 고개를 끄덕이는 대신 어머니의 얼굴을 똑바로 바라보았다.

"성주는 부처님이 무어라고 생각하나요? 나는 이 세상을 움직이는 큰 힘 자체가 부처님이라고 생각해요. 성주를 낳게 한 것도 부처님, 폭동을 일으킨 무리를 낳게 한 것도 부처님…… 아니, 낮과 밤의 구별도, 새와 짐승과 초목도, 천지도 물도 불도 모두 부처님의 힘을 나타내는 것. 부처님의 힘을 이길 자는 아무도 없고, 그 부처님의 길을 걷지 않으면 반드시 멸망하게 됩니다. 그러므로……"

잠시 말을 끊고 미소를 떠올렸다.

"이겨야 합니다. 폭동을 일으킨 무리나 승려들보다 흔들림 없이 부처님의 길을 걸어 이기도록 하세요."

"알았습니다."

이번에는 이에야스가 무릎을 쳤다.

"그렇습니다. 저 이외에 부처님이 따로 있는 것이 아닙니다. 저도 가신들도 모두 부처님 안에 있습니다. 알겠습니다. 어머님 말씀을 따라 부처님의 마음을 받아들이겠습니다."

"고마운 말이에요. 이것으로 승리는 틀림없어요."

어느 틈에 날이 밝아오고 있었다. 동시에 점점 안개가 짙어져 젖 속에 떠오른 것처럼 사람도 나무도 희미하게 떠올랐다.

이때 그 안개 속에서 다시 부우, 부우 하고 대나무고둥을 부는 소리가 들려왔다.

이에야스는 벌떡 일어나 와아 하는 함성에 귀를 기울였다.

6

이번의 함성은 의외로 가까운 곳에서 들렸다. 아마도 안개 속에 숨어 성문 근처까지 접근해온 것 같았다.

"어머니, 그만 돌아가서 쉬십시오."

이에야스는 아직도 무릎을 꿇고 있는 오다이에게 말하고 막사 밖으로 나갔다.

"코헤이타, 성문을 열어라. 오늘도 여느 때와 다름없이 공격해나갈

것이다. 몇 번이든 몇 십 번이든, 몇 년이 걸리더라도 끈기 있게 대처할
것이다."

어머니에게 들리도록 큰 소리로 말했다.

"헤이하치로, 말을 이리 끌어오너라."

용기백배한 혼다 헤이하치로 타다카츠와 말머리를 나란히 하고 정
문을 향해 달려갔다.

언제나 불길처럼 가슴을 태우던 분노가 지금은 왠지 웃음이 되어 터
져나올 것 같은 마음으로 바뀌어 있었다. 다 같이 부처라는 큰 진리의
태내胎內에 있으면서도 이것저것 망설이며 싸우고 있는 사람들의 모습
을 객관적으로 바라볼 수 있었다.

'이것도 다 어머니의 은덕……'

"헤이하치로, 너무 서두르지 마라. 안개 속에서 그대 모습을 잃게 될
것 같다."

"성주님! 적은 성문까지 육박해왔습니다."

안개 속에서 들리는 폭도들의 함성에 호응하여 이쪽 망루에서 일제
히 활을 쏘아대기 시작한 모양이었다.

화살소리를 들으며 최선봉인 토리이 히코에몬 모토타다는 이에야스
가 달려오기를 기다리고 있었다.

아시가루足輕°가 열 명씩 언제나 성문을 열 수 있도록 좌우의 문에
개미처럼 바싹 달라붙어 있었다.

"열어라!"

이에야스의 모습을 발견하고 먼저 도착해 있던 사카키바라 코헤이
타가 호령했다.

와아 하고 창과 말이 허공에서 춤추고, 500관이 넘는 육중한 철문이
삐익 하는 소리와 함께 열렸다.

"내 뒤를 따르라!"

이에야스, 모토타다, 헤이하치로, 코헤이타의 순으로 안개 속에서 말을 달렸다.

부하 병졸들도 앞을 다투어 쏟아져나갔다.

"부처님의 적을 쳐부수어라!"

"물러가는 자는 지옥에 떨어진다."

"전진하여 정토에 성불成佛하라."

순식간에 여러 외침소리들은 격렬한 칼과 칼이 부딪는 소리 속에 녹아들었다.

폭도들은 입으로는 큰 소리를 지르면서, 성안에서 공격해나오면 썰물처럼 물러갔다. 그들 역시 이에야스와 맞서는 것은 괴로운 일인 모양이었다.

어젯밤부터 세번째, 이번에는 하리사키의 쇼만 사 부대가 혼다 분고 노카미의 눈을 속이고 기습해온 모양이었다.

"이봐라, 한조!"

이에야스는 폭도들의 지휘자 중에서 와타나베 한조의 모습을 발견하고, 말 위에서 소리쳤다.

"방자한 놈, 이 이에야스가 상대해주겠다, 덤벼라!"

와타나베 한조는 그가 자랑하는 넉 자 가까이 되는 큰 칼을 어깨에 메고 있었다.

"전진하면 정토, 물러서면 지옥……"

이렇게 말하면서 그는 슬금슬금 안개 속으로 사라져갔다.

"섰거라, 서지 못하겠느냐!"

이에야스는 창을 꼬나들고 쫓아갔다. 이때 버드나무 그늘에서 달려나와 이에야스 앞에 창을 겨누는 자가 있었다.

"부처님의 적, 내가 상대하겠다."

"오, 네 놈이 하치야 한노죠로구나."

"듣기 싫다. 너는 코헤이타냐 헤이하치냐!"

한노죠는 창을 바싹 앞으로 당겨 찌를 자세를 취했다.

7

하치야 한노죠는 키가 6척에 가까웠다. 6척의 그는 세 간짜리 가시나무 자루가 달린 창을 꼬나들고 적을 찔러 전공을 세웠다. 사람의 기름으로 창이 한 번도 녹슬지 않았다는 것이 그의 자랑이었다. 창에 붉은 칠을 한 나가사카 치야리쿠로長坂血鑓九郎와 함께 마츠다이라 가문에서는 창의 쌍두마차였다.

그 세 간짜리 창이 말 위의 이에야스를 향해 무서운 속도로 내질러졌다. 이에야스는 안장에 납작 엎드리며 자기 창으로 그것을 막았다.

"아니, 제법인걸. 너는 헤이하치로구나."

한노죠는 창을 다시 꼬나들며 비웃었다.

"내가 누군지 알면서도 덤비다니 가상하구나. 덤비겠느냐, 도망치겠느냐? 이번에야말로 지옥행이다."

이에야스는 온몸의 피가 확 끓어올랐다. 상대가 이에야스인 줄 알면서도 일부러 혼다 헤이하치로의 이름을 대며 조롱한다고 생각하니 이성도 분별도 순식간에 분노의 그늘에 가려지고 말았다.

"한노죠!"

"뭐냐, 헤이하치로."

"음, 계속 날 조롱하는구나. 더는 용서치 못하겠다."

외치는 것과 동시에 훌쩍 말에서 뛰어내렸다. 젖과도 같은 안개 속에서 흥 하고 비웃으며 창을 꼬나드는 한노죠. 언제나 용맹스럽고 믿음직하여 미소를 짓게 하던 그 모습이 지금처럼 가증스럽고 하찮게 보인 적이 없었다.

이에야스는 그토록 심한 분노로 잠시 이성을 잃었다. 말에서 뛰어내려 자세를 취하는 것과 창을 휘두르는 것은 거의 동시의 일이었다.

"앗!"

한노죠는 뒤로 물러섰다.

헤이하치로나 코헤이타의 창이 아니라는 것을 깨달은 모양이었다.

"너는 헤이하치로가 아니구나……?"

"아직도 닥치지 못하겠느냐. 소중한 나의 가신, 잘못을 깨달으면 용서해주려 했는데 이제는 더 이상 못 참겠다."

"큰소리 치지 마라. 누구냐, 이름을 대라."

"얏!"

이에야스는 고함을 지르며 대지를 찼다. 두 간짜리 창과 세 간짜리 창이므로 가까이 접근하여 찌르는 수밖에 없었다. 상대의 창끝을 허공으로 퉁기고 가슴을 향해 공격했다.

"이거 안 되겠군."

한노죠는 다시 물러섰다.

"성주로군, 잘못 건드렸어."

"멈춰라!"

"싫소."

"달아날 생각이냐, 기다리라고 하지 않았느냐?"

"오늘은 기분이 내키지 않습니다. 다음에 만납시다."

한노죠는 부리나케 네댓 걸음 물러나 창을 어깨에 메었다.

"실례!"

그대로 달려가는 것을 이에야스는 미친 듯이 쫓아갔다.

이에야스는 창을 머리 위에 높이 들고 쫓아가면서 던지려고 했다. 하지만 그 순간 오다이의 모습이 눈앞에 떠올랐다. 죽이는 것은 부처님의 마음을 어기는 것일 뿐만 아니라 적이 바라는 것이라고 한 어머니의 모습이.

이에야스는 걸음을 멈췄다.

"한노죠, 적에게 등을 보이느냐. 그러고도 너는 마츠다이라의 가신이냐?"

"뭐…… 뭐…… 뭣이."

뜻하지 않은 말이었다. 마츠다이라의 가신이란 말을 듣고 그는 가슴이 뜨끔하여 안개 속에서 걸음을 멈추었다.

"그 말을 들으니 달아날 수 없군."

입을 꾹 다물고 창을 겨누며 돌아섰다.

8

이에야스는 저도 모르게 소름이 끼쳤다. 자기한테 창을 들이댈 수 없어 도망치는 자를 다시 적으로 맞이했다.

"과연 한노죠답다."

왠지 후회 비슷한 것을 느꼈을 때 이번에는 한노죠가 구름이라도 찌를 듯한 사나이로 보였다. 그 주위에 감도는 살기는 이에야스의 입을 막아 숨을 멎게 할 것 같았다.

"성주!"

한노죠는 살기 속에서 속삭이듯 중얼거렸다.

"인간은 부처님을 당할 수 없다."

"닥쳐라!"

이에야스도 창을 겨누었다. 일단 크게 보였던 한노죠가 다시 작아 보일 때까지 창으로 찔러서는 안 되는 것이었다.

이에야스는 단전丹田에 힘을 주었다. 말에서 내려 이곳으로 올 때까지 귀에 전혀 들어오지 않았던 칼 부딪치는 소리, 화살이 날아가는 소리를 통해 전군全軍의 모습이 확실하게 드러났다.

반란군의 주력부대는 후퇴한 듯했다. 아군은 오늘도 우세했다. 그것을 안 순간부터 이에야스의 온몸이 훈훈하게 더워왔다.

투지라기보다도 그것은 무武의 신神이 자신에게 들어와 공포를 몰아내고 용기가 대신해나가는 열기였다.

다시 한노죠의 모습이 한 치, 두 치 줄어들었다.

"한노죠!"

"뭐…… 뭐야?"

"너의 그 떨리는 창이 내 몸을 꿰뚫을 수 있을 것 같으냐?"

"부처님의 창이니 뚫을 수 있을 거다."

"닥쳐라!"

이에야스는 소리지르는 것과 동시에 한 걸음 다가섰다.

한노죠는 겁에 질린 듯 뒤로 물러섰다.

"너 같은 멍청이에게 부처님이 힘을 줄 것 같으냐? 눈을 똑바로 뜨고 보아라. 부처님은 내 뒤에 계시다."

"뭐…… 뭐…… 뭐라구?"

"한노죠!"

이에야스는 다시 한 걸음 앞으로 나갔다. 이곳은 이미 오카자키의 영내를 벗어나 카미와다로 통하는 길에 있는 농부의 뜰이라는 것을 깨달았다.

"왜 찌르지 못하느냐, 갑자기 겁이 나느냐?"

"아니, 겁이 나는 것이 아니다."

"그렇다면 어서 덤벼라!"

"먼저 덤벼라."

"한노죠!"

"왜…… 왜?"

"내가 찌르지 않는 이유를 너는 모를 것이다."

"내가 어떻게 아나?"

"너는 나의 가신이다. 가신을 찌를 수는 없다. 사소한 잘못은 용서해 주어라, 거짓 부처에게 선동을 당했을 뿐이다. 이렇게 부처님이 내게 말씀하신다. 부처님의 음성이 너에게는 들리지 않을 것이다만."

"뭣이……? 성주의 귀에는 들린다는 말인가?"

"그럼, 들리지 않고. 그러니까 네가 먼저 덤빌 때까지 찌르지 않는 다. 자, 어서 덤벼라."

"으음."

한노죠는 신음했다.

"내가 거짓 부처에게 선동당했다는 말인가? 그럴 리가 없다!"

"그러니 멍청이라고 하지 않았느냐. 모처럼 편히 살게 된 민가와 농 부들의 집을 불사르고, 이대로 폭동이 계속된다면 한노죠, 올 겨울에는 모두 굶어죽게 된다. 대자대비하신 부처님이 그런 어리석은 일을 할 수 있겠느냐?"

"으음."

어느 틈에 한노죠의 이마에서는 땀방울이 안개에 섞여 납덩어리처 럼 빛나고 있었다.

9

"한노죠!"

"뭔가?"

"너, 떨고 있구나."

"아니다."

"그렇다면 어서 찔러라! 네 뒤에 부처님이 있다면 찌를 수 있을 것 아니냐."

"암, 찌르고 말고."

대답하기는 했으나, 하치야 한노죠는 눈에 보일 정도로 침착성을 잃고 있었다.

이에야스가 말한 대로였다. 소요가 계속된다면 올해 겨울에는 모두 굶어죽게 된다는 한마디에 3년 전의 고생스러웠던 생활이 생생하게 떠올랐다.

전쟁. 그것은 단지 전쟁터에서의 목숨만 앗아갈 뿐 아니라, 땅 위의 모든 것들을 시들게 하는 이상한 힘을 가지고 있었다.

한노죠는 이번 싸움을 전쟁이라 생각하지 않았다. 부처가 부처의 적을 응징하는 것이라고만 생각했다. 그러던 것이 차츰 동요하고 있었다. 전지전능한 힘을 지녔을 부처인데도 전혀 이에야스를 응징하지 못하고, 공격할 때마다 오히려 부처의 편이 패배해 물러나고는 했다.

'왜 그럴까?'

문득 이런 의혹이 떠오르기도 했는데, 오늘 아침에는 또 이에야스에게 그런 말을 들었다.

폭동을 일으킨 무리들은 거짓 부처에게 선동을 받은 것이고, 이에야스의 뒤에는 진짜 부처가 있다고 한다. 정말 그런 것 같기도 했다. 그럴 리가 없다고는 생각하지만, 왠지 자신이 그렇게 자랑하던 창이 이에야스의 피를 빨아들이려 하지 않았다.

"성주……"

한노죠의 이마에서 뺨으로 땀이 흘러내렸다.

"그럼, 성주는 진짜 부처님의 명으로 나를, 나를 찌를 수 없다고 하는 것인가?"

"말이 많구나!"

이에야스가 꾸짖었다.

"부처님은 모든 사람에게 자비를 베푸신다. 네가 생각을 고치기를
기다리고 계신다."

"진짜 부처…… 가짜 부처……"

한노죠는 창을 겨눈 채 분하다는 듯이 중얼거렸다.

아무리 싸워도 이에야스를 이기지 못하는 것은 가짜 부처 탓이라고
생각할 수밖에 없었다. 그런데 이에야스는 상대가 생각을 바꿀 때를 기
다리고 있다고 했다……

한노죠는 머리가 쪼개지는 것 같았다. 눈이 빙빙 돌고 심한 갈증이
엄습해왔다.

"성주! 난 도망을 칠 것이다, 역시……"

한노죠는 또다시 돌아서서 이에야스에게 등을 보였다.

"잠깐!"

이에야스도 소리쳤으나 이번에는 쫓아가려 하지 않았다.

한노죠는 얼마쯤 가다가 창을 어깨에 메었다. 안개가 더욱 짙어져 온
몸에 가느다란 빗줄기처럼 쏟아져내렸다. 한노죠는 마구 달렸다. 달려
가면서도 왠지 모르게 처량한 생각이 들어 눈물을 뚝뚝 떨구었다.

"성주는 바보……"

한노죠는 달려가면서 중얼거렸다.

"가짜 부처의 선동으로 배신한 나를 왜 죽이지 않는 것일까……"

달려가는 동안 여기저기서 패주해오는 동료들의 모습이 흘끗흘끗
보였다.

"물러나면 지옥, 쳐들어가면 정토."

입으로는 저마다 외치면서 카미와다로 통하는 길 쪽으로 도망치고

있었다.

졸졸 흐르는 시냇물이 있었다. 한노죠는 넙죽 땅에 엎드렸다.

"성주! 난 물을 마신다! 물을 마신다……"

이렇게 말하고 한노죠는 엉엉 소리내어 울기 시작했다.

10

폭도의 무리는 카미와다로 물러났다. 그곳에서는 오쿠보 일족이 타다토시 노인을 중심으로 기다리고 있었다. 아니, 그뿐만이 아니었다. 다른 때는 폭도들이 성에서 멀어지면 추격을 중단하고 성으로 돌아갔던 이에야스가 이날은 웬일인지 계속 쫓아왔다.

한노죠는 카미와다 마을로 가는 풀밭에서 찐밥을 말린 비상용 식량을 먹고 있는 와타나베 한조를 만났다.

한조는 자신의 칼을 마른풀에 내던지고 아삭아삭 마른밥을 씹고 있다가 한노죠의 모습을 보았다.

"아, 한노죠로군."

안개 속을 뚫고 바라보다가 물었다.

"자네, 창에 달았던 헝겊은 어떻게 했나?"

자기 칼집에 매단 '물러서면 지옥, 쳐들어가면 정토……' 라고 쓰인 헝겊을 가리켰다.

"한조."

"왜, 그러나?"

"나는 조금 전에 성주를 만났네."

"만났으면 찌르지 그랬나?"

한조는 자기가 칼을 둘러메고 도망쳐왔다는 말은 하지 않았다.

"그런데 말이야, 한조."

한노죠는 몸을 내던지듯 풀밭에 앉았다.

"도무지 창이 앞으로 나가려고 하지 않는 거야. 참 이상한 일도 다 보았어."

"하하하…… 그것은 자네의 신앙심이 부족하기 때문일세. 나 같았으면 대번에 찔렀을 텐데, 아쉽군."

"아무래도 이상해. 손이 마비되고 또 눈이 빙빙 도는 거야. 성주 뒤에서 번쩍하고 아미타여래의 후광이 빛나는 것이었어."

"거짓말 말게. 아미타여래는 우리편이야."

"한조!"

"왜 그래, 그런 묘한 표정으로?"

"자네는 아미타여래가 언제 성주를 벌할 것이라 생각하나? 봄이 와도 밭을 갈지 못하고 여름에도 승부를 내지 못하면 가을부터 겨울 동안은 내내 굶어야 할 텐데."

"그렇기는 하지만…… 그래서 어쨌다는 말인가?"

"그렇게 되면 벌은 누가 받겠나? 백성들과 우리한테 벌이 내릴 거라고 생각하지 않나?"

"한노죠!"

와타나베 한조는 기세 좋게 무어라고 하려다 말고 그 대신 침을 꿀꺽 삼켰다.

"자네, 그래서 창에 매달았던 헝겊을 떼어버렸군?"

"나는 아미타여래 님을 배신하기는 싫어."

"아미타여래 님은 우리편이라고 했지 않나."

"우리편인 아미타여래 님이 이쪽에 벌을 내리려 하고 있네. 나는 성주 뒤에서 분명히 번쩍 빛나는 것을 보았어."

"한노죠, 그……그게 사실인가?"

이때 염불 도량道場의 법사가 역시 헝겊을 매단 6척이나 되는 막대를 들고 나타났다.

"오, 한조 님도 한노죠 님도 여기 계셨군요. 드디어 좋은 기회가 왔소! 부처님의 적 이에야스가 카미와다까지 추격해와서 방금 오쿠보 타다요의 저택으로 들어갔습니다. 그야말로 독 안에 든 쥐, 두 분께서 처치하십시오."

거칠게 숨을 몰아쉬며 단숨에 말했다.

"뭐, 타다요의 집에?"

한조는 재빨리 밥주머니를 허리에 차고 칼을 집어들었다. 한노죠가 묘한 말을 하는데, 과연 이에야스 뒤에서 아미타여래의 후광이 빛나는지 확인할 생각이었다.

"좋아! 이번에는 내가 가서 보겠어. 자네는 여기서 기다리고 있게."

11

한조가 기세 좋게 일어서는 것을 보고, 법사는 손에 침을 바르고 막대를 고쳐 잡았다.

"이번에는 꼭 성공해야 하오. 이것은 아미타여래 님의 명령이오."

그리고는 한노죠를 돌아보았다.

"당신은 가지 않나요? 정말로 좋은 기회요."

"나는 배가 고픕니다. 아미타여래 님의 명령이라 해도 배가 고프니 어쩔 수가 없소."

이 말을 들은 법사는 혀를 차고 한조의 뒤를 따랐다.

한조는 칼을 들고 오쿠보 타다요의 저택으로 달려가면서, 머릿속에 큰 사마귀가 들어와 돌아다니는 듯한 기분을 느꼈다. 아무리 아미타여래의 가호가 있다고 해도 갈지 않은 논밭에서는 쌀을 거둘 수 없다. 쌀을 거둘 수 없다면 기근이 닥칠 것이다.

'하늘에서 연꽃이 떨어졌다는 말이 있기는 하지만……'

쌀이 내려왔다는 말은 아직 듣지 못했다. 아니, 그 연꽃 이야기조차도 한조가 직접 눈으로 본 것이 아니었다.

그렇다면 한노죠가 보았다는 이에야스의 후광을 '허튼소리'라며 전적으로 부정할 수만은 없었다.

어느 틈에 안개가 걷히고 있었다.

그 일대에 많은 잡목림과 밭 여기저기에 아미타여래의 깃발과 접시꽃 깃발이 나부끼고 있었다. 양쪽 모두 직접적인 충돌은 피하고 서로 견제만 하고 있었다.

한조는 몸을 낮추고 노송나무 울타리 안으로 들어갔다. 말똥 냄새가 코를 찌르는 것은 여기가 마구간 뒤쪽이기 때문인데, 재빨리 안으로 들어서자 정면에 있는 안채의 부엌 앞에 말의 다리가 보였다.

한조는 그 다리에서부터 천천히 눈길을 위쪽으로 옮겨갔다.

등자鐙子가 보이고 그 위에 얹힌 털신이 보였다. 이어서 낯이 익은 쿠사즈리草摺°가 눈에 들어왔다.

"성주다!"

이에야스는 타다요의 집 부엌 앞에서 말을 탄 채 더운물에 밥을 말아먹고 있는 중이었다.

그 밑으로 한쪽 무릎을 꿇고 있는 여자의 흰 얼굴이 보였다. 타다요의 아내였다.

"부인."

"예."

"이 볶은 된장의 맛이 아주 좋군요."

이에야스가 말 위해서 칭찬했다.

"아침부터 말을 달려서 시장하시기 때문일 것입니다."

"아니, 된장을 잘 담그는 여자는 살림을 잘 하는 법이오. 부인은 훌륭한 아내인 것 같소."

"황송합니다. 좀더 드시겠습니까?"

"아니, 배는 고프지만…… 그만두겠소. 그대들이 애써 아낀 쌀인데 내가 너무 많이 먹어대면 미안한 일이지요."

"당치도 않습니다. 성주님이 시장하실 때 드시는 쌀이므로, 쌀도 기뻐할 것입니다. 얼마든지 있으니 좀더 드십시오."

"하하하……"

이에야스는 웃었다.

"가난한 생활을 꾸려나가다 보면 즐거운 거짓말도 하게 되나보오. 부인, 폭동에 가담한 가신들도 어리석은 자들만은 아닐 것이오. 곧 잘못을 깨달을 겁니다. 뉘우치면 용서하겠소. 조금만 더 참으시오."

"예. 황송합니다."

"안색만 보아도 고생이 얼마나 많은지 알 수 있소. 나에게 주려던 밥이 있거든 그대가 먹도록 하시오. 젖이 안 나오면 곤란할 테니 부인이 먹어야 할 것이오."

한조는 숨어서 그 광경을 보고 있다가 울상을 지었다.

12

어째서 울상을 지었는지 몰랐다. 폭동을 주동한 중들은 여러 가지 이상을 내걸고 그 이상을 실현하기 위해서는 죽어야 한다고 했다. 농부도 무사도 상인도.

한조도 물론 그 말을 충분히 이해할 수 있었다. 그러나 지금 자신의 귀로 들은 이에야스의 말도 역시 심금을 울렸다. 이대로 전쟁이 계속되면 미카와 일대는 황폐해질 대로 황폐해져서 결국 높은 이상을 갖고도 유랑민이 되거나 아니면 강도질과 도둑질로 연명할 수밖에 없을 것이다. 아니, 모두가 그렇게는 될 수 없을 테니 노약자와 부녀자들은 길거리에 쓰러져 죽을 것이다.

'죽으면 정토에 가기는 하겠으나……'

이런 생각을 해보지만 왠지 힘이 빠졌다.

한노죠 녀석이 공연한 말을 했다는 생각이 들었다.

한쪽은 가짜 아미타불이고, 이에야스 뒤에서는 후광이 비친다고.

한조가 보는 한에서는 이에야스에게 후광 같은 것은 비치지 않았다. 여전히 목이 짧고, 몇 공기째인지는 몰라도 물에 말아주는 밥을 사양하고 있을 뿐이었다.

"아닙니다. 젖은 충분히 나오고 있습니다."

타다요의 아내가 눈물을 글썽이며 내미는 밥.

"몸을 소홀히 해서는 안 됩니다. 부인 혼자의 목숨이 아니오. 자식이 있고 남편이 있지 않소?"

타이르고 나서 이에야스는 휙 말머리를 돌렸다.

한쪽에서는 부처를 위해 죽으라 하고, 다른 한쪽에서는 몸을 아껴 살아남아야 한다고 말하고 있었다.

죽어야 한다는 것이 부처님의 참마음일까.

살라고 하는 것이 진정한 부처님의 마음일까.

'그렇다!'

한조는 자신의 자랑스런 칼을 들고 자세를 취했다. 진짜 부처라면 자기 칼 따위로는 벨 수 없을 것. 정말로 이에야스에게 덤벼보고 나서 판단하는 수밖에 없었다.

그가 숨어 있는 마구간 옆으로 이에야스가 지나가려 했을 때.

"거기 서라, 성주!"

한조는 큰 소리로 외치며 뛰어나갔다.

"한조냐!"

이에야스는 돌아보는 것과 동시에 창을 꼬나들었다.

"어서 덤벼라."

유유히 말 위에서 한조를 상대했다.

한조는 갑자기 현기증이 났다.

"후광이 비친 게 아니야. 투구에 햇빛이 닿은 거야."

아닌 게 아니라 겨우 안개가 걷힌 하늘에서 아침 햇빛이 찬란하게 지상을 비추고 있었다.

"무엇을 중얼거리느냐, 사리도 분별할 줄 모르는 멍청이 같은 녀석이!"

"성주! 정말로 베겠다."

"그 흐느적거리는 칼로 벨 수 있으면 어서 베어보아라."

히잉 하고 말이 앞발을 들고 벌떡 일어났다. 한조는 정신없이 칼을 옆으로 휘둘렀으나 칼끝은 일어선 말의 다리 밑에서 허공을 가르고, 말이 다시 발을 내렸을 때에는 이에야스의 군사들이 한조를 에워싸고 있었다.

"불충한 놈, 꼼짝 마라!"

맨 먼저 뛰어나온 것은 큰 언월도를 든 혼다 헤이하치로 타다카츠, 이어서 창을 꼬나든 토리이 히코에몬 모토타다. 이에야스 앞에는 사카키바라가 불퇴전의 자세로 두 발을 벌리고 떡 버티고 섰다.

'이거, 안 되겠다……'

한조는 생각했다. 무엇보다도 그들과 싸우는 것을 자신의 칼이 싫어했다.

한조는 혀를 차면서 슬금슬금 뒷걸음질쳤다.

13

"이놈, 또 도망치느냐!"

이에야스의 목소리가 울렸으나 그때 이미 한조는 몸을 날려 노송나무 울타리 밖에 있는 겨울 시냇물을 건너 밭으로 달아나고 있었다.

"쫓지 마라."

사카키바라 코헤이타가 혼다 헤이하치로를 불러 세웠다.

"어디서 적이 나타날지 모른다. 성주님 곁을 떠나면 안 돼."

그동안 와타나베 한조는 길을 빙 돌아 칼을 어깨에 멘 채 아까 그 풀밭으로 돌아왔다.

하치야 한노죠는 한조의 칼을 흘끗 바라보고 거기 피가 묻어 있지 않은 것을 확인하고는 마른 풀밭 위에 벌떡 일어나 앉았다. 아마도 한잠 자고 있었던 모양이다.

"어때, 벨 수 없었지?"

"음."

"성주에게 후광이 비치지 않던가?"

한조는 대답 대신 다시 한 번 주위를 돌아보고 두 사람밖에 없다는 것을 확인했다.

"나는 벌을 받아 마땅해."

그리고는 내뱉듯이 말했다.

"비록 성주가 가짜 아미타불이고 절 쪽이 진짜 아미타불이라고 해도 상관없어."

"그건 또 무슨 소린가?"

"지옥에 떨어져도 좋다는 말일세. 나는 이제부터 오쿠보의 저택으로 갈 생각이야."

"항복하려고 그러나, 자네는?"

"아니, 귀순하려고 해. 지옥에 떨어질 각오를 하고."

한조는 다시 한 번 칼을 내던지듯이 마른 풀 위에 놓고, 작은 소리로 물었다.

"자네는?"

한노죠는 대답하지 않았다.

와타나베 한조의 아내와 오쿠보 일가의 주인 신파치로 타다카츠新八郎忠勝의 아내는 자매였다. 타다토시 노인은 은퇴하여 죠겐常源이란 아호로 불리고 있었다.

"자네는 신파치로와 인척이라 괜찮을지 모르지만 나는 아무 연고도 없네."

"한노죠!"

"왜 그러나?"

"둘이서 신파치로를 찾아가보세. 성주님도 곧 성으로 돌아가실 거야. 신파치로의 말이 신통치 않으면 다시 반란군 쪽으로 돌아가면 되지 않겠나?"

"하긴 그렇군."

"나는 자네가 보았다는 성주님의 후광이 사실이라는 생각이 들어."

한노죠는 창자루를 부여잡고 어느 틈에 눈물을 떨구고 있었다. 막상 남을 통해 사죄한다고 생각하니 새삼스럽게 분했다. 무엇 때문에 이런 폭동에 가담했던 것일까. 그렇다고 더 이상 성주를 적으로 돌릴 수는 없었다.

"한조."

"응."

"나는 따라는 가지만 잠자코 있겠네. 신파치로에게는 자네가 말해주게."

한조는 고개를 끄덕였다. 그 방법 외에는 다른 길이 없었다.

아무리 단순한 그들의 두뇌라 해도, 죽으라는 말과 살라는 말은 어느 쪽이 더 자기들을 사랑해서 하는 말인지 확실하게 알 수 있었다.

두 사람은 생각났다는 듯이 얼굴을 마주보았다.

"날씨가 좋아졌어."

"지금부터 밭갈이를 시작해도 올핸 무사히 넘길 수 있을 거야."

두 사람 모두 부끄러운 듯 어깨를 축 늘어뜨리고 가만히 웃었다.

봄날의 바람

1

폭동은 오쿠보 타다카츠의 주선으로 하치야 한노죠와 와타나베 한조가 항복함으로써 대번에 해결의 실마리가 잡혔다.

물론 한노죠 등은 처벌받지 않았다. 앞으로 항복하는 자도 처벌하지 않는다는 것이 알려지자 잇따라 혼다 야하치로가 항복했다. 소동을 일삼고 있던 떠돌이중들은 사태가 불리하다는 것을 알고 어디론가 자취를 감추었다.

2월 28일, 카미와다의 죠쥬인淨珠院에서 신불에 서약하는 글을 작성하여 이에야스에게 제출했다. 원래부터 미카와에 있던 승려들의 이번 폭동으로 인한 모든 죄는 용서하기로 하고, 3월부터 농부들은 다시 열심히 농사일을 시작했다.

이번 일을 해결하는 데 뒤에서 가장 큰 영향을 끼친 것은 이에야스의 생모 오다이와 오다이의 동생이며, 이시카와 이에나리의 어머니 묘사이니妙西尼였다.

오다이는 무슨 일이 있어도 가신들이 무사할 수 있도록 설득했고, 신앙심이 깊은 묘사이니는 어느 사원이라도 폐쇄하는 일이 없기를 거듭 거듭 이에야스에게 탄원했다. 그리고 사건을 직접 무마시키는 데 가장 큰 역할을 한 것은 오쿠보 죠겐 타다토시大久保常源忠俊와 신파치로 타다카츠였다.

오쿠보 일족은 니치렌 종日蓮宗 신자였으나 신앙을 초월하여 모두를 위해 용서를 빌었다. 성질이 급해 번개 노인으로 알려진 죠겐은 성급한 기질을 누르고 이에야스에게 청했다.

"이 노인을 보아 용서해주십시오."

그렇게 청한 이면에는 폭동의 선동자 뒤에 이마가와, 타케다 양가의 입김이 크게 작용한 것이라는 판단이 있었다.

"상대가 우리를 둘로 분열시키려 하고 있다. 그 계략에 넘어가서는 안 된다."

폭도 쪽에서는 니치렌 종의 오쿠보 일족이 잇코 종의 신도를 위해 힘써주리라고는 생각지도 못했기 때문에, 그와 같은 죠겐의 성의가 뜨겁게 모든 이들의 심금을 울렸다.

"양분되어서는 안 된다. 갈라지면 양쪽 모두 약해진다."

이번 사건이 이들의 단결을 더욱 공고하게 하는 계기가 되었기 때문에 마츠다이라 쪽에는 전화위복의 결과가 되었다. 아니, 그보다도 이번 폭동을 통해 이에야스가 심신 양면에 걸쳐 크게 성장했다는 것이 최대의 수확이었다.

이에야스는 비로소 신앙의 본질에 대해 깊이 알게 되었다.

가신의 반역이라는 안타까운 감정의 파도를 헤치고 그것을 종식시키는 수단을 가슴에 새겼다.

'인간은 어디까지 약해질 수 있는 것일까?'

앞으로 어떤 일이 벌어져도 가신 앞에서는 자신의 약한 모습을 보이지 않겠다고 결심했다.

사람들은 자신의 약점과 비슷한 것을 남에게서 발견하면, 이것을 '인간미'라 부르고 기뻐한다. 그러나 사실은 그 반대이다. 인간은 누구나 다 약한 것이라 생각하여 의지하는 마음을 없애고 그때부터 마음의 유랑을 시작한다.

'나의 어딘가에도 그런 점이 있었다……'

이에야스는 깊이 반성했다.

이 난세에 하나의 영지를 다스리며 일어서려는 자는, 그에 걸맞는 강인함을 연마하지 않으면 안 된다. 그 강인함은 바로 지도력과 연결되기 때문이다.

이에야스는 28일에 서약서를 받았고, 3월 1일 그것을 가지고 둘째 성으로 생모 오다이를 찾아갔다. 원만하게 해결된 사건을 어머니에게 알리고 감사 드리기 위해서였다.

2

오다이는 둘째 성을 관리하고 있었으나 성주의 거실은 예의상 사용을 금하고 있었다.

사카타니로 이어지는 둑 밑으로 푸른 해자가 바라다보이고, 그 넘실거리는 물에 봄기운이 감돌고 있었다.

오다이는 이에야스로부터 통지를 받고 거실의 청소를 명하고 나서 문을 나와 그 둑까지 마중을 나갔다.

이에야스는 사카키바라 코헤이타 한 사람만을 데리고 홀가분하게 찾아왔다. 이에야스에게는 기억이 없다. 그러나 오다이로서는 이 부근이 그립기 짝이 없는 추억의 장소였다.

이 성에서 열다섯 살이 되던 해 봄, 카리야에서 가져온 목화씨를 이 일대에 심도록 했다. 지금도 그때와 흙 냄새는 마찬가지이지만, 당시의 남편 히로타다廣忠는 이미 기억의 저편으로 사라지고, 지금은 그 아들 이에야스가 미카와 일대의 총대장으로 자기 앞에 서 있었다.

"어려운 걸음을 했군요."

감개무량함을 누르고 고개를 숙이는데, 인생의 불가사의함이 가슴을 짓눌러왔다. 여자로서의 오다이는 약했다. 시집을 갈 때나 헤어질 때도 자신의 의사와 감정은 전혀 개입시킬 수 없는 비참함이 있었다.

오다이는 그것을 원망하지 않았다. 원망하는 대신 모든 것을 용서하고 모든 것을 빛으로 향하게 하려고 오로지 그것만을 기도했다.

그리고 지금은……

히로타다는 이미 지하에서 흙으로 화했을 텐데도, 오다이는 늠름한 부장으로 성장한 자기 아들을 맞이하고 있었다. 남을 미워하지 않고 용서하는 자만이 눈에 보이지 않는 커다란 것을 얻게 된다는 생각이었다.

"어머님, 덕택으로 모든 일이 다 해결되었습니다. 이상한 생각이 드는군요. 이 년이고 삼 년이고 기다리겠다고 결심한 날이 바로 사태해결의 첫날이 되었습니다."

거실로 안내된 이에야스는 기뻐하기보다도 오히려 무언가를 생각하는 표정이었다.

"부처님께서 성주의 곧은 마음을 가상히 여기셨기 때문이겠지요."

오다이는 술 대신 자기가 손수 만든 팥떡을 대접했다. 팥에 귀중한 흑설탕을 넣은 것이었는데, 이 설탕에도 추억이 담겨 있었다. 시코쿠四國의 쵸소카베長曾我部가 관할하는 영지에서 산출되는 이 설탕을 오다이는 열네 살 때 처음으로 이 성에서 맛보았다.

그 후에도 설탕은 여전히 귀중한 물건으로 취급되어, 쿠마의 도령 타케노우치 나미타로도 일부러 오다이에게 바치기까지 했다.

이에야스는 맛이 있다면서 세 개를 먹었다.

오다이는 그것이 여간 기쁘지 않았다. 모자간에 여러 이야기를 나누었다.

"앞으로도 어머님과 이모님의 가르침을 잊지 않겠습니다. 겁을 먹고 도망친 자들도 언젠가는 찾아내겠습니다."

이에야스가 용서하지 않을 것이라 지레짐작하고 영내 밖으로 도주한 자가 4, 5명 있었다. 어쩔 수 없이 그들을 가신에서 제외시키기는 했으나, 기회가 오면 그들도 용서하겠다는 의미였다.

"그 따뜻한 마음이 빨리 통하도록 기도하겠어요."

이에야스가 오다이와 헤어진 것은 해가 지고 한참이 지나서였다.

문까지 나와 배웅하는 오다이와 작별하고 코헤이타와 같이 사카타니의 둑에 이르렀을 때 벚나무 그늘에서 종종걸음으로 달려나와 앞을 가로막고 엎드리는 여자가 있었다.

"부탁이 있습니다."

"누구냐!"

코헤이타가 두 손을 벌리고 이에야스와 여자 사이를 막았다.

3

"부탁을 드리려고 합니다."

여자는 다시 말했다.

"코헤이타, 이름을 물어보아라."

코헤이타는 조심스럽게 땅에 꿇어앉은 여자를 들여다보았다.

"츠키야마 마님을 모시는 오만입니다."

"뭐, 오만?"

이에야스는 성큼성큼 앞으로 걸어나갔다.

"과연 그렇군. 오만…… 무슨 일이냐?"

말하다 말고 코헤이타가 옆에 있는 것이 거북했던 듯.

"너는 먼저 돌아가거라. 걱정할 것 없다."

코헤이타로부터 칼을 받아들었다.

코헤이타는 고개를 갸웃하고 그 자리에서 떠났다. 설마 이에야스가 이런 소녀에게 손을 댔으리라고는 상상조차 하지 못하고, 지금 이런 곳에서 무엇 때문에 성주님을 찾는 것일까 젊은이는 속으로 이상하게 생각했다.

코헤이타가 사라진 것을 확인하고 나서, 이에야스는 말했다.

"오만, 일어나거라. 너는 이번에도 츠키야마에게 무슨 명령을 받고 온 것이냐?"

오만은 그 물음에는 대답하지 않고, 다른 말을 했다.

"성주님, 제발 마님에게로 돌아가십시오."

"응, 언젠가는 돌아가겠다. 염려하지 마라."

"아닙니다. 그런 막연한 말씀은 곤란합니다. 오늘 밤에 꼭!"

이에야스는 와락 불쾌감이 치밀었다.

"오늘 밤에 데려오라고 하더냐?"

"아닙니다! 마님이…… 그런 말씀은……"

"그렇다면 네 생각이란 말이냐?"

"예…… 예. 저는 미칠 것만 같습니다. 성주님! 이렇게…… 이렇게 부탁 드립니다."

이에야스는 저도 모르게 이맛살을 찌푸리고 오만의 필사적인 동작을 지켜보았다.

분명히 예사로운 상태가 아니었다. 두 눈에 핏발이 서고 풍만한 가슴이 파도처럼 출렁거리고 있었다.

'설마 미친 것은……'

이에야스는 온몸이 오싹했다.

"미칠 것 같다니 무슨 까닭이냐?"

애서 냉정하게 묻는데 상대는 겁낼 것 없다고 생각했는지 갑자기 소리를 낮추고 울기 시작했다.

"울고만 있으면 내가 어떻게 알겠느냐? 생각하는 바를 말해보아라."

"예……"

오만은 전과 같은 거센 기질은 조금도 나타내지 않고 어리광과 두려움이 섞인 모습으로 이에야스의 옷자락에 매달렸다.

"성주님의…… 사랑을 받은 것을 마님이 아셨습니다."

"으음."

"그 후부터는 매일 밤마다 고문…… 그것도 보통 고문이 아닙니다."

"어떻게 고문하더냐?"

"예…… 아니…… 그것은 말씀 드릴 수 없습니다. 죽기보다도 괴롭고 부끄러운…… 성주님!"

"죽기보다 괴롭다니……?"

"부탁입니다. 마님께 돌아가주십시오. 그렇지 않으면……"

"죽이기라도 한다는 말이냐?"

"아니…… 그 이상의 고통을 당합니다. 네가 나쁜 것이 아니다, 네 속에 있는 음탕한 벌레가 나쁘다고 하시며…… 그것은, 그것은……"

이에야스는 옷자락에 매달려 흐느끼는 오만의 목덜미에 가만히 눈길을 떨어뜨렸다.

4

오만과의 순간적인 정사를 세나가 알았다…… 이에야스로서도 마음에 부담이 가는 일이었다.

세나는 보통 신경을 가진 여자가 아니었다. 질투하기 시작하면 이성을 잃고 미쳐 날뛰었다. 순간적인 일이라면서 웃고 마는 여자도 아니거니와 용서하려 노력하거나 다시 그런 일이 되풀이되지 않도록 자기 쪽에서 머리를 쓰는 여자도 아니었다. 그때그때의 감정 여하에 따라 무슨 일을 저지를지 모르는 여자였다.

이에야스는 겁에 질려 떨고 있는 오만을 바라보고 있는 동안, 그 불안이 후회가 되고 분노가 되었으며 혐오가 되었다.

"죽기보다 두렵다는 게 무슨 말이냐? 여기에는 아무도 없으니 말해 보아라."

"아니, 아닙니다…… 그것은…… 차마 말씀 드릴 수 없습니다."

"말을 해야 알 것 아니냐? 어서 말하여라."

오만은 고개를 가로저을 뿐이었다.

사실 열여섯 살의 오만으로서는 세나의 고문은 입밖에 내어 말할 수 있는 성질의 것이 아니었다.

"네가 나쁜 것이 아니야. 네 몸에 달라붙어 있는 음란한 것이."

이렇게 말하면서 손발을 움직이지 못하도록 발로 누르고 온몸을 변태적으로 주무르는 것만이 아니었다.

반라의 오만을 곳간 뒤에 끌어다놓고, 이와츠岩津에서 성안으로 거름을 푸러 오는 젊은 농부들에게 말했다.

"이 계집애는 남자가 그리워 못 견디겠다는구나. 자, 너희들한테 줄 테니 마음껏 희롱해도 좋다. 그것이 이 계집의 희망이니 전혀 사양할 것 없다."

그리고는 안으로 사라졌다.

그때 젊은 농부들이 나눈 대화는 아직도 오만의 귀에 뚜렷한 공포로 새겨져 있었다.

마님의 분부이므로 명령에 따라야 한다는 자와, 그것은 너무 잔인하다고 하며 주저하는 자가 반반이었다. 오만은 눈물이 마르도록 애원했다. 가까이 오면 혀를 깨물고 죽겠다고도 했다.

젊은이들은 상의를 거듭한 결과, 겉으로는 마님의 명령에 따른 것으로 하고 오만에게는 손을 대지 않은 채 물러가기로 했다. 그래서 겨우 무사하기는 했으나, 그들이 돌아가자 세나는 입술을 일그러뜨리고 미친 듯이 웃었다.

"호호호…… 이제야 겨우 만족하게 된 모양이로구나. 앞으로도 그들이 올 때마다 너에게 똥내를 맡을 수 있게 해주겠다. 호호호……"

그런 짓을 하고 나서는, 성주가 자기한테 오지 않는 것은 너 때문이라고 넋두리를 하기도 하고 울기도 했다. 어쩌면 그것도 세나의 탓이 아니라, 기질이 강한 그런 여성이 난세의 폭풍에 휘말려 비뚤어진 결과로 생긴 일인지도 몰랐다.

그렇다고 하더라도 오만으로서는, 이에야스가 세나를 찾아가 그녀의 마음을 누그러뜨려주기를 원했다.

"성주님! 부탁 드립니다. 만일 제가 성주님을 모시고 가지 못하면 오늘 밤 저는 죽게 될지도 모릅니다."

이에야스는 이런저런 고문의 내용을 상상하고 분노와 연민으로 가슴속이 복잡하게 뒤얽혔다.

"오만, 오늘은 그대로 돌아가서 휴가를 청하도록 하여라. 병에 걸렸다고 하면서."

"아니, 그럴 수는 없습니다."

"어째서?"

"그러면 저는 충성스럽지 못한 자가 될 뿐입니다. 부탁입니다. 마님을 사랑해주십시오."

오만은 이렇게 말하고 다시 세차게 옷자락을 좌우로 흔들었다.

5

"아니, 네가 불충한 자가 된다고?"

"예. 저는 해서는 안 될 짓을 했습니다. 그러므로 성주님과 마님이 화목하여 마음이 풀어지시는 것을 보고 그만두려 생각합니다. 성주님, 제발 오늘 밤에는……"

이에야스는 오만을 빤히 바라보며 소녀의 마음을 헤아려보았다. 자기를 억지로 세나에게 데려갈 생각인 모양이었다. 그 천진스러운 이면에는 주종간의 의리만은 잃지 않겠다는 갸륵한 마음도 깃들여 있었다.

"오만……"

"마님에게 가시겠습니까, 성주님?"

"너는 두 사람이 화목해지면 이 성을 떠날 생각이냐?"

"예. 그때까지는 죽는 한이 있더라도 남아 있겠습니다. 잘못은 저에게 있으니까요."

"그만두고는 무엇을 하겠느냐?"

"저어……"

오만은 붙잡고 있던 옷자락을 살그머니 놓고 고개를 푹 숙였다.

"그만둔 뒤 자결하겠습니다."

"무엇 때문에?"

오만은 갑자기 얼굴을 두 손으로 감쌌다.

이에야스는 그 어린아이 같은 행동에 다시 가슴이 섬뜩해졌다. 가련하다. 이렇게 가련하게 만든 것은 다름 아닌 자신의 내면에 숨쉬고 있는 '남자'라 할 수 있었다.

"성주님! 저는…… 저는…… 죽어서 성주님 곁으로 가겠습니다."

"뭐, 내 곁으로?"

"예…… 저는…… 성주님을 사모합니다."

이에야스는 휘청 쓰러질 뻔하다가 겨우 몸을 가누었다.

후회라는 가벼운 느낌은 아니었다. 이 처녀가 자신의 가치를 알고 있으리라는 생각은 들지 않았고, 성격과 기질을 이해하고 나서의 사랑이라고도 생각되지 않았다. 말하자면 그것은 우연히 날개가 닿은 나비에 대한 본능적인 꽃가루의 매달림이었다.

'내가 죄를 지었구나······'

순결한 동정녀의 마음은 그렇게 닿은 것의 빛깔에 물들어 그 하나에 목숨을 걸게 되는 것인지도 몰랐다. 그런 예민한 면을 알았다면 그렇게 함부로 대하지 않았을 것. 한 번 손을 댄 것이 이 소녀에게는 이미 마음에서 씻어버릴 수 없는 상처가 되고 말았다.

이에야스는 마음이 아팠다. 눈앞의 처녀에 대한 책임감이 양심을 찔러왔다.

"음, 그만두고 나서 죽을 생각이란 말이지."

"예. 누구에게도 눈에 띄지 않는 영혼으로 변하면 원하는 대로 될 수 있을 것 같아서입니다."

"알겠다. 오만, 알겠으니······"

"예."

"오늘 밤에는 혼자 돌아가거라. 아니, 절대로 너를 죽게 내버려두지는 않겠다. 내가 잘 생각해보겠다. 잠시만 더 참도록 해라. 알겠느냐?"

오만은 당황하며 다시 옷자락에 매달렸으나 이번에는 흔들지 않았다. 불안한 눈길로 이에야스를 똑바로 쳐다본 채 이에야스가 한 말의 뜻을 새기려 하는 것 같았다. 이윽고 다시 손을 놓았다.

"예."

고개를 푹 수그렸다.

"성주님 분부대로 하겠습니다."

봄날의 밤바람에 스며드는 가녀린 목소리가 천진난만했다.

"그럼……"

이에야스는 뒤도 돌아보지 않고 곧바로 본성을 향해 걷기 시작했다.

6

이에야스의 다정한 한마디는 오만의 마음을 크게 누그러뜨렸다. 오만은 멍하니 이에야스의 뒷모습을 바라보면서 스스로도 자기 자신을 알 수 없게 되었다.

물론 츠키야마가 이에야스를 데려오라고 명령했을 리는 없었다. 오늘 밤 그곳에서 기다리고 있었던 것은 전적으로 오만 자신의 의사였다. 조금 전까지만 해도 이에야스를 데려갈 수 없다면 그길로 성에서 나갈 각오였으나 이에야스의 말 한마디로 생각이 바뀌고 말았다.

츠키야마 마님을 위해서라고 믿으면서도, 오만은 이에야스의 목소리를 듣고 얼굴이 보고 싶어 자제할 수 없었는지도 모른다. 아니, 그것을 깨닫지 못할 정도로 순박하고 강렬한 오만의 사랑이었다.

오만은 조용히 일어났다.

'성주님이 절대로 나를 죽게 내버려두지 않겠다고 말씀하셨다……'

그것을 알게 된 것만으로도 죽어도 아깝지 않다고 생각했다.

왜 그럴까 하고 생각할 것까지도 없었다.

오만의 공상은 츠키야마 저택을 향해 걷기 시작했을 때부터 눈부신 꿈으로 변해 있었다. 마님이나 카네보다도 훨씬 더 강하게 이에야스의 마음을 붙들고 함께 잠자리에서 밤을 보내는 환상이 뇌리에 떠올랐다.

성주님이 싫어하는 마님.

셋째 성의 하녀에 지나지 않는 카네.

이에 비해 오만은 이에야스의 마음을 붙든 츠보네局.

'그렇다. 코고小瞥°의 츠보네가 되자.'

오만은 생각했다.

코고의 츠보네는 남다르게 영리하고 젊음과 뛰어난 용모를 지니고 있었다. 마님처럼 스스로 성주의 발길이 멀어지게는 절대로 하지 않을 것이고, 겸손과 정숙으로 상대를 사로잡는다…… 그렇게 되면 많은 가신들도 츠보네를 소홀히 여길 수 없을 것이다.

아름다운 그림을 보듯 오만이 이런 공상에 잠겨 있을 때였다.

"누구냐."

남자의 굵은 목소리가 들렸다. 깜짝 놀라 정신을 차리고 보니 그곳은 이미 츠키야마 저택 담장 밖이었다.

"예. 마님의 시녀 만입니다."

"뭐, 츠키야마 마님의 시녀? 등불도 없이 무얼 하고 있느냐?"

성큼성큼 다가와 등불을 들이댄 것은 성을 순찰하던 혼다 사쿠자에몬本多作左衛門이었다.

"좋다, 들어가라."

"수고가 많으시군요."

안도의 숨을 쉬고 안으로 들어가면서도 오만은 아직 공상과 현실 사이를 오락가락하고 있었다.

저택 안은 싸늘한 분위기와 함께 정적에 휩싸여 있었다. 오만은 넓은 부엌을 지나 조그마한 자기 방으로 갔다. 어느 틈에 얼굴이 상기되고 가슴이 가볍게 뛰고 있었다. 작은 등잔 밑에 앉아 가슴을 눌러보았다. 이때 입구의 장지문이 열리고 거기에 창백한 여자의 얼굴이 나타났다.

"오만!"

"예."

"또 성주한테 불려갔구나?"

오만은 깜짝 놀라 상체를 뒤로 젖히고 분노에 불타는 세나의 얼굴을 쳐다보았다.

7

"오만……"

세나는 문을 조용히 닫았다.

오만은 대답을 하고 싶었으나 왠지 혀가 움직이지 않았다. 그토록 세나의 얼굴은 창백하고 험상궂게 일그러져 있었다.

"너는 예사 몸이 아니야. 이와츠의 농부들에게 희롱당해 더러워진 몸으로 다시 성주 곁에 갔다는 말이냐?"

세나가 한 걸음 다가서자 오만은 겁을 먹고 한 손을 쳐든 채 뒤로 물러났다.

"왜 대답을 못하느냐? 성주가 너를 품었지?"

"마……마……마님!"

"음탕한 여자가 더 좋다고 하더냐? 바람난 여자에게서 더러운 냄새가 난다고는 하지 않더냐?"

"너무…… 너무…… 지나치십니다."

"나는 말이다, 초저녁부터 어깨가 결려서 너를 부르러 사람을 보냈었다. 그때도 너는 방에 있지 않았어. 그로부터 일 각(2시간) 이상이 지났어. 오늘은 그냥 두지 않겠다. 도대체 어디서 성주를 만났느냐?"

세나의 손에는 타케치요가 목마를 탈 때 쓰는 대나무 채찍이 쥐어져 있었다.

"마님, 저를…… 저를 믿어주십시오."

"그래, 믿겠다. 믿을 테니 숨김없이 대답하여라."

"예, 말씀 드리겠습니다. 절대로 거짓말은 하지 않겠습니다."

오만은 채찍이 무서웠다. 아니, 채찍 그 자체가 무서운 것이 아니라 그것으로 후려치며 미쳐 날뛸 세나의 성질이 무서웠다.

"저는 성주님이 부르셔서 갔던 것은 아닙니다."

"그럼, 네가 먼저 찾아갔다는 말이냐?"

"예…… 아니, 성주님께서 너무 마님 곁에 오시지 않아 부탁 드리려고 갔습니다."

"누구 명으로?"

"예…… 저 혼자의 생각으로."

"건방진 것."

드디어 철썩 하고 채찍이 울었다. 등줄기를 따끔한 아픔이 스치고 지나갔다. 그러나 이것은 다른 때의 아픔과는 달랐다. 전 같으면 이 한 번의 채찍으로 오만은 정신을 차릴 수 없었는데, 오늘의 오만은 도리어 마음이 침착해졌다.

그 침착한 모습은 당연히 세나의 눈에도 이상하게 비쳤다.

"너는 나한테 대들 생각이구나. 그 발칙한 눈빛은 무어냐!"

"……"

"왜 대답을 않느냐? 이미 나하고는 주종관계를 떠났다는 말이로구나!"

"마님."

"뭐냐, 시치미를 떼고."

"그런 지레짐작은 성주님을 위해서라도 삼가시기 바랍니다."

"아니, 나에게 훈계를 하려는 게냐?"

"그러시면 성주님은 점점 더 멀어지십니다. 저는 그것이 슬픕니다."

세나는 채찍을 쳐든 채 비틀거렸다. 그런 건방진 소리를 이 어린것의 입을 통해 듣게 될 줄은 생각지도 못했다. 지금까지는 세나의 채찍에 벌벌 떨 뿐인 시녀였으나 오늘은 대등한 여자로서 세나를 쳐다보고 있었다.

"발칙한 년!"

세나는 또 한 번 미친 듯이 채찍을 휘둘렀다.

8

두번째 채찍은 오만의 목에 휘감겼다. 목덜미에서부터 어깨에 걸쳐 빨간 줄이 생겼으나 오만은 꼼짝도 않고 세나를 올려다보고 있을 뿐이었다.

세나는 다시 비틀거렸다.

주종의 울타리를 넘어 여자와 여자로 상대하면 이 소녀가 세나보다 훨씬 더 강한 것을 가지고 있었다. 세나는 그것을 알고 있었다. 기질도 남자보다 활달하다는 것을 알고 시녀로 채용했고, 젊음과 미모는 세나를 훨씬 능가했다.

훌륭한 가문에서 자란 세나에게는 사람을 사람으로 보지 않는 오만함이 있었다. 오만 역시 그런 세나에 못지 않게 자기가 생각하는 바는 거리낌없이 말했다.

오늘 그녀가 스스로 이에야스를 찾아간 것도 그러한 기질 때문이었다. 그런 만큼 자기편으로 만들기는 어렵고, 적으로 돌리면 무서운 존재였다.

세나는 세번째 채찍을 쳐들었으나 이번에는 때리지 않았다.

'결국 오만을 적으로 만들고 말았구나……'

두려움과 후회가 세나의 광포한 질투심에 쐐기를 박았다.

"오만! 너는 모르느냐?"

"……"

"주종간에 미워할 까닭이 없는 너와 내가 굳이 싸워야 할 일이 있겠느냐?"

"싸우는 것이 아닙니다."

"아니, 싸우고 있어. 이것은 모두 네게 원인이 있는 거야. 너는……성주가 무어라 하건 어째서 끝까지 거부하지 않았느냐?"

오만은 거부할 이유가 없다고 생각했다.

'나도 성주님을 좋아하고 있다.'

어째서 나는 성주님을 좋아해서는 안 되는가, 왜 마님은 성주님을 독차지해야만 하는가. 반발심밖에 일어나지 않았다. 사실 이에야스 정도 되는 대장이 여자가 하나밖에 없는 예는 없었다.

"오만, 나는 여간 분하지 않아!"

"어째서 그렇습니까? 저는 분하지 않은 줄 아십니까?"

"나는 성주가 미카와의 고아라고 불릴 때부터 모셔왔어. 나는 이마가와 요시모토의 조카로 태어나 가장 비참할 때의 성주를 모셨어."

"그러한 성주님도 현재는 미카와의 총대장이십니다."

"그러기에 분하다. 가난하고 자유롭지 못할 그 무렵에는 첫째도 세나이고 둘째도 세나였어. 그런데 지금은 낡은 헌신짝처럼 돌아보지도 않는 거야. 아니, 돌아보지 않을 뿐만 아니라 카네 따위의 천한 계집과 너 같은 것에게까지 손을 대고 있어. 나에게도 여자의 고집이 있다. 그 때문에 비록 몸을 망치는 한이 있어도 기어코 내 고집을 관철시키고야 말겠다……"

전 같으면 눈물을 흘렸을 오만이 정면으로 반발했다.

"마음대로 하십시오. 그러면 성주님은 점점 더 멀어지실 거예요."

"뭣이! 지금 뭐라고 했느냐. 너는 나에게 맞설 생각이냐."

"아닙니다. 마님이 성주님과 맞서시려는 것입니다…… 그 말씀을 드린 것입니다."

세나는 결국 세번째 채찍을 후려치지 않을 수 없었다. 그리고 후려치는 순간 이성은 흔적도 없이 사라지고 슬픈 광기의 노예가 되고 말았다.

9

채찍소리가 계속 오만의 어깨에서 울렸다. 오만은 이를 악물고 비명 한번 지르지 않았다. 이런 소녀의 어디에 그렇게 강한 반항심이 깃들여 있었을까.

때리고 다시 때릴 때마다 세나의 분노는 더욱 궤도를 벗어났다. 왼손으로 머리채를 휘어잡고 그 자리에 꿇어 엎드리게 하고는 또 때렸다.

"이래도 빌지 않겠느냐? 빌지 않으면 용서치 않겠다."

오만은 세나가 하는 대로 매를 맞고 짓밟히면서도 똑바로 그녀를 쳐다보고 있었다. 어째서 이런 마음이 들었을까? 반항할 수 있으리라고는 생각지도 않고, 할 생각도 없었으나, 지금 같아서는 죽는 한이 있어도 사죄할 마음이 없었다.

"빌지 못하겠느냐? 그 눈이…… 그 눈이 뭐냐!"

"……"

"그것이 주인을 보는 눈이냐? 이 못된 년!"

철썩 하고 내려친 채찍에 검은 머리가 얽혔다. 그것이 뚝 소리를 내고 부러지자 세나는 채찍을 버리고 이번에는 두 손으로 때렸다.

이미 세나는 자기가 무슨 짓을 하는지 모르는 모양이었다. 악귀와 같은 형상으로 멱살을 잡고 허리띠를 움켜쥐었다. 휙 하고 오만의 몸이 몇 바퀴 돌더니 반라가 되었다. 하얀 살에 몇 줄기 붉은 선이 그어져 있었다. 그 사이에서 풍만하게 솟아오른 유방이 자못 조용했다.

"이 년, 이 몸뚱이로 성주를 유혹하여……"

세나가 오른발을 들어 차려고 하자 오만은 그 밑에 몸을 엎드렸다.

세나는 큰 소리를 내며 쓰러졌다. 엎드린 게 더욱 그녀의 광기를 부추겼다.

때리는 자도 맞는 자도 꼴사나운 모습으로 뒤얽혔다. 한쪽은 고래고래 소리지르고 다른 쪽은 입을 꼭 다문 채였으나, 움켜쥔 손은 떨어지지 않고 그것이 하나의 살덩어리로 보였다.

하녀들이 깜짝 놀라 달려왔으나 아무도 세나를 떼어놓지 못했다.

"용서해주십시오…… 마님."

잔뜩 겁을 먹고 두 사람 주위를 맴돌 뿐, 결국 양쪽이 모두 지쳐버릴 때를 기다릴 수밖에 없었다.

드디어 그 체력에 한계가 왔다. 덮어씌우듯이 오만을 누르고 있던 세나의 손이 오만의 허리띠에 닿는가 싶더니 세나는 그녀의 손을 뒤로 돌려 결박지었다. 오만은 축 늘어진 채 움직일 수 없게 되었다.

"이 년을 밖으로 끌어내다 벚나무에 묶어놓아라."

털썩 주저앉으면서 세나가 소리질렀다.

"어서 하지 못하겠느냐! 말을 듣지 않으면 너희들도 똑같이 벌하겠다."

"예…… 예. 하지만…… 그것은."

"안 돼! 안 돼! 안 돼!"

마지막 기력을 다해 소리지르는 바람에 두 여자가 마지못해 오만을 일으켜세웠다. 오만은 정신이 나간 사람처럼 정원으로 끌려나갔다.

벚꽃 봉오리가 희미한 달빛을 받아 무겁게 떠오르고 밤의 냉기가 살갗을 찔렀다.

"마님의 분노가 가라앉을 때까지…… 참으세요, 오만."

귓전에서 속삭이는 소리를 들으면서 오만은 벚나무 밑동에 주저앉았다.

10

상반신은 속옷까지 찢겨 있었다. 피가 밴 둥근 무릎은 땅바닥에 나란히 놓여 있었다. 그러나 이상하게도 수치심도 분하다는 생각도 없었다. 허용되지 않을 것이라 믿었던 반항을 자기 의사에 따라 밖으로 드러낸 불가사의한 일을 냉정하게 바라보고 있었다.

세나의 광기를 진정시키려고 하녀가 마루의 문을 안에서 닫았다. 아마도 세나는 자기 거실로 돌아갔을 것이다.

주위가 조용해지자, 벌레소리가 지면에서 솟아오르는 듯한 느낌으로 들려왔다.

온몸의 마디마디가 쑤셔 아무것도 생각할 기력이 없었다. 그러나 이대로 세나의 감정이 가라앉을 까닭이 없다는 것만은 잘 알 수 있었다.

'나를 죽일 것인가……'

아니면 멀리 어디로 쫓아낼 것인가?

아무래도 상관없다는 생각이 드는 순간 이에야스의 얼굴이 눈앞에 떠올랐다. 이 츠키야마 저택에는 이에야스의 힘도 미치지 못하는 것은 아닐까……

온몸으로 항거한 그동안의 피로가 으스스한 추위에서 차차 나른한 졸음으로 바뀌어갔다. 잠이 든 채 이대로 죽으면 그래도 좋다고 생각했다. 바삭바삭 하고 뒤에서 무엇이 움직이는 기척이 있었으나, 그것이 자기와 관계 있는 소리라고는 생각지 않았다.

퍼뜩 따스한 공기가 움직이고 상반신에 남자 냄새가 잔뜩 밴 하오리羽織°가 걸쳐졌다.

"움직이면 안 돼."

사나이가 말했다.

"소리내면 안 돼."

"예…… 예…… 그런데, 댁은?"

"성을 순찰하고 있는 혼다 사쿠자에몬이다."

"아…… 아까 만났던……"

"움직이지 말고 가만히 있어. 지금 풀어줄 테니까."

사쿠자에몬은 초롱불을 입으로 불어 껐다.

"예삿일이 아니야, 미친년 같으니라구."

사쿠자에몬도 세나에게 호의를 갖지 않은 듯 노골적으로 적의를 드러냈다.

"창피한 줄을 모른다니까. 자, 소매에 팔을 꿰도록 해."

"예."

"일어설 수 있겠어, 그대로 걸을 수 있겠어?"

"이대로 내가 가고 싶은 데로 가도 좋을까요?"

"바보 같은 소리를 하는군. 이대로 가면 죽게 돼. 자, 일어서봐. 일어서지도 못하는군. 내가 부축해주지."

비틀거리는 몸을 사쿠자에몬은 건강한 몸으로 부축해주었다.

"성주님도 나빠."

"예…… 지금 뭐라고 하셨나요?"

"성주님도 나쁘다고 했어. 콩을 따려면 제대로 따야 해. 살금살금 들쥐 흉내를 내니까 이런 소란이 벌어지는 거야."

"들쥐가…… 어떻게 했다는 말인가요?"

"아가씨는 잘 모를 거야. 자, 단단히 나를 붙들어. 문을 나설 때는 머리를 부딪치지 않도록 조심하고."

사쿠자에몬은 웃어본 일이 없는 얼굴로 희미한 달을 쳐다보았다.

"춥군, 오늘 밤은."

코를 훌쩍 들이마시고 아무렇게나 오만을 등에 업었다.

11

혼다 사쿠자에몬은 오만을 등에 업고 그대로 날아갈 듯이 나무 사이를 걸었다.

오만은 어디로 가는지는 알지 못했으나 때때로 성안을 순찰하는 아시가루를 만났다.

"게 누구냐?"

그럴 때면 사쿠자에몬은 자기 쪽에서 먼저 큰 소리로 물었다.

"나는 사쿠자에몬이다. 수고가 많다."

사쿠자에몬은 언제부터인지 젊은 무사들로부터 귀신이라는 별명으로 불리고 있었다. 이에야스보다 열세 살이 많은 서른여섯으로 한창 분별을 알 나이였다.

그런 사쿠자에몬이 반라의 여자를 등에 업고 봄날 밤 성안을 뛰어가는 줄은 아무도 상상하지 못했을 것이다. 반 각(1시간) 남짓하여 별로 남의 눈에 띄지 않고 성문에 도달할 수 있었다.

"수고가 많다."

사쿠자에몬은 큰 소리로 말하고 작은 사잇문을 빠져나갔다. 아마도 검문소의 문일 것이라 생각했다. 대관절 나를 어디로 데려가려는 것일까? 이런 생각을 하는 사이에 점점 의식이 멀어졌다.

다음 정신이 들었을 때는 자기 몸은 이미 어느 집에 내려져 있었다. 그리고 그 옆에 이모의 얼굴이 있었다.

'아아, 혼다 한에몬本多半右衛門의 집……'

오만의 이모는 사쿠자에몬의 일족인 혼다 한에몬의 집에 출가해 있었다. 이모가 허둥지둥 오만에게 옷을 입혀주고 있는 옆에서, 한에몬과 사쿠자에몬의 나직하면서도 다투는 듯한 소리가 들렸다.

"그러니까 아무래도 받아들이지 못하겠다는 거야?"

이렇게 말한 것은 퉁명스러운 사쿠자에몬이고, 한에몬의 목소리는 그보다 좀 부드러웠다.

　"츠키야마 마님에게 무례한 짓을 한 자를 이 밤중에, 더구나 벌거벗은 여자를 받아들일 수는 없어."

　"한에몬!"

　"왜, 그래."

　"자네는 여간 멍청이가 아니로군."

　"멍청이는 바로 자네야, 사쿠자에몬. 생각해보게, 사람이 하나 사라졌는데 그대로 내버려둘 츠키야마 마님일 것 같은가? 풀뿌리를 헤치고라도 찾아내려고 할 것이 분명해. 그때 자네가 업고 와서 내가 숨겨줬다는 것이 발각되면 어떻게 되겠어?"

　"어떻게 될 것도 없어. 원래 이것은 성주님이 잘못 처리했기 때문에 생긴 일이야. 우리는 성주님의 바보 같은 처사를 자랑삼을 것은 없잖아, 한에몬?"

　"그럼, 끝까지 숨겨둘 수 있다는 말인가?"

　"숨겨두고 말고 할 것도 없어. 자네나 나는 모르는 일이니까."

　"모르는 일……? 사쿠자에몬, 자네는 그 여자를 직접 업어오고도 모른다고 시치미를 뗄 생각인가? 아니, 자네는 그럴 수도 있을 테지. 하지만 당사자가 현재 내 집에 있는 이상 내 변명은 통하지 않아."

　"한에몬, 자네는 점점 더 멍청이가 되어가는군."

　사쿠자에몬은 화가 난다는 듯이 혀를 찼다.

　"이것 봐. 나는 모르는 일인데 본인이 여기 와 있다……는 것은 본인이 스스로 찾아왔다는 거야. 그러니까 나는 모른다 하면 되지 않아?"

　"자네는 그것으로 끝날 테지. 하지만 나는 그렇지 못해."

　"침착하게. 자네는 그런 것은 몰랐다……고 하면 그만이야. 그 다음일은 성주님께 맡기면 돼."

"성주님께……? 그것으로 가신의 의무가 끝난다고 생각하나?"

"암, 끝나고 말고!"

사쿠자에몬은 소리치듯이 대답했다.

"나는 성주님의 여자 문제를 처리하기 위해 녹봉을 받고 있지는 않아. 자기 불알의 때는 자기가 직접 씻으라고 성주님께 말해줘."

12

"사쿠자에몬, 너무 대담한 말을 하는군."

"나는 말만 하는 것이 아니라 행동하는 사람일세. 잘 기억해두게, 한에몬."

"뒷일을 성주님께 맡기다니…… 어떻게 될 것 같나? 우리끼리 하는 말이지만 츠키야마 마님은 유례를 찾아볼 수 없을 정도로 거친 분이야. 성주님이 그 버릇을 고쳐놓을 수 있다고 생각해?"

"바보 같은 소리! 여자 하나 다루지 못한다면 무슨 일을 할 수 있겠어? 좋은 기회일세. 한번 혼쭐이 나야 해."

사쿠자에몬이 전혀 데리고 갈 뜻이 없다는 것을 알고 한에몬은 잠시 숨을 죽이고 오만과 그 오만을 안고 있는 아내를 바라보았다.

오만은 축 늘어져 움직일 기력조차 없는 모양이었다.

"사쿠자에몬, 그럼 자네한테 지혜를 좀 빌려야겠어."

"암, 얼마든지 빌려주지. 무엇이 문제란 말인가?"

"성주님이 혹시 마님의 분노가 두려워, 어째서 집에 들여놓았느냐, 고약한 놈……이라고 꾸짖으시면 어떻게 하지?"

"모른다, 오만에게 아무 말도 듣지 못했다고 하면 그만이야."

"그럼…… 오만은 무슨 말을 하며 나를 찾아왔다고 할까?"

"글쎄."

사쿠자에몬은 자못 난처하다는 듯 얼굴을 찌푸렸다.

"성주님의 씨를 배었으니 정양을 하겠다고 찾아왔다…… 나 같으면 그렇게 말하고 깜짝 놀라게 해주겠어."

"……그…… 그것이 사실이야?"

"모르겠어. 알 수 있을 리가 없지."

"으음."

한에몬은 어처구니없다는 듯 고개를 저었다.

"정말 당돌한 말을 하는 사람이로군. 그랬다가 배 안에 아기가 없다는 것을 알았을 때는 어떻게 하지?"

"유산했다고 하면 되지 무얼 그러나. 아기는 생길 때도 유산될 때도 인간의 힘으로는 어쩔 수가 없는 거야."

"그렇다면…… 참고로 한 가지 더 묻겠는데……"

한에몬은 약간 창백해진 얼굴을 긴장시켰다.

"그런 뒤 오만은 어떻게 하지?"

"몰래 숨어서 그런 일을 하니까 소동이 벌어지는 거야. 정식으로 소실로 삼으시라고…… 이 말은 내가 성주님께 하겠어."

"음……"

"성주님께 잘못이 있다고 내가 말한 것은 바로 이거야. 이처럼 몰래 만난다고 해서 아기가 안 생긴다는 보장은 없어. 만일 생기게 되면 그때마다 한바탕 소동이 벌어질 것 아닌가. 츠키야마 마님을 두려워하는 것은 무엇 때문이겠나. 집안의 풍파를 피하기 위해서일 테지. 그것이 두렵다고 해서 누구 씨인지도 모르는 서자만 낳아놓으면 어떻게 된다는 말인가. 풍파가 일어날 것이 두렵다면 무엇 하러 함부로 여자에게 손을 대느냐 말이야. 나는 그렇게 소심한 성주님이 못마땅해. 알겠나? 알았으면 나는 이만 돌아가겠어."

이렇게 말하고는 문 앞에서 다시 한 번 한에몬을 돌아보았다.

"이 모든 것은 다 성주님을 위해서 하는 일이야. 아무에게도 상처가 돌아가지 않도록 성주님의 배에 큰바람을 불어넣도록 하게. 큰바람만이 큰 나무의 뿌리를 튼튼하게 하는 약이 되는 것일세. 그런 바람을 불어넣지 못하면 자네는 형편없는 겁쟁이야."

마지막 말은 탁 하고 닫힌 문 밖에서 들렸다.

사쿠자에몬의 발소리는 그대로 한에몬의 집에서 멀어졌다.

13

성주의 정사情事——

이런 일에 대해서는 누구나 쓴웃음과 함께 잊어버리는 것이 예사이고, 그것이 또 가신의 마음가짐이라고 생각해왔다. 이러한 한에몬의 마음에 사쿠자에몬은 무서운 돌풍을 불어넣었다. 이렇게 되면 꽃도 질 것이고 열매도 맺지 않을 것이다. 극단적으로 말하면 이를 꼬투리로 삼아 주군인 이에야스를 협박하라는 것과 다를 게 없었다.

"혹시 임신 같은 것은 하지 않았겠지?"

한에몬이 넌지시 아내에게 묻자 그녀는 굳은 표정인 채 눈으로 부정했다.

그런데도 임신했다고 속여서, 과연 이에야스가 눈치채지 않도록 할 방법이 있을까. 한에몬은 츠키야마의 문제만 생각했지 그 반대의 경우는 미처 생각하지 못하고 있었다.

사쿠자에몬의 말처럼 임신했다고 말했을 때.

"그것 잘 됐구나. 그럼 곧 내 곁으로 데려오너라."

이에야스가 말한다면 대관절 어떻게 될 것인가.

'잠깐!'

한에몬은 다시 한 번 사쿠자에몬의 찌푸린 얼굴을 떠올리고 오만을 보았다.

사쿠자에몬은 오만을 소실로 들여놓으라는 말은 자기가 하겠노라고 했고, 그 정도의 바람도 불어넣지 못한다면 너 또한 바보……라며 큰 소리를 치고 돌아갔다.

'그렇다면 어딘가 바람을 불어넣을 급소가 있을 텐데……'

"우선 방에 데려가 쉬도록 해줘야 하겠어요."

아내의 말에 한에몬은 고개를 저었다.

"잠시 기다려."

여자의 일로 이에야스를 정신차리게 해주고 싶은 생각은 한에몬에게도 있었다. 셋째 성의 하녀 방으로 출입하는 것도, 이번의 오만에 관한 일도 분명히 볼꼴 사나운 모습이었다. 그러나 젊음이 넘치는 이에야스. 츠키야마와는 점점 사이가 멀어지는 이에야스……

"아, 그렇다!'

한에몬은 무릎을 탁 치고 아내에게 안쪽을 가리켰다. 그리고 아내가 거의 죽은 것처럼 늘어져 있는 오만을 안으로 옮기는 모습을 심술궂은 어린아이 같은 표정으로 바라보면서 웃었다.

"후후후."

이대로 오만을 일족의 원로인 혼다 분고노카미 히로타카에게 데려갈 결심을 했다. 히로타카라면 이에야스도 츠키야마 마님도 드러내놓고는 꾸짖지 못할 것이었다.

"임신한 오만이 츠키야마 마님의 분노를 사고 찾아왔기 때문에 잠시 맡아놓고 있습니다."

히로타카가 이렇게 말하면, 이에야스도 오만을 찾아오지 못할 것이고, 츠키야마 역시 오만을 죽이라고는 하지 못할 것이다.

이렇게 하면 분명 이에야스의 뱃속에 봄날의 바람이 무섭게 불어닥쳐 여자에 대해 새삼스럽게 생각하게 될 것이었다.

한에몬은 부하를 먼저 보내놓고 자기 손으로 문단속을 하면서 몇 번이나 그 절차와 이야기할 말을 머릿속에서 되풀이했다.

'과연 사쿠자에몬은 이치에 맞지 않는 소리는 하지 않는 사나이야……'

사쿠자에몬이 아니었다면 오만은 죽었을지도 모른다…… 이런 생각을 하자 이번에는 오만의 일이 걱정되어 심각한 표정으로 천천히 아내의 거실로 걸음을 옮겼다.

새어나간 물

1

오만이 혼다 분고노카미 히로타카의 집으로 도망쳤다는 말을 듣고도 이에야스는 별로 안색을 바꾸지 않았다. 혼다 한에몬이 우려했듯이 임신에 대한 것은 묻지도 않았고 세나의 질투에 대해서도 아무 말이 없었다.

"음, 그래?"

다만 가볍게 대꾸했을 뿐, 그 일에 대해서는 잊은 듯이 보였다.

물론 내심으로는 심한 바람은 느끼고 있을 것이 분명했다. 그러나 표면으로는 어디까지나 무관심을 가장하고, 때때로 셋째 성으로 카네를 찾아가거나 본성으로 불러 목물을 끼얹게 하고는 했다.

폭동이 가라앉은 뒤 곧 동미카와 평정에 나설 것이라 생각했던 사람들은 이러한 이에야스의 느긋한 거동을 의아하게 여겼다.

다음에 함락시켜야 할 곳은 요시다 성. 이와 맞설 성은 이미 카스즈카糟塚와 키미데라喜見寺로 정해졌는데도 이에야스는 3월과 4월을 거의 허송했다.

점점 밤이 짧아졌다. 폭동을 평정한 뒤 서둘러 경작한 논은 모내기를 앞두고 있었다. 성안의 망루에서 바라보면 싱그러운 못자리가 그림으로 그린 듯이 파랗게 보였다.

그날 밤도 성안을 직접 순찰한 사쿠자에몬은 새벽이 가까워지자 씁쓸한 표정으로 셋째 성으로 가서 카네의 방 뒷문 부근에 가만히 앉았다. 이에야스가 몰래 방에서 나오면, 그가 깨닫지 못하도록 멀찍이 따라가며 호위를 하는 사쿠자에몬이었으나 오늘 새벽에는 앉아 있는 장소가 다른 때와 달랐다.

안에서 열도록 되어 있는 문을 등지고 털썩 책상다리를 하고 앉았다. 그리고는 점점 밝아오는 동쪽 하늘을 바라보면서 가끔 꾸벅꾸벅 졸고 있었다. 자는 것도 안 자는 것도 아닌, 아침 이슬의 한 방울이 되어 녹아드는 듯한 모습이었다.

이윽고 카네의 방 덧문이 열렸다.

하늘은 이미 밝았으나 발 밑은 아직 어두웠다. 사람의 그림자 둘이 나란히 정원으로 나와 잠시 동안 다시 하나가 되었다. 잠자리의 여운을 아쉬워하는 카네와, 카네가 하는 대로 몸을 맡기고 있는 이에야스, 두 사람의 모습이었다.

이에야스의 발소리가 문으로 다가오자 졸고 있던 사쿠자에몬은 천천히 일어나 그 앞을 막아섰다. 안에서 문이 열리고 이에야스의 이마가 사쿠자에몬의 어깨에 탁 부딪혔다.

"무례한 놈! 누구냐?"

소리친 것은 이에야스가 아니라 사쿠자에몬이었다.

"쉿."

이에야스는 당황하며 상대의 입을 막으려 했다.

"나일세, 떠들지 말게."

"닥쳐라!"

사쿠자에몬은 큰 소리로 호통을 쳤다.

"혼다 사쿠자에몬이 성주님의 명으로 물 샐 틈 없이 성내를 경호하고 있다. 이런 곳에 들어와 어슬렁거리는 괴한을 잡지 않고 그냥 놓아줄 것 같으냐!"

"사쿠자에몬…… 나라고 하지 않느냐. 목소리가 너무 크구나."

"목소리가 큰 것은 천성이다. 순순히 항복해라."

"무엄하구나. 어서 비켜라."

"못 비키겠다, 이놈!"

일부러 크게 호통을 쳤다.

"아니, 성주님이 아니십니까?"

그제서야 사쿠자에몬은 진지한 표정으로 움켜잡았던 이에야스의 허리띠를 흔들었다.

2

"정말 위험할 뻔했습니다. 하마터면 성주님을 해칠 뻔했군요. 그런데 성주님은 무슨 일로 이런 곳에?"

너무도 잘 알고 있는 상대가 짐짓 정색을 하고 묻는 바람에 이에야스는 대답할 말을 찾지 못했다.

"사쿠자에몬, 희롱이 지나치구나."

"무어라고 하셨습니까? 희롱…… 그거 예사로 들어넘길 말씀이 아니군요. 잠도 안 자고 경호에 임하고 있는 이 몸이 희롱을 할 수 있겠습니까?"

"알겠네, 알겠어. 그러나 너무 목소리가 커."

"목소리가 큰 것은 천성입니다. 대관절 성주님은 무슨 일로 이런 시간에 이런 곳에?"

이에야스는 이른 아침의 안개 속에서 혀를 찼다.

"무슨 일이겠는지 생각해보게."

"생각해보아라…… 과연 훌륭한 대답이시군요."

"아마 사쿠자에몬 자네가 생각하고 있던 그대로일 테지. 자, 그만 하고 같이 가세."

"모르시는 말씀을 하시는군요."

"무엇을 모른다는 말인가?"

"제 생각 같아서는 카네라는 여자를 죽이러 오신 것 같은데, 그 시체를 처리하는 것은 제 역할이 아니겠습니까?"

"뭣이, 내가 카네를 죽이러 왔다고?"

"그렇지 않습니까?"

"사쿠자에몬!"

"왜 그러십니까, 성주님?"

"그대는 내게 할말이 있는 모양이군."

"또 착각을 하시는군요. 성주님은 본디 천성이 총명하신 분, 저는 완고한 고집쟁이에 불과합니다. 드릴 말씀도 없거니와 들으실 성주님도 아닙니다."

"그렇다면 도대체 무엇 하러 왔나?"

이에야스의 목소리에 짜증이 깔렸다.

"아직 모르고 계시는군요."

사쿠자에몬은 딴전을 부렸다.

"저는 성내를 순찰하러 왔습니다. 그런데 성주님은 무슨 일로 오셨습니까?"

"여간 끈질기지 않군. 카네를 몰래 만나러 왔었어."

"아, 이제 알았습니다. 그렇다면 성내에 떠돌고 있는 소문이 사실이었군요."

"소문?"

"성주님이 오다의 첩자에게 넋을 잃고 있다는 소문입니다."

이렇게 말하고 사쿠자에몬은 갑자기 몸을 돌렸다. 그리고는 반쯤 열린 문 너머에서 어떻게 될까 하고 부들부들 떨고 있는 카네의 먹살을 잡고 이에야스 앞에 끌어냈다.

"카네, 너는 첩자였지?"

"예…… 예. 하지만 그것은……"

"첩자였지 않느냐!"

"예."

"너한테 최근에 밀사가 왔어. 새로 미노에서 할 일이 생겼으니 빨리 돌아오라는."

"예, 그것도……"

카네가 도움을 청하듯 이에야스를 돌아보았다.

"나도 알고 있네. 카네가 말하더군."

이에야스는 나직한 어조로 사쿠자에몬에게 말했다.

"성주님은 잠자코 계십시오. 첩자를 문초하는 것은 제가 할 일입니다. 카네!"

"예…… 예."

"너는 돌아가기가 싫을 것이다. 성주님 곁에 있고 싶지?"

"예."

"그러나 그건 허용되지 않을 것이다…… 그렇게 생각하고 발칙하게도 성주님을 죽이고 나도 자결하겠다고 결심했어. 이건 틀림없는 사실이지?"

"뭐……뭐라구!"

이번에는 이에야스가 한 걸음 물러나 기성을 질렀다.

3

"카네가 나를 죽이고 자기도 죽으려 했다? 사쿠자에몬! 농담이라면 용서치 않겠다."

이에야스의 목소리는 날카로웠다. 이마에 그려넣은 것 같은 힘줄이 불끈 솟아올랐다.

그러나 이러한 일에 움츠러들 사쿠자에몬이 아니었다. 잇코 종도의 반란이 한창일 때도 그랬거니와, 일단 자기가 결심한 것에 대해서는 굳게 닫힌 문과 같은 완고함을 고수하고 있었다. 비록 이에야스가 이를 간다고 해도 개의치 않고 자기 고집을 관철시키는 것은 가신 중에서도 사쿠자에몬 한 사람뿐이었다.

이에야스는 귀찮아 언제나 쓴웃음을 짓고 그의 의견을 받아들였으나 오늘은 참을 수 없었다.

"무슨 증거로 그런 소리를 하느냐? 대답 여하에 따라서는 용서치 않겠다!"

"후후."

사쿠자에몬은 비웃었다.

"성주님! 그런 협박은 다른 사람에게 하십시오. 저는 결코 용서할 수 없다는 그런 말씀으로 입을 다물 사람이 아닙니다. 이 사쿠자에몬은 성주님을 모시는 첫날부터 목숨을 버리기로 한 사람입니다."

"아니, 나를 멸시하느냐?"

"멸시한다고 여기시면 언제든지 제 목을 치십시오. 원망하지 않겠습니다. 그러나 하고 싶은 말을 중간에 막으신다고 입을 다물 사쿠자에몬이 아닙니다. 이봐, 카네."

"예…… 예."

"거짓말은 통하지 않는다. 통하게 하지도 않겠다! 분명히 말하여라.

너는 성주님을 죽이고 너도 죽을 생각이었지?"

카네의 얼굴빛이 밀랍처럼 하얗게 질려갔다. 애원과 공포를 띠고 이에야스를 쳐다보고 또 사쿠자에몬을 바라보았다.

이에야스는 더 이상 참지 못하고 옆에서 다시 입을 열었다.

"카네, 분명히 말하여라. 그런 일이 없다고 똑똑히 사쿠자에몬에게 말해줘라."

"성주님은 가만히 계십시오!"

또다시 사쿠자에몬은 꾸짖듯이 말했다.

"성주님이 어찌 여자를 안다고 그러십니까?"

"또 말대꾸냐!"

"죽을 때까지라도 말씀 드리겠습니다. 아니, 죽은 뒤에라도 말씀 드리겠습니다. 도대체 츠키야마 마님 한 분도 감당하시지 못하는 성주님이 어떻게 여자의 마음을 아시겠습니까. 여자를 다루는 수법은 전쟁에 임한 무장의 전략과도 같은 것입니다. 살지 죽을지도 모르고 여자에게 푹 빠지신 성주님…… 차마 그대로 보고 있을 수 없어 이렇듯 말씀 드립니다. 카네, 어째서 대답이 없느냐? 네 눈에는 이 사쿠자에몬이 대답을 듣지 않고도 그냥 내버려둘 사람으로 보이느냐?"

"요……용……용서해주십시오."

"누가 용서하지 않겠다고 했느냐? 정직하게 말하라고 했을 뿐이다."

"단지 성주님을 사모하여……"

"어서 그 다음을 말하여라."

"하지만 살아서는 주군의 명을 거역할 수 없어서."

"주군의 명이란 오와리로 돌아오라는 것 말이냐?"

"예."

"그 다음."

"죽어서라도 곁에 모시려고…… 용서해주십시오. 오로지 사모하는 일념뿐입니다."

이에야스는 깜짝 놀라 다시 한 걸음 물러났다.

"알겠다. 잘 말했다. 그러나 염려할 것 없다. 이제부터 내가 너를 대신하여 성주님께 용서를 빌겠다. 성주님! 들으셨습니까? 여자의 마음이 얼마나 무서운지?"

4

이에야스는 지그시 입술을 깨문 채 생각이 많은 눈길로 카네를 뚫어져라 노려보고 있었다.

지금까지 그가 생각한 살생은 원한이 아니면 적, 또는 야심이거나 공명심 따위로 유발되는 것이었다. 사모하기 때문에 죽인다는 것은 생각해본 일조차 없었다.

지금 카네는 그것 때문이라고 했다. 오와리로부터의 지령은 낱낱이 이에야스에게 털어놓고 있었다. 자기를 사모한다는 말에 두 마음이 없을 뿐 아니라 조금도 거짓으로 느껴지지 않았다. 그런데도 불구하고 오직 하나, 가장 무서운 것을 가슴에 숨기고 고백하지 않았다.

"위험할 뻔했습니다."

사쿠자에몬이 말했다.

"오늘이나 다음 번에는 성주님의 목숨이 남아 있지 않을 뻔했습니다…… 성주님!"

"……"

"이 여자의 말에는 추호의 거짓도 없습니다. 전쟁터의 무사에 비유하면 훌륭한 무사의 태도라 할 수 있습니다…… 그러니 저를 보아서라도 목숨만은 건져주십시오."

이에야스는 아직도 말을 할 수 없었다. 무서웠지만 미워할 수는 없었다. 그러나 그러한 사실을 알고는 이 여자에게 접근할 마음은 생기지 않았다.

어느덧 날이 밝아 주위가 훤해졌다. 카네는 땅에 무릎을 꿇고 엎드려 죽은 듯이 움직이지 않았다. 기르던 개에게 손을 물린다는 말도 있지만 그것과는 다른 마음속의 갈등. 사랑스러우면서도 두렵고, 슬프면서도 분한 착잡한 감정이었다.

"카네······"

잠시 후 이에야스는 말문을 열었다. 그러나 그때 이미 카네는 전처럼 순순히 고개를 들지 못했다. 아마 카네도 역시 격렬한 애욕의 태풍 뒤에 찾아온 허무감을 씹어삼키고 있음이 틀림없었다.

"성주님······"

다시 사쿠자에몬이 입을 열었다.

"이 여자의 목숨을 살려주실 것으로 믿고 말씀 드립니다."

"······"

"대체로 여자가 성장하려면 세 가지 과정을 거치게 됩니다. 맨 처음 동정일 때는 하얀 연꽃, 중년에는 진홍색 가시나무, 이 두 가지 과정을 거쳐 분별을 아는 어머니가 되는 것이 보통입니다."

이에야스는 무뚝뚝하기만 한 사쿠자에몬의 입에서 여자 이야기를 들을 줄은 생각지도 못했다. 그는 고개를 끄덕이는 대신 움직이지 않는 카네의 목덜미에 다시 눈길을 떨어뜨렸다.

"성주님은 이 하얀 연꽃에 색정의 붉은 빛을 떨구어 더럽히셨습니다. 그러므로 흰 연꽃은 가시나무로 변해 성주님을 찌르려 하고 있습니다. 누구의 죄도 아닙니다. 오로지 성주님의 잘못입니다."

"······"

"무릇 내전이 어지러워지는 것은 아무 생각 없이 연꽃을 물들이는

데서부터 시작됩니다. 물들여놓고 모른 체한다면 그것은 도리가 아닙니다. 그 죄는 결국 자신에게 돌아와, 이런저런 가시를 만들어 서로 찌르는 가운데서 살아가게 됩니다. 세상에서는 이것을 가장 어리석은 일이라고들 합니다."

"그러면…… 나는 여자를 가져서는 안 된다는 말인가?"

사쿠자에몬은 빙긋이 웃었다.

"이제 됐어. 허락이 내렸어. 카네, 방으로 돌아가 어서 떠날 준비를 하도록."

카네에게 말하고 자기도 조용히 일어났다.

5

사쿠자에몬이 말했는데도 카네는 고개를 푹 숙인 채 움직이지 않았다. 두 사람이 먼저 자리를 뜨지 않으면 아마 언제까지나 그렇게 하고 있을 것이 분명했다.

사쿠자에몬은 강한 소리로 이에야스를 재촉했다.

"성주님!"

이에야스도 헤어지기 전에 무언가 하고 싶은 말이 있었던 모양이다. 그러나 두어 번 뒤를 돌아보았을 뿐 그대로 사쿠자에몬의 뒤를 따랐다.

두 사람은 잠시 묵묵히 걸었다.

본성의 성곽 언저리에서 새들의 날카로운 울음소리가 들렸다. 이 소리가 이에야스와 같이 이동하는 것처럼 여겨져 정문으로 들어설 때 문득 부끄러운 생각이 들었다.

"수고가 많구나."

사쿠자에몬은 문지기에게 먼저 말을 걸면서 앞장서 걸었으나 침소

앞의 정원에 다다르자 걸음을 멈추었다.

"잠시 주무시지요."

머리는 숙이지 않고 작은 소리로 말했다.

이에야스는 갑자기 자기가 비참하다는 생각이 들었다.

"아니, 괜찮아."

고개를 흔들었다.

"그대에게 묻고 싶은 것이 있어. 마루로 가세."

사쿠자에몬은 쓴웃음을 지으며 따라갔다. 연하인 성주의 지기 싫어하는 기질, 이대로 그냥 넘겨버릴 수 없다는 그의 마음이 우습기도 하고 슬프기도 했다.

"앉게."

이에야스는 거실의 댓돌에 올라서면서 사쿠자에몬을 똑바로 바라보았다.

"조금 전에 그대는 나에게 여자에 대한 강론을 해주었어."

사쿠자에몬은 밝아오는 하늘에 눈길을 보내며 한 계단 아래에 걸터앉았다.

"여자에 대한 이야기, 그 뒤의 이야기를 듣고 싶군. 그대는 어디서 여자를 알았나?"

"성주님!"

"그래, 어서 말해보게."

"저는 성주님께 말씀 드린 것이 아닙니다. 그 여자에게 들으라고 한 말입니다. 그렇지 않으면 그 여자는 자결할 것입니다."

"뭐, 자결…… 자네는 어떻게 그것을 알 수 있나?"

"남자라도 정든 주군과 헤어지기란 고통스러운 일인데, 그토록 사모하던 여자의 마음은 어떻겠습니까? 감정보다 의리가 더 중하다는 것을 일깨워주지 않으면 마음의 결단을 내리지 못할 것입니다."

"현명한 체하는구나!"

이에야스는 크게 혀를 찼으나 어딘지 수긍되는 점도 없지 않았다.

"분명히 말하겠는데, 나는 앞으로도 여자를 가까이할 것이다. 남자
와 여자는 합쳐지도록 신이 창조한 자연이야."

"하하하."

"무엇이 우스운가?"

"성주님, 누가 성주님께 여자를 삼가라고 했습니까?"

"그러기에 삼가지 않겠다고 했지 않아."

"좋습니다. 얼마든지 가까이하십시오."

이렇게 말하고 사쿠자에몬은 또 방약무인하게 웃었다.

"엉덩이에 깔리기도 하고 성밖으로 도망치게도 하고 죽이려 드는데
도 깨닫지 못하고…… 병법으로 말한다면 이건 정말 형편없는 미숙자.
어떤 일에나 미숙자는 보기 흉한 법입니다. 성주님, 제발 달인達人이
되십시오."

"말이면 다 하는 줄 아느냐!"

이에야스는 무서운 눈으로 사쿠자에몬의 옆모습을 노려보았다.

6

인간이란 목숨을 아까워하지 않으면 이토록 강해지는 것일까.

이에야스는 아직까지 어느 가신의 입으로부터도 미숙자라 불린 적
은 없었다. 그런데 사쿠자에몬은 비록 여자에 관한 일이기는 하지만 서
슴없이 주군을 꾸짖고 전혀 두려워하는 기색이 없었다.

그것도 토리이 타다요시라거나 오쿠보 죠겐, 이시카와 아키, 사카이
우타노스케처럼 이에야스가 강보에 싸였을 때부터 돌보았던 노신이라

면 몰라도 겨우 열두세 살 정도밖에 많지 않은…… 이렇게 생각하자 속이 뒤집혔다.

물론 이성理性으로는 올곧은 성격의 정말로 귀중한 가신이라는 사실도 알고, 지금 목숨을 걸고 충고하고 있다는 점도 잘 알고 있었다. 그러나 젊음이 이에 반발했다. 이 오만한 사나이를 혼내주지 않고는 그냥 지나칠 수가 없었다.

"사쿠자에몬, 그대는 설마 세상에서 말하듯이 혀만 살아 있는 인간은 아닐 테지?"

"모릅니다. 자기에 대해서는 알 수 없습니다."

"모르지 않을 것이다. 그대의 충고에 따라 나도 달인이 되겠다. 아까 그대는 무어라 했지? 엉덩이에 깔리거나 성밖으로 도망치게 하거나 죽이려 드는 것도 모르고 있다고 했지?"

"성주님은 참으로 끈질기십니다."

"알고 싶다. 엉덩이에 깔린다고 한 것은 츠키야마를 두고 한 말일 테지?"

"물론입니다."

"엉덩이에 깔리지 않는 연구, 도망가지 못하게 하는 기술, 여자의 마음을 꿰뚫는 방법. 그것을 어떻게 하면 터득할 수 있다는 말이냐. 설마 그대 자신도 모르면서 나를 미숙자라고 단정하는 것은 아니겠지?"

사쿠자에몬은 흘끗 이에야스를 쳐다보았다.

"성주님은 정말 이상하십니다. 밤의 잠자리에서나 할 말을 이렇게 아침부터 하라고 하시니 말입니다."

"닥쳐!"

"닥치지 않는 것은 바로 성주님이십니다."

"정도가 지나친 그대의 불손, 아침 햇빛 밑에서 규명하겠다. 그런 것이 어째서 잠자리에서나 할 소리냐?"

"성주님! 저더러 말이 지나치다고 사죄하라는 말씀입니까?"

"누가 사죄하라고 했느냐. 생각을 말해보라고 했다."

"그렇다면 말씀 드리지 않을 수 없군요. 성주님은 여자를 밝히시는 분입니까?"

"그것은…… 모른다!"

"아니, 알고 계십니다. 색욕에 정신을 잃으실 성주님이 아닙니다. 비록 그렇다 하더라도 이런 시대에는 그래서는 안 된다는 것을 성주님은 너무나 잘 아십니다……"

"또 나를 그대 생각대로 판단하고 있구나."

"그렇지 않으면 해답이 나오지 않습니다. 성주님이 여자를 가까이하시는 것은 한낱 놀이에 지나지 않습니다. 여자 때문에 성이 위태로워지고 가신의 신망을 잃어서는 안 된다는 치밀한 계산과 함께 행하시는 놀이입니다. 그런 놀이로 생명을 건 여자의 사랑과 맞서려 하고 계십니다. 이 점이 중요합니다, 성주님! 이쪽에서는 놀이로 여기면서 목숨을 건 칼날을 이기리라고 생각하십니까?"

"뭣이!"

"깨끗한 마음에 단순한 놀이로 접근한다면 반드시 벌을 받습니다. 놀이에는 놀이로 대하겠다, 상대가 그렇듯이 이쪽에서도 사랑 때문에 몸을 망치지는 않겠다는 계산적인 여자라면 괜찮을 것입니다, 성주님께는."

"그렇다면 유녀라도 들여놓으라는 말이냐?"

이에야스가 못마땅한 듯 반문하자 사쿠자에몬은 시치미를 떼고 고개를 저었다.

"그것 참, 성주님이 이토록 계산이 어두우시니 여자 문제는 쉽게 결말이 나지 않겠군요."

7

"결말이 나지 않을 것이라니…… 사쿠자에몬! 그것이 나에 대한 말 버릇이냐?"

이에야스는 또다시 심한 분노를 느끼고 언성을 높였다. 이런 일로 다 툴 생각은 없었으나 사사건건 사쿠자에몬의 말은 그의 젊음을 반발케 했다.

"어째서 결말이 나지 않겠는지 설명을 듣고 싶다. 말해보아라."

"성주님……"

사쿠자에몬은 난처한 듯 양미간을 모았다.

"이제 그만두시지요. 놀이와 목숨을 건 승부의 차이만 알면 그것으로 충분합니다. 무슨 일에나 단번에 달인이 될 수 있는 것은 아닙니다."

이렇게 말하면서 천천히 일어났다.

"기다려, 아직 일어나지 마라!"

이에야스는 몸을 부르르 떨면서 불러 세웠다.

"저는 아침 순찰을 돌아야 합니다."

"오늘은 하지 않아도 좋다. 내 계산이 어둡다니 그것은 내가 바보라 는 뜻이다. 그런 소리를 해도 된다고 생각하느냐?"

"이제야 아셨군요?"

사쿠자에몬은 태연한 표정이었다.

"계산적인 여자라면 유녀밖에 없겠지요…… 그런 머리라면 여자에 관한 한 큰 바보라 할 수 있습니다."

"말을 다 했느냐!"

"다 했습니다."

거침없이 대답했다.

"성주님, 무슨 일이든지 균형이 중요합니다. 성주님이 놀이로 여기

신다면 상대도 놀이, 성주님이 즐기신다면 상대도 즐기기만 할 뿐. 이
것으로 쌍방이 득을 본다면 이렇다 할 문제는 일어나지 않습니다. 세상
에는 그런 여자가 많습니다."

"좋다, 그렇다면 그런 여자를 데려오너라. 설마 있기는 있어도 차마
데려오지 못하겠다는 비겁한 소리는 하지 않겠지."

사쿠자에몬은 천천히 고개를 숙였다.

"분부시라면 데려오겠습니다."

"마음에 들지 않으면 베어버리겠다."

"마음대로 하십시오. 그럼."

"잠깐!"

사쿠자에몬은 벌써 침소의 정원에서 바깥으로 돌아나가고 있었다.

이에야스는 댓돌 위에 잔뜩 버티고 서서 잠시 몸을 부르르 떨고 있었
다. 그 이상 더 무례한 짓은 없었다. 다시 불러 베어버리고 싶다는 충동
과, 확실히 자기가 큰 바보라는 자학적인 반성이 가슴속에서 소용돌이
쳤다.

"하하하하."

갑자기 이에야스는 큰 소리로 웃었다.

"겁 없이 잘도 지껄였어!"

그 웃음 속에서 사쿠자에몬의 굽힘 없는 충성심을 긍정하려 했으나
분한 감정은 그리 쉽게 가라앉지 않았다.

"성주님, 세수를 하시지요."

어느 틈에 사카키바라 코헤이타가 세숫대야를 들고 뒤에 서 있었다.

이에야스는 가슴이 철렁 내려앉았다.

"코헤이타."

"예."

"지금 사쿠자에몬이 한 말은 못 들은 것으로 해두어라. 고집불통이

지만 구하기 힘든 사람이야."

이렇게 말하고 이에야스는 세숫대야를 끌어당겼다.

8

전략에 대해 노신이나 공신들과 이야기할 기회는 많았다. 그러나 여자 이야기는 드물었다. 그런 만큼 사쿠자에몬의 신랄한 충고 한 마디 한 마디는 이에야스의 가슴을 무섭게 찔렀다.

사쿠자에몬의 충고를 요약하면, 동정인 처녀와의 정사는 여자가 목숨을 걸 위험이 있으므로 가까이하지 말라는 것이었다. 그러나 계산적인 여자라는 말은 아무리 생각해도 이해가 되지 않았다. 그 무뚝뚝한 자가 언제라도 분부만 내리면 데려오겠다는 여자의 부류에 대해서는 더더구나 납득이 되지 않았다.

이에야스는 코헤이타의 시중으로 식사를 끝내고 잠시 탁자 위에 놓인 『논어論語』를 읽었다. 그러다가 마침 그때 출사한 이시카와 이에나리를 불렀다.

"셋째 성으로 카케이인을 찾아뵙고, 카네가 그만두겠다는 청을 올리면 허락했으면 좋겠다는 말을 전하여라. 그리고 이것은 내가 주는 수당이라고 전하고 오너라."

약간의 돈을 싸서 건넸다.

사정을 알고 있는 이에나리는 진지한 표정으로 본성을 나갔으나, 얼마 후에 돌아와 이에야스가 준 돈을 그대로 내놓았다.

"카네는 오늘 새벽 카케이인 님으로부터 달아났다고 합니다."

"그래? 빠르기도 하군."

"곧 뒤를 쫓으라고 할까요, 아니면……"

이에나리는 이에야스의 마음을 읽은 듯 조용히 덧붙였다.

"그대로 용서해주시겠습니까?"

"달아났다는 말이지. 그럼 문지기들은 무엇을 하고 있었을까?"

"어느 문에서도 보지 못했다고 합니다. 그러나 달아난 것만은 분명합니다. 아마 땅속으로 기어들어 물처럼 새어나갔겠지요."

이에야스는 쓸쓸히 웃고 다시 『논어』로 눈길을 옮겼다.

도주하게 한 것은 사쿠자에몬임이 틀림없었다. 이에나리도 그것을 알고서 물처럼 땅속에 스며들어 새어나갔을 것이라고 시치미를 떼는 것이리라.

"이에나리."

"예."

"그대들 중신들의 눈에는 사쿠자에몬이 어떻게 보이는가. 쓸 만한 사람인 것 같은가?"

"글쎄요."

이에나리는 짐짓 심각한 표정으로 고개를 갸웃했다.

"오다 님은 지금쯤 이나바야마 성稻葉山城을 공격하려는 것 같습니다."

"미노의 이나바야마와 사쿠자에몬이 무슨 관계라도 있다는 말인가?"

"아닙니다. 그렇게 되면 성주님도 동쪽으로 가시게 되지 않습니까. 오카자키 성에만 계실 수 없는 시기가 올 것이라 생각합니다."

"그때 사쿠자에몬을 기용하란 말인가?"

"안심하고 오카자키의 행정을 맡길 수 있는 몇 안 되는 인물 중의 하나라고 생각합니다."

"음, 그대도 역시 사쿠자에몬과 한편이로군."

"성주님도 같은 생각이실 것이라 알고 있습니다마는."

"알겠네, 그만 물러가게. 오늘은 조용히 혼자서 독서를 하고 싶군."

이에나리가 물러가자 이에야스는 얼른 책을 덮고 정원으로 나갔다. 그리고 코헤이타를 데리고 서쪽 망루에 올라갔다.

"그렇구나, 오다 님이 드디어 미노를 공격할 모양이구나."

혼잣말처럼 중얼거리고 야하기가와矢矧川 쪽으로 뻗은 하얀 길을 뚫어져라 쳐다보았다.

죽음의 길

1

폭동이 진압되자 이에야스는 조심스럽게 노부나가의 움직임을 지켜
보고 있었다.

이미 노히메濃姫의 아버지 도산을 학살한 아들 요시타츠는 죽고 이
세상에 없었다. 그의 병은 문둥병이었다고 하는데, 그 병의 묘약이라는
것이 실은 노부나가의 고육지책苦肉之策에 의한 독살이었다는 소문이
나돌고 있었다.

소문의 사실 여부는 알 수 없으나 어쨌든 요시타츠는 그 약을 먹은
뒤 얼마 지나지 않아 죽고 지금은 그의 아들 타츠오키龍興가 이나바야
마의 성주로 있었다. 노부나가는 드디어 그 타츠오키를 공격하는 군사
를 동원하려 하고 있었다. 이를 위해 카이의 타케다 쪽과 손을 잡고 신
겐信玄의 아들 카츠요리勝賴에게 자기 양녀를 시집보내려는 생각도 하
고 있는 듯했다.

이에야스와 노부나가 사이는 타케치요와 토쿠히메의 약혼 이후 계
속 친밀한 관계를 유지해왔으나, 그렇다고 방심해도 좋을 상황은 아니

었다. 노부나가가 미노에 군사를 출동시킨 뒤 이에야스도 동미카와에서 토토우미로 군사를 동원할 생각이었다.

이에야스가 요시다 성으로 군사를 출동시키고 스스로 진두에 서서 오하라 히젠노카미를 공격하기 시작한 것은, 오만과 카네 등 여자 문제를 정리하고 동미카와의 모내기가 거의 끝났을 무렵이었다.

"이제 올해는 기근이 들 염려가 없다."

이렇게 판단한 뒤 이에야스가 오카자키를 떠나 시모고이下五井에 도착한 것은 5월 14일이었다.

선봉은 약관 열일곱 살로 이미 그 용맹이 널리 알려진 혼다 헤이하치로 타다카츠. 그리고 마츠다이라 토노모노스케松平主殿助, 오가사와라 신쿠로小笠原新九郎, 하치야 한노죠 등이었다.

"한노죠, 누가 최초로 공을 세울지 나와 경쟁해보지 않겠나?"

14일 새벽 시모지下地를 향해 행동을 개시할 때 막사를 나오면서 헤이하치로가 한노죠에게 말했다.

"뭐, 나하고 최초의 공을 다투어보겠다고?"

"그래. 자넨 폭동의 책임을 통감하고 더욱 사나운 말이 되었으니 나와 경쟁할 사람은 자네밖에 없다고 생각해."

"지나치게 기세를 부리는군, 헤이하치로."

하치야 한노죠는 강 안개가 자욱한 길로 말을 몰면서 코웃음을 쳤다.

"암, 그거 좋지. 하지만 내기를 할 생각은 하지 말게. 그리고 지더라도 주눅이 들면 안 돼."

"후후후."

헤이하치로는 재미있다는 듯이 웃었다.

"좋아. 그럼, 분명히 약속한 거네."

두 사람은 요시다 성에서 시모지로 나온 마키노 소지로 야스나리牧野惣次郎康成의 군사를 새벽에 공격할 작정이었다. 혼다 헤이하치로는 오른쪽 언덕에서, 하치야 한노죠는 왼쪽의 논을 돌아 공격하여 누가 먼저 공을 세울지 경쟁을 하자는 것이었다.

하치야 한노죠는 혼다 헤이하치로의 군대가 언덕 밑의 소나무 그늘로 사라지자 말에 채찍을 가해 논두렁길을 달렸다. 아무런 벌도 받지 않고 폭동이 평정된 후 다시 기용되었기 때문에 어떻게 해서라도 공을 세우고 싶었다.

'헤이하치로에게 공을 빼앗길 수는 없다.'

필사적으로 달려가는 부하들을 앞질러, 아직 해도 뜨기 전에 토요카와豊川를 건넜다. 그리고 둑 너머로 보일락말락하는 마키노 군의 깃발을 발견하고는, 훨씬 뒤에서 따라오는 부하들을 향해 머리 뒤로 창을 휘둘러 보이고 벼락같이 적진을 향해 말을 몰았다.

"보아라, 마츠다이라 가문의 그 유명한 하치야 한노죠가 여기 있다. 날 모르는 놈이 있거든……"

소리지르다 말고 둑 밑을 바라보니, 거기에는 이미 한발 먼저 도착한 혼다 헤이하치로가 빨간 삿갓을 쓰고 갑옷 위에 여자의 장옷을 걸친 적을 상대로 창을 맞대고 있었다……

2

"한노죠, 늦었군."

창을 겨눈 채 헤이하치로가 말했다.

"나서지 말게. 이 자는 제법 강하네."

한노죠는 부드득 이를 갈았다. 억세게도 무운武運이 좋은 녀석이었다. 빨간 삿갓을 쓰고 어머니 장옷을 걸치고 싸움터에 나온 것을 보니 상대는 마키노 일족 중에서도 용맹하기로 유명한 키도코로 스케노죠城

所助之丞임이 틀림없었다.

"모처럼 자네가 발견한 상대인데 내가 가로챌 수야 없지."

한노죠는 이렇게 외치더니 창을 던지고 말에서 뛰어내렸다.

"이 하치야 한노죠는 두번째로 공은 세우는 일 따위는 원치 않아. 이걸 봐라."

등에 메었던 칼을 얼른 빼어들었다.

"나는 칼로 승부를 겨룰 것이다. 덤벼라!"

낯빛 하나 변하지 않고 적진 속으로 뛰어들었다.

그 뒷모습을 흘끗 바라보고 헤이하치로는 적과의 거리를 점점 좁혀나갔다.

키도코로 스케노죠의 방해로 적장 마키노 소지로를 죽이는 가장 큰 공을 한노죠에게 빼앗긴다면 제일 먼저 쳐들어온 의미가 없었다.

헤이하치로가 초조해하며 다가서자 상대는 그 거리만큼 물러섰다.

"물러서지 말고 어서 덤벼라!"

"젊은이, 너무 서두르는군."

"뭐야?"

"마음을 가라앉히고 내 말을 듣게나. 어디서 두견새가 울고 있지 않는가?"

헤이하치로는 빙긋이 웃고 다시 한 걸음 다가섰다. 세차게 창이 부딪쳤다. 양쪽의 허리와 팔에서 몇 번인가 창이 번뜩였다.

두 사람이 떨어졌을 때는 양쪽 모두 상처를 입고 있었다. 헤이하치로는 갑옷의 토시가 찢겨 거기서 피가 흐르고 있었고, 상대는 오른쪽 넓적다리에 가벼운 상처를 입고 있었다.

두 사람 모두 이마에서 땀이 비오듯 흘렀으나 가세하려는 부하들을 꾸짖었다.

"나서지 마라!"

다시 한 번 창이 맞부딪치면 그것으로 승부는 날 것이었다.

헤이하치로는 아직 자신의 죽음을 생각한 적이 없었다. 죽음 따위는 자기와 인연이 없는 줄 생각하고 있었기 때문에 젊은 혈기로 다시 상대와의 거리를 좁혀나갔다.

"잠깐!"

상대가 말했다.

"뭐라고 했느냐?"

"기다리라고 했다. 너에게 할말이 있다."

"음, 항복하겠다는 거냐?"

"내 말을 들어. 나는 키도코로 스케노죠가 아니야."

"뭐, 키도코로가 아니라고?"

상대는 창을 겨눈 채 고개를 끄덕였다.

"그럼 넌 누구냐?"

상대는 조용히 웃었다.

"마키노 소지로 야스나리."

주위를 의식하듯 나직한 소리로 말했다.

"마키노 소지로…… 당신이?"

"은밀히 마츠다이라 이에야스 님께 전해주기 바란다. 내 마음은 진작부터 이마가와 쪽에 있지 않았다. 그대와 창을 겨눈 것도, 키도코로의 삿갓을 쓰고 있는 것도 모두 내 뜻을 전하기 위해서였다."

"당신이 소지로 님이란 말이오?"

헤이하치로는 창을 내렸다.

"알겠소. 하마터면 위험할 뻔했군요. 만일에 한노죠가 가세했더라면……"

헤이하치로가 이렇게 말했을 때.

"와아."

소지로의 본진처럼 가장했다는 막사에서 이상한 함성이 일어났다.

3

전쟁처럼 확실하게 사람의 운을 잘 나타내 보이는 것도 없었다.

혼다 헤이하치로가 키도코로 스케노죠의 방해로 진격이 방해당한 것을 안타까워하면서 실은 자기가 목표로 한 적의 대장과 창을 겨루고 있는 동안, 하치야 한노죠는 무인지경으로 적의 본진에 쳐들어가 뜻하지 않은 적 앞에 서게 되었다.

당연히 마키노 소지로가 앉아 있어야 할 의자에 한 절름발이 사나이가 앉아 있었다.

"너는 누구냐?"

방해하는 적군 둘을 베고 막사 안으로 들어갔다. 의자에 앉아 있던 사나이가 천천히 일어났다.

"나는 카와이 쇼토쿠河井正德. 그대는 하치야 한노죠로군."

손에 들고 있던 총포를 천천히 한노죠의 얼굴에 겨누었다.

"카와이 쇼토쿠란 절름발이가 바로 너였구나."

"그렇다. 모처럼 찾아왔으니 작은 총알 한 방을 선사할까? 아니면 여기서 얌전히 물러가든지."

한노죠는 칼을 쥔 채 비웃었다.

카와이 쇼토쿠는 예전에는 코스케小助라고 불렀다. 그가 어느 전쟁터에서 후퇴할 때였다.

"저 놈, 부상당하고 도망치는구나. 어서 베어라."

적의 말에 얼른 뒤를 돌아본 코스케.

"나무아미타불, 나는 부상당한 게 아니야. 타고난(쇼토쿠生得) 절름발이야."

이렇게 말하고 상대를 잔뜩 노려본 뒤 후퇴했다.

"너는 지금부터 이름을 쇼토쿠로 바꿔라."

그 뒤 우지자네가 일부러 이름을 바꾸게 한 사나이였다.

그 사나이가 총포에 탄환을 장전하고 한노죠가 쳐들어오기를 기다리고 있었다. 이러지도 저러지도 못하게 된 한노죠는 저도 모르게 칼자루 끝을 움켜쥐었다.

"덤비겠다는 말이구나, 한노죠."

"닥쳐, 나는 적을 앞에 두고 물러난 적이 없다."

"그럼, 덤비겠다는 말이군."

쇼토쿠가 입술을 일그러뜨리고 웃는 것과 한노죠가 훌쩍 몸을 날린 것은 동시의 일이었다.

탕 하는 총성이 아침 공기를 찢었다. 순간 덤벼든 한노죠와 총포를 들고 있던 쇼토쿠가 함께 그 자리에 쓰러졌다.

한노죠는 관자놀이가 으스러지고 머리띠가 끊어져 산발이 되었다. 그 머리에서 콸콸 피가 뿜어나오고, 카와이 쇼토쿠는 짧은 쪽 다리가 무릎에서부터 절단되어 땅바닥에 주저앉아 있었다.

"핫핫핫하."

쇼토쿠는 웃었다.

"짧은 다리를 잘라주다니 너무 친절한 녀석이로군."

"뭐……뭐…… 뭐야?"

관자놀이가 으스러진 한노죠는 칼을 지팡이 삼아 겨우 일어섰다. 물론 눈이 보일 리 없었다. 그러나 붉은 귀신과도 같은 형상으로 그 역시 쇼토쿠의 웃음에 응수했다.

"과연 쇼토쿠답게 잘 쏘았어. 하지만 네놈의 총알로 이 한노죠는 죽지 않는다. 너희들을 먼저……"

겨우 뒤쫓아온 부하들이 좌우에서 한노죠의 몸을 부축했다.

어느 틈에 쇼토쿠는 눈을 부릅뜬 채 무릎에서 흐르는 피 속에 엎어져 있었다.

"이따위 상처 갖고……"

한노죠는 이렇게 말하고는 한 걸음 한 걸음 확인하는 듯한 걸음걸이로 밖으로 나왔다.

그 모습이 너무도 처참하여 아무도 따라나서는 사람이 없었다.

4

이마가 으스러진 한노죠는 막사 밖으로 걸어나가 양쪽과 앞뒤에서 부하들의 부축을 받고 있다는 것을 의식하는 순간 딛고 선 대지가 크게 흔들렸다.

"들것을."

누군가가 말했으나 그 소리도 멀리서 들렸다.

"필요 없다."

한노죠는 고개를 젓다가 낯을 찌푸렸다.

"말을 끌어오라……"

흐르는 피 때문에 시야를 잃고 엉뚱한 방향을 노려보았으나, 총을 겨누던 카와이 쇼토쿠의 얼굴은 아직 뚜렷하게 눈동자에 남아 있었다.

"하하하하……"

부축을 받고 다시 대여섯 걸음 걷다가 한노죠는 느닷없이 큰 소리로 웃었다.

50년이라는 인생의 절반을 겨우 지났을 뿐인데 벌써 죽음의 세계를 들여다보고 있었다. 어느 누구랄 것 없이 사람이란 모두 한 번은 반드시 죽는다고 대범하게 생각해왔지만 막상 자기 몸을 죽음의 손에 맡기게 되자 문득 감상 같은 것이 가슴을 스치고 지나갔다.

"하하하……"

한노죠는 다시 웃었다. 인간이란 참으로 우스운 것이었다. 사소한 불만에도 나무아미타불을 외치며 몸부림을 치기도 하고, 부처와 성주 중에서 어느 것이 더 가치가 있을까 하고 망설이기도 하며…… 하지만 그것도 한 방의 총탄 앞에는 너무도 무력한 것이 아니었던가. 그렇다고 해서 자기를 쏜 카와이 쇼토쿠를 원망할 생각은 하나도 없었다.

'훌륭한 녀석!'

이렇게 생각하면서 자기도 그에게 상처를 입힌 것이 후회되지 않았다. 단지 상대가 그 자리에서 죽지 않고, 그가 살아 있는 동안에 자기가 죽는다면 자신이 결국 패배한 게 될 것 같아 그것이 싫었다.

"들것을."

다시 부하가 외쳤으나 그때 이미 한노죠의 귀에는 아무 소리도 들리지 않았다.

들것이 왔다. 두 명의 부하가 그를 들것에 싣고, 귀에 입을 대고 커다랗게 말했다.

"말을 대령했습니다."

한노죠는 눈을 부릅뜨고 반듯하게 누운 채 손으로 고삐를 잡는 동작을 취했다.

"쇼토쿠는…… 쇼토쿠는 죽었느냐?"

"예…… 예. 죽었습니다."

"성주님 앞으로 말을 달려라. 성주님 앞으로 가겠다."

성주는 한노죠가 마지막으로 만나고 싶은 사람이었다.

집에는 늙은 어머니가 있었다. 그러나 이 노모는 혼다의 미망인에게 버금가는 강한 기질을 가진 여자였다. 아마도 한노죠가 적인 카와이 쇼토쿠보다 먼저 숨을 거두었다는 것을 알면 눈물을 삼키고, 꾸짖을 것이 분명했다.

"너처럼 못난 녀석은 내 아들이 아니다."

부하는 점점 더 불규칙해지는 한노죠의 호흡을 걱정하면서 이에야스의 본진을 향해 토요카와를 건넜다.

그때 이미 이에야스는 강어귀까지 말을 달려오고 있었다.

"하치야 한노죠가 부상을 당하고 돌아왔습니다."

사카키바라 코헤이타의 보고에 이에야스는 말을 세우고, 그 앞에는 빈사상태의 한노죠가 놓였다.

"한노죠!"

이에야스는 말에서 내려 성큼성큼 들것으로 다가갔다.

"이 정도의 상처 따위에, 한노죠!"

강한 어조로 불러보았으나 한노죠의 눈은 잔뜩 하늘을 노려본 채 그대로 고정되어 있을 뿐이었다.

5

이에야스는 당황하며 한노죠의 동공을 살펴보고 이어서 맥을 짚어 보았다.

아직 죽지는 않았다. 무엇을 생각하고 무엇을 쫓고 있는지 온 정신을 모아 무의식 속을 헤매고 있는 것 같았다.

"한노죠!"

이에야스는 갑옷을 입은 그의 가슴을 힘껏 흔들었다.

그 순간—

"성주님!"

쥐어짜는 듯한 한노죠의 목소리가 들렸다.

"하치야 한노죠, 카와이 쇼토쿠를 죽이고 개선했습니다."

"오, 그래. 잘 싸웠다."

"어머니께…… 어머니께…… 용감했다고……"

이것이 마지막 말이었다. 목이 크게 부풀어오르고 울컥 하고 많은 양의 피를 토하더니 목에서 힘이 빠졌다.

이에야스는 한 손을 가슴에 얹고 한노죠의 명복을 빌었으나, 눈은 감지 않았다. 죽은 한노죠와 살아 있는 이에야스가 마치 증오를 불태우며 서로 노려보고 있는 듯했다. 아니, 이 경우 한노죠는 이에야스를 우러르고 이에야스는 한노죠를 사랑하고 있었다. 그런데도 불구하고 이처럼 죽음의 길을 걷게 하지 않으면 안 되는 자와 걸어야만 하는 자와의 애절함이 인간의 삶에 혹독한 항의를 던진 순간이었다고도 할 수 있다.

이윽고 이에야스는 눈을 하늘로 보낸 채 얼굴에 흐르는 눈물을 말렸다. 여기저기서 까마귀가 시끄럽게 울어대고 아침 햇빛이 은가루를 뿌려놓은 듯 강물에 반사되고 있었다.

"알겠느냐, 한노죠는 아직 살아 있다. 그의 어머니에게는 진지로 돌아와 죽었다고 알리어라."

"예."

"그만 데려가서 치료하라."

들것이 후방으로 옮겨졌다.

이에야스는 잠시 그 모습을 바라보다가 분연히 말에 올랐다.

선두가 강을 건너면서 일으키는 물보라가 이상하게도 아름답게 여겨졌다.

이때 건너편 강둑에서 삿갓을 쓴 마키노 소지로를 대동한 혼다 헤이하치로 타다카츠의 모습이 보였다.

그 역시 왼쪽 팔을 흰 헝겊으로 동여매고 있었으나, 그와 말은 모두

기운이 넘쳤다. 이에야스의 깃발을 보고 헤이하치로는 앞발을 번쩍 드는 말을 달래면서 풀이 파랗게 자라 있는 둑을 내려왔다.

마키노 소지로가 한패가 되어준다면 요시다 성은 이미 함락된 것과 다름없다. 그 성주 소지로에게 항복을 받았다는 자랑스러움이 젊은 헤이하치로의 온몸에 흘러넘치고 있었다.

헤이하치로는 둑 밑에서 말을 내려 들뜬 기분으로 이에야스를 맞이했다.

그러나 이에야스는 이 헤이하치로의 등뒤에도 죽음의 어두운 그림자가 감도는 듯한 기분이 들었다.

"왜 이렇게 까마귀들이 시끄러울까."

강을 건너 이에야스는 한쪽 무릎을 꿇고 기다리는 헤이하치로에게 흘끗 일별을 던지고 나서 불쑥 말했다.

"헤이하치로, 한노죠가 죽었어."

"아니, 한노죠가 전사했습니까?"

"전사한 게 아니라 적을 무찌르고 자기도 상처를 입은 거야."

이렇게 대답하고 불쾌한 표정으로 흘끗 소지로를 보았다.

"그 자는 누구냐? 못 보던 얼굴인데."

6

마키노 소지로는 순간 얼굴을 긴장시켰다. 그러나 얼른 두 주먹으로 땅을 짚고 머리를 숙였다.

"마키노 소지로 야스나리, 성주님을 영접 나왔습니다."

"뭣이!"

소지로라면 적이 아닌가, 이렇게 말하려다 이에야스는 깜짝 놀라 입을 다물었다. 옆에서 타다카츠가 의기양양하게 얼굴을 쳐들고 있었기 때문이기도 했으나, 무익한 싸움을 피해 힘있는 자에게 굴복하려는 지혜를 가진 소지로가 훨씬 더 훌륭하지 않을까 하는 생각이 떠올랐기 때문이다.

아마도 소지로의 무사도와 죽어간 한노죠의 무사도는 대조적인 것이리라. 한쪽은 완고할 정도로 속이 좁고, 다른 쪽은 그 타산打算의 밑바닥이 투명해 보일 정도로 넓었다. 물론 가증스럽다고도 할 수 있었다. 그러나 이것으로 마키노의 부하들은 죽지 않고 번영의 길을 걸을 수 있을 것이다.

"소지로, 호의 고맙소. 시상은 다음 기회로 미루고 우선 오하라의 성부터 공격하시오."

"잘 알겠습니다."

"헤이하치로!"

"예."

"마키노와 상의하여 즉시 사카이 타다츠구의 군사와 합세하라. 너는 참으로 원기왕성한 자로구나."

헤이하치로는 싱긋 웃었다.

"예."

일부러 크게 고개를 숙이고 여럿이 보고 있는 앞에서 창을 한 번 휘두르고 말에 올랐다. 죽음의 공포를 모르는 나이. 싸우는 것이 재미있어 못 견디겠다는 기상이 온몸 구석구석에 흘러넘치고 있었다.

그것이 도리어 이에야스의 마음을 아프게 찔렀다.

소지로와 타다카츠가 모래먼지를 일으키며 달려간 뒤 이에야스는 다시 유유히 말을 몰았다. 이미 보급부대까지 선발대와 연결되어 승리는 기정사실이 되었다.

이에야스는 문득 나직하게 절규하듯 불렀다.

"한노죠."

그러면서 그의 죽음을 떠올렸다.

"하루속히 그대처럼 죽는 일이 없는 세상을 만들고 싶구나."

둑을 넘어 시모지에 들어갔을 때 눈앞의 하늘에 민가가 불타는 두 줄기 연기가 솟아오르고 있었다.

'만일 이 땅에서 전쟁이 사라진다면.'

일본의 모든 무사를 하나로 결속시키는 강력한 대장이 나타나 아무도 멋대로 싸우지 못하게 하고 각자 자기 직무에 충실할 수 있다면 일본은 얼마나 풍요로운 세상이 될 것인가……?

마을로 들어갔다. 그곳은 오래 전부터 완전한 이마가와 영지. 예전에는 빠져나갈 수도 없고 빠져나갈 생각조차 하지 못했던 땅. 이에야스는 온몸에 전율이 흐르는 것을 느꼈다.

이 세상에서 전쟁을 몰아내려는 염원!

치밀한 두뇌와 깊은 자비심을 지닌 불퇴전의 용사라면 그것이 결코 꿈이 아니라는 것을 실감했다. 노부나가는 이미 그 실감을 확실히 포착하고 행동에 옮기고 있지 않은가. 만일 그렇다면 반드시 신불의 가호가 있을 것이다.

앞에서 다시 두 개의 들것이 운반되어왔다.

"다친 사람은 누구냐?"

말 위에서 이에야스가 물었다.

"사카이 사에몬노죠 타다츠구의 부하 이세 곤로쿠伊勢權六와 그 숙부 쵸자에몬長左衛門입니다."

"숨은 쉬느냐?"

"예. 아니, 벌써 끊어졌습니다."

"멈추어라. 내가 명복을 빌겠다."

이에야스는 말에서 내려 시체를 덮은 천을 걷게 했다.

7

시체 하나는 창으로 옆구리를 찔린 듯, 거기서 쏟아져나온 피가 검게 엉겨 있었다. 눈은 감고 있었으나 온통 얼굴을 뒤덮은 수염 속에서 입을 잔뜩 일그러뜨리고 흰 앞니가 드러나 있었다. 육친이 보았다면 평생 마음에서 떠나지 않을 참혹한 죽음의 얼굴. 오른손에는 진흙과 단검을 꽉 움켜쥐고 있었다.

"이 사람이 이세 곤로쿠냐?"

"그렇습니다."

"나이는?"

"스물일곱 살."

"전사하는 장면을 보았느냐?"

"예. 적의 성에서 공격해나온 이마무라 스케나리今村助成를 맞아 싸우다가 칼이 부러져서 뒤엉켜 싸우게 되었습니다. 곤로쿠 님은 원래부터 괴력을 지닌 분, 이마무라 스케나리를 넘어뜨리고 단검으로 찌르려는 순간 느닷없이 적병 하나가 뛰어들어 옆구리를 찔렀습니다."

"너희들은 그것을 구경만 하고 있었다는 말이냐?"

"곤로쿠 님이 저희들에게 절대로 나서지 말라고 했습니다. 일 대 일로 상대하겠다면서. 그런데도 비겁하게 상대의 부하가 갑자기 대드는 바람에……"

"그래서 적은 무사했다는 것이냐?"

"예…… 예."

이에야스는 가만히 시체 앞에 합장하고 입 속으로 염불을 했다.

1 대 1로 싸울 테니 나서면 안 된다고 입으로도 말하고 마음으로도 맹세한 자는 죽고, 그 약속을 깬 자는 살아남았다. 전쟁터에서나 세상 일에서도 완고하게 옳은 길을 가려는 자가 오히려 다치는 것은 무엇 때

문일까.

이에야스는 곤로쿠의 시체를 천으로 덮어주고, 문득 세나와 타케치요의 얼굴을 떠올리면서 물었다.

"그에게 자식이 있느냐?"

"예. 씩씩한 아들만 셋을 두었습니다."

이에야스는 고개를 끄덕이고 이번에는 또 하나의 시체 앞으로 다가갔다.

악취가 풍기는 시체에서 파리 떼가 날아오르고 그중 하나가 이에야스의 입 언저리에 부딪쳐 오른쪽으로 날아갔다.

이에야스는 시체를 덮은 천을 들치고 저도 모르게 이맛살을 찌푸렸다. 머리가 반백인 50대 사나이로 곶감처럼 바싹 마른 얼굴이었다.

엷게 뜬 눈에서는 흰자만이 보였고, 어깨 위에서 내려친 한칼에 가슴까지 주홍색 살점이 비어져나와 있었다. 어쩌면 이렇게까지 당할 수 있는지 의심이 갈 정도였다. 이미 시체 안에서는 구더기가 활개를 치며 움직이고 있다는 것을 알 수 있었다.

"이 사람이 숙부라고 했지?"

"예."

"전사할 때의 상황은?"

"조카를 찌르고 그대로 도주하려는 적에게, 비겁한 놈! 게 섰거라, 하면서 공격해들어갔습니다."

"그래서 그 자를 베었느냐?"

"그런데 이때 쓰러졌다가 일어난 이마무라 스케나리가 옆에서 덤벼들어……"

"이 상처는 그 때문에 생긴 것이로구나."

"예, 그러합니다."

이에야스는 명복을 비는 대신 하늘을 올려다보며 탄식했다. 불운했다……고 하면 그만이었다. 하지만 자기편의 어딘가에 그 불운을 초래하는 원인이 있어 그것이 죽음의 길을 열어놓지 않았는가 하는 생각이 들어 안타깝기 짝이 없었다.

'훌륭한 자는 죽고 비겁한 자는 살아남는다……'

8

다시 근처에 있는 나무에서 까마귀가 우는 소리가 들렸다. 이에야스는 새삼스럽게 시체의 얼굴을 똑바로 들여다보았다.

아침 햇빛을 정면으로 받고 있는 시체는 더욱 비참해 보였다. 이것이 인생……이라고 생각하는 동시에 한편으로는 그렇지 않다고 날카롭게 외치는 것이 있었다.

"이쪽은 자식이 있느냐?"

"없습니다."

부하가 대답했다.

"그래서 곤로쿠가 전사한 것이 더욱 분했던 것 같습니다."

"아내는?"

"지난해에 사별하고……"

"혼자란 말이냐?"

"예. 집에 있을 때는 화초 가꾸는 일이 유일한 즐거움이었습니다."

"이 사람이 화초를……"

어느 틈에 부하는 울고 있었다. 아니, 눈물을 흘린다는 것을 자기도 알지 못하는 울음이었다. 이것이 이에야스의 마음을 더욱 아프게 했다.

이에야스는 이 바싹 마른 사나이가 조그마한 뜰에 서서 화초에 넋을 잃고 있는 모습이 눈에 보이는 듯했다.

'이 남자를 죽게 만든 것은 누구일까.'

사카이 사에몬노죠 타다츠구의 부하. 하지만 그 타다츠구에게 출전을 명한 것은 이에야스였다.

'난 도대체 무엇 때문에……'

이에야스는 주검의 얼굴을 조용히 덮어주었다.

"정중하게 묻어주도록 해라."

부하는 땅에 엎드려 다시 울었다. 이에야스의 따뜻한 말을 듣게 된 죽은 자의 행복을 진심으로 감사히 여기는 울음이었다.

"빨리 가거라."

"예."

들것이 들렸다.

이에야스는 말에 오르는 것을 잊기라도 한 듯 그 뒷모습을 물끄러미 지켜보았다.

인간의 죽음. 누구나 한 번은 가야 할 길.

이 길을 자연스럽게 걷지 못하게 만든 것이 자기라는 생각이 들어 마음이 아팠다.

오늘따라 마음이 약해진 것일까. 주검을 보고 감상에 사로잡힌다면 하루도 더 살아 있을 수 없는 이에야스의 입장이었다.

"성주님! 말에 오르십시오."

평소와는 다른 이에야스에게 토리이 히코에몬 모토타다가 다가와 말을 걸었으나 이에야스는 대답하지 않았다.

"성주님! 전투에 이겼다고 해서 방심하시면 안 됩니다."

"히코에몬."

"선봉은 이미 성을 공격하기 시작했을 것입니다. 자, 어서."

"서두르지 마라, 히코에몬. 나는 지금 내가 서 있는 대지를 처음 본 듯한 생각이 드는구나."

"농담은 전쟁에 이긴 뒤에 듣겠습니다."

"음, 그대에게는 이것이 농담으로 들린다는 말이로군."

"자, 어서."

"그래, 말에 오르겠다. 말을 타고 죽음의 길을 걷겠다."

이에야스는 말에 오르는 자신의 발이 무겁다는 것을 깨달았다. 그리고 이 착잡한 마음이 패전을 초래할 원인이 되지 않을까 생각하다가 번쩍 정신이 들었다. 아무 이유도 없이 갑자기 눈앞에 불상佛像 하나가 보였다. 호법護法의 대의大義를 손바닥에 얹고 있는 제석천帝釋天의 모습이었다.

'그렇다, 나도 이쯤에서 다시 태어나지 않으면⋯⋯'

죽음의 길을 막기 위해 걸어가는 무장. 무사 위에 제석천이 있다는 것을 잊고⋯⋯

"성주님! 서둘러주십시오."

모토타다가 다시 말했다.

쌍학도雙鶴圖

1

이나바야마를 물들인 푸른 녹음도, 나가라가와長良川의 맑은 물결도 여느 때와 다름없이 초여름을 수놓고 있었다. 그러나 성에 사는 사람들은 지난해와 다른 성주를 모시고 있었다.

오다 노부나가는 사이토 타츠오키를 이세伊勢의 나가시마長島로 몰아내고 이곳으로 옮겨오자마자 곧 지명을 '기후岐阜'라고 바꾸었다.

부모와 형제를 이곳에서 잃은 노히메에게는 산과 강이 모두 노부나가 이상으로 깊은 감회를 떠올리게 했다. 소녀시절을 보낸 집은 전쟁으로 모두 불타 없어졌으나, 크고 작은 산과 새소리에 이르기까지 모든 것이 그리운 추억을 되살려주었다.

그날도 노부나가는 새로 쌓은 성밖 거리로 나가 성에 있지 않았다. 욱일승천의 기세로 이미 뜻을 천하의 제패에 둔 노부나가는 이곳을 쿄토로 진입하는 거점으로 삼을 생각이었다.

"그러기 위해서는 우선 성 안팎을 부유하게 만들어야 한다."

이렇게 말하고 새로 설치하는 시장의 지리와 인심을 살피며 돌아다

녔다.

노히메는 성의 이곳저곳을 대강 돌아보고 나서 자기 거실로 오루이 お類가 낳은 토쿠히메德姬를 불렀다.

올해 아홉 살 된 노부나가의 장녀 토쿠히메가 드디어 이번 5월 27일에 오카자키 성으로 시집가게 되었다. 신랑인 타케치요도 같은 나이인 아홉 살인데, 노부나가가 수도진입을 결심하게 되면서 오다, 마츠다이라 두 가문의 관계를 더욱 공고하게 할 필요가 있었다.

"자, 이리 와 앉아라."

인형과 같은 모습의 토쿠히메가 툇마루에 나타나자 노히메는 가볍게 일어나 손을 잡고 맞아들였다.

"자, 차를 끓여줄 테니 잘 보고 기억해두도록 해라."

"예."

토쿠히메는 자기를 낳은 오루이보다 노히메 앞에서 더 어리광도 부리고 또 순종하기도 했다. 차가 끓기를 기다리는 총명한 눈매는 노부나가를 많이 닮았다. 노부나가의 여동생 이치히메市姬만은 못했지만, 오루이보다는 훨씬 더 미모가 뛰어났다.

노히메는, 비록 정략결혼이기는 하나 이 철없는 신랑 신부에게 소꿉장난 같은 살림을 시켜야 한다는 생각으로 가슴이 아팠다. 자신의 결혼도 그랬지만, 이것은 인간의 자연스러운 결합이 아니라, 말하자면 상대의 집안에 들여보내는 첩자이고 인질이며 또한 신랑을 묶어놓는 사슬의 의미도 가지고 있었다.

"방심하지 말고 신랑을 잘 감시해야 한다, 알겠느냐? 이상한 기색이 보이면 즉시 알려야 한다."

아버지 사이토 도산은 자기가 노부나가에게 시집올 때 엄하게 다짐을 주었었다. 자기도 지금 토쿠히메에게 그와 똑같은 의미의 훈계를 해야 한다.

찻잔을 건네고 약간 떨어져 앉은 노히메는, 토쿠히메와 나란히 앉아 있을 사위 타케치요의 모습을 떠올리면서 잠시 움직이지 않았다.

"맛있게 끓여주셔서 감사합니다."

토쿠히메는 생모인 오루이가 가르쳐주었는지 차를 마시고 나서 예법대로 얌전히 찻잔을 내려놓았다. 그 동작이 어른스러울수록 가슴이 더 아팠다.

"토쿠히메."

"예."

"혼례가 어떤 것인지 알고 있니?"

토쿠히메는 순진하게 웃고 고개를 갸웃했다.

2

대답을 못하고 눈만 반짝거리는 토쿠히메를 안쓰럽게 보았다.

"그런 것을 물은 내가 잘못이다. 그럼, 시집가려는 집은?"

"예, 오카자키 성으로……"

"그래, 신랑의 이름은?"

"마츠다이라 노부야스松平信康 님."

노히메는 진지한 표정으로 고개를 끄덕였다. 노부야스란 아홉 살인 타케치요가 신부를 맞기 위해 바꾼 이름이었다. 물론 위의 첫자는 노부나가信長의 노부信였다.

"노부야스 님의 아버님 성함도 알고 있느냐?"

"마츠다이라 이에야스……"

"어째서 아버님을 이에야스라 하는지 그 이유를 알고 있느냐?"

토쿠히메는 솔직하게 고개를 저었다. 알 리가 없다는 것을 알면서도 던진 질문이었다.

"그 까닭을 말해주겠다."

"예."

"오다 집안은 너도 알다시피 어엿한 헤이시平氏°의 후예. 또 마츠다이라 집안은 겐지源氏°의 후예란다. 옛날 이 두 집안은 자주 싸웠어, 오랫동안 서로 적이 되어서 말이다. 그리고 지금 쿄토를 손에 넣고 있는 쇼군將軍° 아시카가足利는 겐지의 후손이다. 알아듣겠니, 토쿠히메?"

"예."

"이 말은 누구에게도 하면 안 된다. 그 겐지의 후손인 쇼군은 이미 세상을 다스릴 능력을 잃었어. 그렇다면 이것을 대신할 사람은 헤이시……라는 것이 아버님의 생각이시다."

"그러면…… 마츠다이라 집안과는 적이 되어야 하나요?"

"아니, 그렇지는 않아. 아버님과 마츠다이라 집안의 아버님과는 각각 헤이시와 겐지이지만 사이좋게 천하를 다스리자고 굳게 약속하신 사이야. 그래서 노부야스 님은 아버님 성함에서 노부란 자와 마츠다이라의 아버님 성함에서 야스란 자를 사이좋게 하나씩 따서 이름을 짓게 된 것이란다."

"노부야스 님의 아버님을 이에야스라고 하는 것은요?"

"아버님이 이전의 성에 계실 무렵 코묘 사光明寺란 절에 이소쿠意足 거사라는 학승學僧이 계셨단다. 그 학승은 병서兵書를 좋아하여 겐지의 조상인 하치만타로 요시이에八幡太郎義家가 남긴 병서 마흔여덟 권을 암송하고 있었지."

"하치만타로의……"

"아버님은 이소쿠 거사에게 가르쳐달라고 했으나, 그것은 겐지 집안의 소중한 병서라는 이유로 헤이시에게는 가르쳐줄 수 없다고 했지…… 그래서 결국 그 내용은 겐지의 후손인 이에야스 님에게 전해지게 된 거야. 그렇기 때문에 하치만타로 요시이에의 이에라는 글자를 따서 이에야스 님이라 부르게 된 것이란다. 그 전에는 모토야스 님이라 했어."

토쿠히메는 건성으로 고개를 끄덕였다. 그런 것을 왜 자세히 말해주는지 알 수 없다는 표정이었다.

"알겠느냐? 자신이 전수받지 못한 그 비밀스러운 병서까지 일부러 이에야스 님께 전하게 하신 아버님의 그 넓은 마음을. 이렇게 겐지와 헤이시가 마음을 합쳐 세상을 편안하게 만들겠다는 두 집안의 약속. 만약 이 약속을 깨려는 자가 가신 중에 있기라도 하면 두 가문에는 큰일이지. 그럴 경우에는 시종을 시켜 즉시 이 성에 알려야만 한다."

어린아이를 설득시키는 것은 어른에게일 때보다 훨씬 더 고통스러웠다. 이런 말을 듣고 소꿉장난 같은 생활을 하러 시집가는 토쿠히메의 앞에는 과연 어떤 미래가 기다리고 있을 것인가.

"예. 알았습니다."

토쿠히메는 순진하게 고개를 끄덕이고 노히메의 손에 들려 있는 과자를 보았다.

3

노히메는 토쿠히메의 그 눈길을 보고 다시 가슴이 메어지는 듯했다.

과자와 과일 같은 것이나 좋아할 나이. 세상의 파란이나 음모 따위와는 거리가 먼 천진난만함을 간직하고 낯선 성에 가야만 한다. 토쿠히메에 국한된 일은 아니었다. 우연히 다이묘 집안에 태어난 딸들이 똑같이 짊어진 슬픈 운명이었다.

절세미인인 노부나가의 막내여동생 이치히메는 오미近江의 아사이

淺井 집안으로 출가할 날을 기다리고 있었으며, 타케다 신겐의 둘째아들 카츠요리에게는 노부나가의 조카 토야마 칸타로遠山勘太郎의 딸이 이미 출가해 있었다.

마츠다이라 일족은 물론 아사이, 타케다 일족도 모두 노부나가가 상경할 때는 틀림없이 그를 돕기 위해 가담할 것이고, 그밖에 또 딸이 있었다면 얼마든지 출가시켰다.

이세의 키타바타케北畠, 오미의 롯카쿠六角, 에치젠의 아사쿠라朝倉 등은 모두 노부나가의 패업霸業을 가로막는 험준한 산이었다.

노히메는 토쿠히메에게 과자를 주고 맛있게 먹는 그 모습을 다시 물 끄러미 바라보고 있었다.

"노부야스 님의 어머님 이름을 알고 있느냐?"

"예. 세키구치 마님이라 알고 있습니다."

"내가 알기로 마님은 착한 분이……"

말하다 말고 토쿠히메가 불안해할 생각에 얼른 정정했다.

"착한 분이었으면 좋겠는데."

"저는 정성을 다해서 모시겠습니다. 그리고 아버님의 자식이므로……"

"아버님의 자식이어서…… 어떻게 하겠느냐?"

"외롭더라도 울지 않겠습니다."

"암, 그래야지. 그래야만 해. 강한 사람이 될 수 있도록 나도 너에게 널 지켜줄 칼을 하나 주겠다. 그러나 너무 강한 사람이 되어 노부야스 님과 다퉈선 안 된다."

"노부야스 님과는 화목하게 지내겠습니다. 노부야스 님은 저의 소중한 낭군이니까요."

"오카자키에 가거든 공손하게 절을 해야 한다. 먼저 노부야스 님의 아버님을 뵈었을 때는……"

"잘 보살펴주십시오."

"응, 그래. 어머님을 뵈었을 때도 똑같이 하면 돼. 그럼 가신들에게는 어떻게 할 생각이냐?"

토쿠히메는 순진하게 머리를 흔들었다. 생모가 가르쳐주지 않은 모양이었다. 노히메는 부르기를 잘 했다고 생각했다.

"가신들에게는 여러 모로 폐를 끼치게 되었어요…… 의젓하게 앉은 채로 이렇게 말하도록 하여라."

"예, 이처럼 의젓하게 앉아서."

"응, 그래. 그렇게 말이다. 너무 상냥하게도 말고, 지나치게 엄하게도 하지 말고……"

노히메는 이렇게 말하다가 다시 입을 다물었다. 이처럼 너무 많은 것을 일러주면 도리어 혼란을 일으키지 않을까 걱정되었다.

그 뒤 토쿠히메는 잠시 노히메에게 안기듯이 하여 거문고 연습을 하고 돌아갔다.

조금도 어두운 기색은 없고 들놀이라도 가는 기분이었다. 복도까지 바래다주자 노히메에게 천진난만하게 절을 했다. 그리고 거문고를 뜯는 흉내라도 내는지 투명하고 작은 손을 가슴께로 올려 퉁기듯이 놀리면서 사라져갔다.

노히메는 잠시 후 발길을 돌려 생각난 듯이 불상을 모신 방으로 갔다. 그녀의 부모가 이 성 기슭에서 살해된 것도 지금과 같은 신록의 계절이었다.

4

살해당하는 자와 출가하는 자, 태어나는 자와 낳는 자. 이러한 복잡한 인간사는 각자의 자유의사에 따라 움직이는 것도 같고, 그보다 더 높은 곳에서 조종하는 운명의 실에 따른 것같이 생각되기도 했다. 이것은 노히메가 서른이 넘어 인생유전人生流轉의 갖가지 모습을 보아온 뒤의 원숙함에서 오는 생각이었다.

노히메는 불전에 향을 피워 진심으로 토쿠히메의 가호를 부처에게 빌고 나서, 오늘 한발 앞서 성을 떠나는 토쿠히메의 혼수품과 신랑에게 줄 선물을 일일이 살폈다.

이번 혼례의 정사正使로 짐을 총괄해서 오카자키로 가는 것은 사쿠마 우에몬노죠 노부모리佐久間右衛門尉信盛. 토쿠히메를 돌보기 위해 오카자키에 남아 있게 되는 것은 이코마 하치에몬生駒八右衛門과 나카시마 요고로中島與五郎 두 사람.

노히메가 혼수품들을 늘어놓은 바깥채의 큰 방으로 왔을 때, 사쿠마 노부모리는 직접 목록과 대조하면서 수많은 물건을 각각 궤에 집어넣고 있었다.

"수고가 많군요."

그 말을 듣고 노부모리는 깜짝 놀란 듯 노히메를 돌아보았다.

"아니, 마님께서 일부러 나오셨군요."

붓을 든 손을 무릎으로 내리면서 반갑게 맞았다.

아홉 살 된 신랑에게 보낼 호랑이 모피가 있고 비단이 있었으며 안장과 등자가 쌓여 있었다.

"이 흰 비단과 홍매색 비단은?"

"예, 시어머니가 되실 마님에게 각각 오십 필씩."

노히메는 알았다는 듯이 고개를 끄덕이고 돌아보다가 마루 옆에 놓인 큰 대야에 눈길이 갔다.

'무엇일까?'

들여다보니 거기에는 길이 석 자가 넘을 큰 잉어 세 마리가 비어져나올 듯이 몸을 구부리고 머리를 공중을 향해 높이 쳐들고 있었다.

"아니, 이 잉어는?"

"성주님께서 이에야스 님에게 보내실 선물입니다."

"아, 이렇게 귀중한 잉어를."

"예. 미노에서부터 오와리 일대를 모두 뒤져서 겨우 찾아낸 큰 잉어입니다."

"정말 크군요. 나는 처음 보았어요."

이렇게 말하기는 했으나, 그 커다란 잉어의 눈이 자기에게 향해졌을 때는 온몸에 소름이 확 돋았다. 입의 두께도 사람의 것보다 훨씬 두꺼워 보였고, 미끈미끈하고 둥근 몸이 무섭게 느껴졌다.

"성주님 말씀으로는 이 한 마리는 나, 또 하나는 이에야스 님, 나머지 한 마리는 신랑이라 생각하시고 소중히 기르기를 바란다고 하셨습니다. 성주님의 큰 뜻을 이 거대한 잉어에 담아 보내는 선물이라 생각합니다."

노히메는 고개를 끄덕이고 잉어 옆을 떠나면서 문득 무언가에 발이 걸린 듯한 기분이 들었다. 장난이 심한 노부나가가 입밖에 내어 말한 것 외에 또 다른 생각을 하고 있지 않나 하는 느낌이 들었다.

때때로 잉어가 그 큰 눈으로 이에야스를 흘끗 쳐다본다. 그때마다 선물을 보낸 노부나가를 상기하고 흠칫 놀라게 만들겠다는 그런 속셈. 어떤 것이든지 한도가 있게 마련이다. 이처럼 너무 커서 괴물처럼 보이는 것이 즐겁게 감상할 수 있는 대상은 되지 못한다.

"오, 여기 와 있었군."

노히메가 잉어 옆을 떠나 토쿠히메의 혼수품 앞에 섰을 때였다.

"하하하."

노부나가가 여느 때와 다름없이 그가 애지중지하는 칼 미츠타다光忠를 들고 밝은 소리로 웃으면서 나타나 마루에 서서 대야를 들여다보며 아내를 불렀다.

"여기 와서 이걸 좀 봐요. 이에야스를 놀라게 할 괴물을 발견했소."

5

"정말 멋진 잉어네요, 이에야스 님도 놀라실 거예요."

다시 마루로 돌아와서 잉어를 보고 노히메는 저도 모르게 눈길을 돌렸다. 나무 사이로 쏟아지는 햇빛을 받은 순간 잉어의 눈 가장자리가 황금빛으로 빛나고, 그 속에서 탐욕스러운 검은 눈이 노히메를 흘끔 쳐다보았다.

"하하하하."

노부나가는 어린아이처럼 웃었다.

"이 잉어를 보고 이에야스 녀석이 어떤 표정을 지을 것 같소?"

"아마 진귀한 선물을 보내셨다면서 가신들과 같이 요리를 만들어 잡수시지 않을까요."

"뭣이, 이 잉어로 요리를 해서 먹을 거란 말이오?"

"예."

"그런 소리 말아요. 한 마리는 이 노부나가, 나머지 두 마리는 이에야스 부자요."

"성주님……"

노히메는 부드럽게 노부나가를 쳐다보았다.

"살아 있는 생물을 사람에 비유한다는 것은 좀 이상하지 않나 생각합니다."

"하하…… 어느 한 마리가 죽어도 좋지 못하다는 말이군."

"그렇습니다."

노부나가는 또 소리내어 웃었다.

노부모리는 두 사람과 멀리 떨어져 열심히 부하들에게 지시를 내리고 있었다.

노부나가는 노히메와 나란히 앉자 목소리를 낮추었다.

"내가 그 정도의 것도 모르는 사람인 줄 아오? 이것은 이에야스가 성의를 보이는지 감시하는 잉어란 말이오."

"이 잉어가 감시를……?"

노부나가는 장난스러운 미소를 띠고 고개를 끄덕였다.

"노부모리에게 잘 일러서 보낼 것이니 이에야스는 싫더라도 이것을 연못에서 기르지 않을 수 없을 거요."

"소중히 기르시겠지요."

"나는 때때로 편지를 보내 그 잉어가 잘 있는지 물어보겠소. 딸이 잘 있느냐고는 물을 수 없지만 잉어에 대해 묻는다면 아주 자연스러울 거요. 알겠소?"

노히메는 깜짝 놀라 눈이 휘둥그레졌다. 자식 따위에게는 관심조차 없는 줄 알았던 노부나가가 그런 깊은 생각을 가지고 있다니.

"하하하하. 그러므로 이에야스는 이 잉어를 볼 때마다 나를 생각하게 될 것이오. 잉어가 잘못되지 않도록 주의를 기울이는 것은 자연히 오다 쪽에 대한 배려로 이어지게 마련이오. 다시 한 번 잉어를 보시오. 이것이야말로 이에야스의 마음을 감시하는 충실한 역할을 하게 될 거요…… 하하하하. 아, 그 감시자가 큰 눈을 굴리면서 우리를 쳐다보고 있군."

노히메는 저도 모르게 후유 하고 안도의 숨을 쉬고 다시 한 번 대야를 들여다보았다.

남편의 놀라운 성장.

여전히 보통 사람을 능가하는, 다른 사람에게서는 찾아볼 수 없는 놀

라운 지략. 그 지략을 가지고 카이의 타케다 집안을 비롯하여 미요시三
好, 마츠나가松永 일족과 쇼군까지 조종하면서 쿄토에 진입하려 하는
남편.

"놀랍습니다."

노히메는 마루에 두 손을 짚었다.

"하하하……"

노부나가는 밝은 햇빛처럼 웃었다.

"좌우간 경사스러운 일이오. 이 혼례가 끝나면 이에야스는 마침내
토토우미를 평정하려 들 것이오. 그렇게 되면 오다와라도 카이도 그쪽
에 정신이 팔려…… 그렇지 않겠소?"

수도로 진입하려는 노부나가의 방해는 되지 않는다는 의미일 것이
었다. 그는 목을 움츠리고 더 이상 말하지 않았다.

6

토쿠히메가 출가하는 에이로쿠 10년(1567) 5월 27일. 이날 오카자키
성의 표정은 지극히 복잡했다.

어떤 사람은 이것으로 이에야스가 웅비할 기초가 마련되었다고 하
면서 기뻐하고, 어떤 사람은 이것이 노부나가에게 굴복하여 결국 사슬
에 묶이는 결과가 된다고 비분하고 있었다. 그러나 이에야스는 가마의
행렬이 성문으로 들어올 때까지 본성의 거실에 틀어박혀 문서 책임자
인 케이타쿠慶琢를 상대로 하여 새로운 인사배치를 구상하느라 여념이
없었다.

근시도 가신도 근접시키지 않고 때때로 생각난 듯이 부채질을 하면
서, 지그시 눈을 감으면서 말했다.

"선진을 담당할 무사의 총대장은 사카이 타다츠구와 이시카와 카즈마사, 이 두 사람 밑에 들어가 있는 사람들을 말해보아라."

케이타쿠는 이마의 땀도 닦으려 하지 않고 탁자 위에 있는 장부를 넘겼다.

"사카이 사에몬노죠 타다츠구를 따를 분들은 마츠다이라 요이치로 타다마사松平與一郎忠正, 혼다 히로타카本多廣孝, 마츠다이라 야스타다松平康忠, 마츠다이라 코레타다松平伊忠, 마츠다이라 키요무네松平清宗, 마츠다이라 이에타다松平家忠, 마츠다이라 야스사다松平康定, 마츠다이라 노부카즈松平信一, 마츠다이라 카게타다松平景忠 외에 마키노 야스나리, 오쿠다이라 미마사카奧平美作, 스가누마 신파치로, 스가누마 이즈노카미菅沼伊豆守, 스가누마 교부菅沼刑部, 토다 단죠戸田彈正, 사이고 키요카즈西鄉清員, 혼다 히코하치로本多彦八郎, 시다라 엣츄設樂越中 님 등입니다."

"그럼, 나이토 야지에몬內藤彌次右衛門은?"

"예. 이시카와 카즈마사 님의 막하에."

"그래? 그러면 카즈마사를 따를 사람은 나이토 야지에몬, 사카이 요시로酒井與四郎, 히라이와 시치노스케, 스즈키 효고鈴木兵庫, 스즈키 키이鈴木紀伊……"

꼽아나가다가 말했다.

"좋아. 그러면 본영의 무사들을 말해보아라."

"예. 본영의 전위대장은 마츠다이라 진타로松平甚太郎, 토리이 히코에몬, 시바타 시치쿠로柴田七九郎, 혼다 헤이하치로, 사카키바라 코헤이타, 오쿠보 시치로에몬大久保七郎右衛門, 마츠다이라 야에몬 님 등 칠 기騎입니다."

"케이타쿠."

"예."

"어떠냐. 이렇게 셋으로 나누었을 때 어느 쪽이 가장 강할 것 같으냐? 네가 적이라면 우선 어디부터 공격하겠느냐?"

"황송합니다마는, 저로서는 알 수 없습니다."

"음…… 그래, 알겠다. 다음에는 성에 남아 수비를 맡아볼 사람을 말해보아라."

"예. 사카이 우타노스케 마사이에, 이시카와 휴가노카미 이에나리石川日向守家成, 토리이 이가노카미 타다요시, 히사마츠 사도노카미 토시카츠……"

여기까지 읽었을 때 이에야스가 문득 손을 쳐들었다.

"그 다음에 아오키 시로베에青木四郞兵衛의 이름을 적어넣어라. 그 밖에는 나카네 헤이자에몬中根平左衛門, 히라이와 신자에몬平岩新左衛門, 혼다 사쿠자에몬, 혼다 모모스케本多百助, 미야케 토자에몬三宅藤左衛門 등 다섯 명이었지?"

"그렇습니다."

"좋아. 그리고 세 명의 부교奉行°는 오스大須, 코리키高力, 우에무라上村다."

"다음에는 아시가루와 감시병이 있습니다."

"알고 있다. 우에무라 데와植村出羽, 와타나베 한조, 핫토리 한조服部半藏, 오쿠보 타다스케大久保忠佐도 모두 명부에 올라 있겠지?"

"빠짐없이 적어놓았습니다."

"코쇼小姓° 중에 아마노 사부로베에天野三郎兵衛도 들어 있지?"

"예."

"깃발을 담당할 자, 뱃사공, 물자수송을 담당할 자, 문서관리자, 의사, 요리사, 돈을 맡아보는 자……"

갑자기 성안이 웅성거리기 시작했다. 드디어 토쿠히메의 행렬이 도착한 모양이었다.

이에야스는 일어났다.

노부나가의 장녀가 어떤 얼굴로 무어라 말할지를 생각하며 서원 뒤의 방으로 옷을 갈아입으러 가다가, 문득 떠오르는 생각이 있어 마음이 어두워졌다. 이 혼례를 병적으로 혐오하고 있는 아내가 어떤 얼굴을 하고 자기와 나란히 앉을 것인지.

'가엾은 여자……'

어째서 세나는 이에야스라는 사나이의 뜻을 이해하려 하지 않는 것일까……

8

오다 쪽에서 보낸 예물이 산더미처럼 쌓인 넓은 방에 이에야스가 착석하자 곧 사쿠마 노부모리가 목록을 읽어내려갔다.

염려했던 것보다는 세나도 밝은 표정으로 마주앉은 토쿠히메를 보고 있었다.

토쿠히메는 좌우에 로죠老女°와 시중드는 사람을 거느리고 티없는 얼굴로 신랑이 된 노부야스와 노부야스의 누나 카메히메를 번갈아 바라보고 있었다. 과연 오와리와 미노 두 곳의 태수가 된 노부나가의 맏딸다웠다. 이에야스 일가 뒤에 도열해 앉은 오카자키의 노신들에게 전혀 주눅이 드는 기색이 없었다.

목록을 읽고 나서 사쿠마 노부모리는 자리에 앉아 양가의 만만세를 축원한다는 인사말을 했다.

노부모리의 인사가 끝난 뒤 로죠가 가만히 토쿠히메의 옷소매를 잡아당겼다. 토쿠히메는 알았다는 듯이 고개를 끄덕이고 이에야스의 얼굴을 한번 쳐다보고는 공손히 두 손을 짚었다.

"토쿠德이옵니다. 오래도록 보살피고 인도해주십시오."

"오, 착하도다! 내가 노부야스의 아비 이에야스다. 화목하게 지내기를 바란다."

토쿠히메는 생긋 웃고 이번에는 세나 쪽으로 향했다. 세나는 당황하여 눈을 깜빡거렸다.

"어머님, 토쿠이옵니다. 잘 보살펴주십시오."

"그래. 내가 노부야스의 어미다, 잘 지내보자."

"예."

토쿠히메는 손위 시누이인 카메히메를 무시하고 죽 늘어앉은 일족의 노신들을 둘러보았다. 그러나 인사말을 잊은 모양이었다.

"저어……"

약간 고개를 갸웃하다가 아무런 망설임도 없이 말했다.

"여봐라."

"예."

"수고가 많구나."

"예."

세나의 안색이 싹 변했다. 이 성에서는 세나조차 이처럼 노신들을 내려다보지 못했다.

이에야스도 놀라는 듯했으나, 험악해진 공기는 다음에 이어진 신랑과의 천진한 대화로 곧 누그러졌다.

"노부야스 님."

토쿠히메가 부르자 무릎에 단정하게 손을 얹고 있던 노부야스는 등을 꼿꼿이 세웠다.

"응, 왜 그래?"

"우리 사이좋게 소꿉놀이를 해요."

로죠가 깜짝 놀라 소매를 잡아당겼으나 이때 신랑인 노부야스가 일어났다.

"그래, 좋아."

노부야스의 시중을 들던 히라이와 신자에몬이 당황하여 노부야스의 하카마를 붙잡았다.

"내버려둬."

노부야스는 이를 무시했다.

"이리 와서 봐, 큰 잉어가 있다."

"예."

토쿠히메도 일어났다.

그 자리에는 무의식중에 소리 없는 웃음이 퍼지고 있었다. 노부야스에게 손을 잡힌 토쿠히메가 아주 자연스럽게 남편을 따르는 어린 아내로 보였기 때문이다.

이에야스만이 소리내어 웃었다.

노부야스가 흥미를 느꼈던 것은 많은 예물 중에서도 그 큰 잉어였던지 곧바로 대야가 있는 데로 걸어갔다.

"이 잉어 정말 크지?"

토쿠히메는 그것을 처음 보기 때문에 눈이 휘둥그레져 고개를 끄덕였다.

"저 잉어에 대해서는 주군 노부나가 님께서 전해달라는 말씀이 계셨습니다."

사쿠마 노부모리가 웃고 있는 이에야스 쪽으로 향했다.

9

"허어, 살아 있는 잉어를 보내주셨군. 고마운 일이야."

"예. 미노와 오와리를 관통하는 키소가와木曾川에서 운 좋게 살아 있던 큰 잉어입니다. 하나는 이에야스 님, 또 하나는 노부야스 님, 나머지는 저의 주군이라 생각하시고 연못에 기르시면서 오래도록 감상하시기 바란다는 뜻의 말씀이 계셨습니다."

"그것 참 반가운 말씀이시군. 그럼, 어디 나도 좀 구경해볼까."

이에야스는 일어나서 대야 곁으로 걸어갔다.

"오오, 대단해! 놀라워!"

잉어를 내려다보던 이에야스는 노부야스와 토쿠히메의 머리를 가볍게 쓰다듬어주었다.

"큐자부로, 어서 이 잉어를 연못에 놓아주어라. 그리고 하루도 빠짐없이 잘 돌보도록 네 윗사람인 킨아미金阿彌에게 일러라. 알겠느냐, 경사스러운 잉어이니 각별히 유의해야 한다."

그리고는 잡무를 담당하고 있는 스즈키 큐자부로鈴木久三郎를 불러 명했다.

"예."

스즈키 큐자부로는 큰 소리로 대답하고 대야 앞으로 가서 잉어를 들여다보고는 깜짝 놀라 얼굴을 돌렸다. 아마도 기후 성에서 노히메가 느꼈던 것과 똑같은 전율을 그 역시 이 거대한 괴물을 보고 느꼈던 모양이었다.

잉어가 연못에 풀려나자 노부야스는 토쿠히메의 손을 잡고 정원으로 나가 잠시 그 세 마리가 유유히 헤엄치는 모습을 바라보다가 크게 안도한 표정으로 방에 돌아왔다.

혼례는 그날 밤 무사히 치러졌다.

운명의 전각에 나란히 앉아 있는 한 쌍의 학은 양쪽 모두 좋은 상대를 얻은 만족감으로 자못 즐거운 모양이었다.

두 사람의 거처는 당분간 츠키야마 전각과 가까운 동쪽 별채를 사용하기로 했다.

그 무렵 이에야스는 이미 자기 생애를 이 작은 성에서 끝낼 것이라고는 생각지 않고 있었다.

노부나가는 미노를 제압한 뒤 밀칙이 내리도록 은밀히 일을 꾸미고 있었다. 그 역시 노부나가와 같은 거리에서 웅비雄飛할 뜻을 세우지 않는다면 뒤떨어질 뿐이었다. 아니, 그 준비는 이미 그의 마음속에서 착착 진행되고 있었다. 문서를 다루는 행정관 뇨셋사이如雪齋에게 명해 서임임관敍任任官에 대한 것을 조사하게 하고, 쿄토의 고관 코노에 사키히사近衛前久와 요시다 카네미기吉田兼右 등에게 남모르게 선물을 주어 알선을 부탁해놓았다.

서임임관이 됨으로써 일개 토호의 지위에서 벗어나 토토우미를 손에 넣고 서서히 스루가로 세력권을 넓힌다…… 그렇게 되면 당연히 이 성은 노부나가의 사위인 노부야스에게 맡기는 것이 상책이었다.

'노부야스가 본성으로 들어가는 날은 내가 토토우미의 제압을 끝내는 날이 될 것이다……'

이렇게 생각하고 있는 만큼 토쿠히메를 바라보는 이에야스의 눈은 남달랐다.

이에야스는 생모 오다이와 계모 토다에게는 일부러 자기도 동석하여 토쿠히메를 인사시켰다.

사쿠마 우에몬노죠 노부모리는 무사히 일을 끝내고 기후로 돌아갔다. 그리고 집안 가신들이 혼례의 축하 분위기를 가라앉히고 평소의 모습으로 돌아온 것은 6월 중순의 일이었다.

그날 이에야스는 오랜만에 스고가와로 나가 수영을 했다.

몸을 단련하는 데는 수영이 최고라 하여 여름에는 종종 수영을 즐기는 이에야스였다. 그가 수영을 마치고 돌아와 보니 본성의 부엌에서 때아닌 노랫소리가 들려왔다. 모두들 실컷 먹고 마신 목소리라는 것을 알고 이에야스의 표정이 험악해졌다.

10

이에야스는 손뼉을 쳐서 사람을 불렀다.

"부르셨습니까?"

문 앞에 와서 공손히 두 손을 짚은 코쇼는 나이토 요시치로였는데, 그 역시 얼굴에 취기가 올라 있었다.

"요시치로, 왜 이렇게 시끄러우냐?"

"예. 혼례의 남은 음식을 나누어 먹으며 여흥을 즐기고 있습니다."

"뭣이, 여흥을……?"

이에야스는 꾸짖는 대신 탐색하는 눈으로 목소리를 낮추었다.

"누가 지시했느냐? 누가 나에게 허락을 받았다는 말이냐?"

"예. 스즈키 큐자부로 님입니다."

"큐자부로가 그러라고 하더냐?"

이에야스는 고개를 갸웃했다. 혹시 자기도 취해서 했던 말을 잊어버린 건 아닌가 했다.

원래 이에야스는 가신이나 측근들로부터 지나치게 검소하다는 말을 듣고 있었다. 바로 혼례식 4, 5일 전에도 점심상을 받고 밥그릇의 뚜껑을 열어 보니 위에 엷게 보리가 덮여 있었으나 그 밑은 흰 쌀밥이었다.

이에야스는 쓴웃음을 짓고 주방 일을 담당한 아마노 마타베에天野又兵衛를 불렀다.

"마타베에, 너희들은 내가 인색해서 보리밥을 먹는 줄 알고 있느냐?"

"그렇지 않습니다. 어쩌다 보리쌀을 적게 섞은 밥이 성주님 상에 오른 것 같습니다."

"그렇다면 좋다. 잘 생각해보아라. 지금은 천하가 소란하여 침식을 걱정하는 사람이 세상엔 너무도 많다. 그런 시절인데 이 이에야스 혼자 배불리 먹을 수 있겠느냐? 모든 비용을 절감해서 한시라도 빨리 태평한 세월이 오도록 준비해야 한다. 그러니 쓸데없는 낭비는 허락할 수 없다."

이렇게 주의를 주고 그 이상의 잔소리는 하지 않았다.

"그래, 큐자부로가 그랬다는 말이지? 알겠다. 킨아미를 불러라."

요시치로는 절을 하고 큐자부로의 윗사람인 킨아미를 부르러 갔다.

주방은 점점 더 소란해져 모두들 불을 켜는 일까지 잊고 있는 모양이었다.

"아니, 벌써 돌아오셨군요. 오늘은 생각지도 않았던 술을 내려주셔서 정말 잘 마셨습니다."

킨아미는 요시치로 이상으로 취해 그 벗겨진 머리가 벌겋게 되어 있었다.

"킨아미."

"예."

"많이 취했구나."

"예, 약간…… 오다 성주님이 일부러 보내주신 모로하쿠諸白°, 그 풍미와 맛이 너무 좋아서……"

"오다 님이 보내신 모로하쿠를 마셨다는 말이냐?"

"예. 모두 얼마나 기뻐하는지 모릅니다. 그리고 안주도 좀처럼 맛볼 수 없는 키소가와의 큰 잉어라서……"

"잠깐, 킨아미!"

"예."

"큰 잉어라니, 설마…… 오다 님이 보내신 그 세 마리를 말하는 것은 아니겠지?"

"맞습니다. 세 마리 중 한 마리를 먹어치웠습죠. 기름이 잘잘 흐르는
게 여간 맛이 좋지 않았습니다."

킨아미는 이렇게 대답하고 새삼스럽게 입맛을 다시며 엎드렸다.

11

이에야스는 자기 얼굴에서 핏기가 가시는 것을 깨달았다.

노부나가가 일부러 자신과 사위와 이에야스에 비유하여 보내온 잉
어였다. 그런 잉어를 멋대로 잡아 술안주로 삼았다니…… 물론 누군가
가 지시했고, 그 이면에는 통렬한 풍자와 간언이 숨겨져 있을 것이 분
명했다. 그러나저러나 이 사실이 노부나가에게 알려지면 두 사람 사이
의 우정은 산산조각이 날 것이었다. 일부러 그랬을 것이라고 판단할 게
틀림없었다.

"킨아미."

"예."

"주방 책임자인 아마노 마타베에를 불러오너라."

"예……?"

그제야 비로소 킨아미도 이에야스의 태도가 심상치 않다는 것을 깨
달았다. 허둥지둥 일어나다가 옷자락을 밟아 비틀거리면서 물러갔다.

"성주님, 부르셨습니까? 오늘은 어쩐 일로……"

"묻는 말에 먼저 대답해라. 그 큰 잉어를 누가 요리했느냐?"

"예. 좀처럼 찾아볼 수 없는 큰 잉어라 평생의 추억이 될 것 같아 제
가 직접 칼을 들었습니다."

"그래, 평생의 추억이 될 것이다. 그런데 너에게 요리를 명한 것은?"

"성주님이 아니십니까?"

"내가 아니라는 것은 나중에 알게 될 게다. 그렇다면 연못에서 잉어를 건진 자는 누구더냐?"

"예. 스즈키 큐자부로 님입니다. 큐자부로 님은 성주님의 허락이 내렸다면서 훈도시褌° 차림으로 연못에 뛰어들어, 아주 용감하게 격투를 벌였습니다."

이렇게 말하고 나서 목소리를 낮추어 말을 이었다.

"이놈의 오다 녀석을 사로잡아 본때를 보여주겠다고……"

"그만 닥쳐라!"

이에야스는 부채로 무릎을 탁 쳤다.

"큐자부로를 불러라!"

소리지르는 것과 동시에 벌떡 일어났다.

"그러면…… 큐자부로 님은 성주님의 허락도 없이……"

"됐다. 너희들이 먹은 것을 토할 수도 없을 것이니 도리가 없다마는, 이 말을 절대로 밖에 내서는 안 된다. 당장 큐자부로를 불러오라."

"예."

그가 나간 뒤 곧 주방에서는 노랫소리가 뚝 그쳤다.

이에야스는 이를 부드득 갈고 긴 언월도를 집어 칼집에서 뽑아 한 바퀴 획 돌렸다. 소중하게 돌보라고 일부러 주의까지 주었는데 주제넘게 내 말을 거역하다니. 큐자부로보다 수십 배나 더 깊이 생각하고 있는 자신에 대한 용서할 수 없는 모독이었다.

나이토 요시치로가 등불을 가지고 와서 깜짝 놀라 이에야스를 쳐다보았다. 이에야스는 거칠게 숨을 몰아쉬면서 저물어가는 정원을 노려보고 있을 뿐이었다.

땀방울과 칼에 등불이 싸늘하게 반사되고 있었다.

"요시치로!"

"예."

"큐자부로가 왜 안 오느냐? 어서 불러오너라."

"그를 처형하시렵니까?"

"그렇다. 이번 일만은 참을 수 없다. 말리려 든다면 너도 역시 그냥 두지 않겠다."

"예. 불러오겠습니다."

요시치로는 겨우 사태를 파악하고 소리 없이 사라졌다.

12

이에야스는 언월도를 들고 선 채 문득 이런 생각을 했다.

'큐자부로 녀석, 어디론가 도주했으면 좋으련만.'

오다 일족에 대한 혈기의 반발. 이것은 결코 큐자부로 혼자만의 것은 아니었다. 혈기왕성한 가신들은 이에야스의 인내를 노부나가에 대한 굴종이라 여겨 찬성하지 않았다. 인간이 하는 일에도 계절과 마찬가지로 흐름이라는 것이 있다. 그 기세 앞에는 이길 수 없다고 설명해도 좀처럼 납득하지 않았다.

큐자부로의 일은 이러한 가신들의 속내를 밖으로 드러낸 돌발적인 본보기의 하나에 지나지 않았다. 이에야스는 문 쪽으로 돌아섰다. 큐자부로가 나타나면 크게 꾸짖어 보내고 가능하다면 죽이고 싶지 않았다.

어디선지 부나비 한 마리가 날아들어와 등불 가장자리를 돌면서 떠나지 않았다. 그 부나비가 큐자부로인 것만 같아 그만 혀를 찼다.

"성주님!"

뒤쪽 문 언저리에서 소리가 들렸다. 이에야스는 화가 머리끝까지 올라 휙 돌아섰다.

"스즈키 큐자부로, 거실을 피로 물들이면 황송하기 이를 데 없어서 죽음을 각오하고 정원에 대령했습니다."

"이 천치 같은 놈!"

이에야스는 어깨를 부르르 떨면서 고함쳤다. 그 일갈로 화를 풀려고 했으나, 큐자부로는 와키자시脇差°까지 땅에 내던지고 천천히 마루 앞으로 다가왔다.

이에야스의 분노가 가슴에 치밀었다.

"어쩌자고 내 말을 거역했느냐?"

큐자부로는 허리에 손을 얹고 천천히 하늘을 쳐다보았다. 하늘에는 이미 별이 가득 뿌려져 있었다.

"왜 말이 없느냐? 후회는 없느냐?"

"없습니다."

큐자부로는 딱 잘라 대답했다.

"저는 성주님을 위해 그런 짓을 했습니다. 상대의 희롱이 하도 건방져서 이쪽에서도 똑같이 보복했을 뿐입니다."

"그 보복이 양가의 우의에 금이 가게 한다는 생각은 하지 못했느냐? 이 멍청이 같은 놈아!"

"그렇지 않습니다. 성주님과 오다 님은 형제와 같은 사이. 상대가 희롱해와 그 희롱을 되돌린 것뿐인데 어찌 우의에 금이 가겠습니까?"

"그 큰 잉어가 그렇게까지 참을 수 없는 희롱으로 보였다는 말이냐? 호의만을 순순히 받아들이는 아량도 너에겐 없다는 말이냐?"

"성주님은 오다 일족을 두려워하고 계십니다. 그러므로 성주님의 생각에는 좀 부족한 점이 있습니다."

"뭣이, 이 이에야스의 생각에 부족한 점이 있다고?"

"그렇습니다. 잉어는 목숨을 가진 것입니다. 더구나 그렇게 큰 잉어가 유유히 흐르는 강물에 살아 있다면 모르되 좁은 연못에 갇혀 있으면 언젠가는 지루하여 죽게 될 것입니다. 그러면 성주님께서는 잘 돌보지 못해서 그랬다고 가신들을 꾸짖으실 것입니다. 성주님! 죽은 잉어는 먹을 수 없습니다. 그런 것을 선물로 보내는 오다 님의 속셈이 가증스러워 살아 있을 때 잡아먹어 잉어의 본분을 다하게 했습니다. 이 큐자부로도 웃으며 죽을 수 있습니다. 잉어도 보람되게 죽었다고 제 뱃속에서 기뻐하고 있을 줄 압니다."

큐자부로는 댓돌 앞에 엎드려 목을 길게 내밀었다.

"이놈! 혼자서 멋대로 판단을 내리다니 더 이상 용서할 수 없다."

이에야스는 나막신을 신고 큐자부로 뒤로 돌아가 외쳤다.

"요시치로! 물을 가져오너라."

나이토 요시치로가 말리기를 바랐다.

"예."

그러나 그는 대답하고 국자로 대야의 물을 퍼서 이에야스의 언월도에 끼얹었다.

13

이에야스는 요시치로를 일단 노려보고 나서 큐자부로에게 눈길을 옮겼다.

큐자부로는 정말 죽을 결심이었고, 요시치로도 이에야스의 분노가 이유 있다는 것을 알고 말리지 않으려는 눈치였다. 일부러 마루까지 등불을 들고 나와 발 밑을 밝히고 엄숙하게 대기하고 있었다.

이에야스는 땀을 닦았다.

이렇게 되면 이에야스 자신이 다시 생각해보지 않을 수 없었다. 자기 생명을 버리기까지 하면서 한 마리 잉어에게 반항한 스즈키 큐자부로.

큐자부로가 목숨을 버리지 않으면 안 될 정도로 그것이 중대한 의미를 내포하고 있는지 다시 생각해봐야 했다.

"큐자부로."

"예."

"전쟁터에서 목숨을 버리는 것이라면 몰라도 잉어 한 마리 때문에 죽는 것은 분하다고 생각지 않느냐?"

큐자부로는 다시 눈을 뜨고 이에야스를 쳐다보았다. 맑고 깨끗한 심경임을 알 수 있는 조용한 눈빛으로 변해 있었다.

"성주님! 전쟁터에서 죽기는 쉽습니다. 그러나 평소의 충성에 목숨을 걸기란 어려운 것이라고 아버님께 가르침을 받았습니다."

"그런 것을 묻는 게 아니다. 잉어 한 마리 때문에 목숨을 버리는 것이 충성이냐고 묻고 있는 거야."

"분명히 말씀 드리겠습니다. 잘못을 저질렀다면 진작 도망쳤을 것입니다. 충성이라 생각했기 때문에 죽고자 하는 것입니다."

"깊이 생각한 끝에 죽기로 마음먹었다는 것이냐?"

"이 큐자부로가 죽지 않으면 언젠가 다른 사람이 생명을 잃게 된다는 것은 차라리 사소한 일, 중요한 것은 그게 아닙니다."

"건방지구나. 말해보아라, 네 생각을."

"선물을 보낸 상대가 두렵다고 해서 잉어 한 마리와 가신 한 사람의 가치도 계산하지 못하시는 성주님. 그런 성주님이라면 결코 큰 뜻은 이루지 못합니다. 잉어 한 마리 때문에 전쟁이야 벌어지겠습니까. 저의 죽음은 성주님께 그 점을 깨우쳐드리는 것만으로도 나름대로 충성을 바쳤다고 생각합니다. 비록 어떤 사람이 보낸 것이라 해도 기물은 기물, 잉어는 잉어가 아닐까요. 성주님, 인간 이상의 것이 없음을 깨달아주십시오."

이에야스는 언월도를 든 채 희미하게 웃었다.

"하지만 그 일과 이 일은 다릅니다. 저는 성주님께서 하면 안 된다고 하신 명령을 어겼습니다. 그러므로 저를 죽이시고, 앞으로는 현명하지 못한 명령은 내리시지 않기를 부탁 드립니다…… 자, 어서 베어주십시오."

"요시치로!"

이에야스는 요시치로를 불렀다.

"나는 벨 수 없다. 이 언월도를 보관해두어라."

"예."

"큐자부로."

"예."

"내가 잘못했구나. 내가 미숙했어. 앞으로는 취소해야 할 명령은 내리지 않겠다. 오늘의 일은 웃고 지나가도록 하자."

큐자부로는 깊이 머리를 조아렸다.

"비록 어떤 사람이 보낸 것이라도 잉어는 잉어라고 한 것은 참으로 훌륭한 말이었다. 이것은 노부나가 님의 호의를 순순히 받아들이는 것 못지 않은 중요한 마음가짐. 내가 미숙했다. 앞으로는 잉어를 잉어로 다루어라."

이렇게 말하고 이에야스는 마루로 올라갔으나, 큐자부로는 그대로 땅에 엎드려 있었다.

별빛으로는 그의 어깨가 들먹이는 모습이 보이지 않았다. 그러나 울고 있는 탓에 고개를 들지 못한다는 것은 잘 알 수 있었다.

암독수리의 성

1

에이로쿠 10년 가을부터 겐키元龜 원년(1570) 봄에 이르는 만 3년간은 오와리의 매와 미카와의 독수리가 마음껏 활개를 칠 수 있었다.

노부나가는 에이로쿠 10년 11월에 오기마치正親町 천황의 칙사 타테이리 요리타카立入賴隆가 매사냥을 하고 돌아올 때 은밀히 가신인 미치이에 오와리노카미道家尾張守의 집에 초대해 상경할 기회를 마련하고, 같은 달 20일에는 맏아들 키묘마루 노부타다奇妙丸信忠의 아내로 타케다 신겐의 딸을 맞아들이기로 하여 후방을 공고하게 다져놓았다.

이때 신랑 신부는 모두 열한 살이었다.

이듬해 7월 28일, 드디어 아시카가 요시아키足利義昭를 옹립하고 대망의 쿄토 진입을 성취시켰다.

덴가쿠하자마에서 이마가와 요시모토를 죽인 지 8년째 되는 해였다. 그동안 미카와의 이에야스와 화친을 맺고 미노의 사이토 씨를 멸망시켰으며, 다시 카이의 타케다 신겐을 농락했다. 한편 이세의 키타바타케 씨에게도 대비하였고 막내여동생 오이치お市를 북오미北近江의 오다

272

니小谷 성에 있는 아사이 나가마사淺井長政에게 시집보내는 등 갖은 노력을 다한 끝에 성취한 상경이었다.

전의 쇼군 아시카가 요시테루足利義輝의 동생 요시아키는 쇼군 요시테루가 마츠나가 히사히데松永久秀의 공격을 받고 자결한 뒤 에치젠과 오미 등지를 전전하고 있었는데, 노부나가는 그 요시아키를 옹립하고 쿄토에 입성하여 실권을 쥐고 있던 미요시 일족을 셋츠攝津와 카와치河內로 몰아내고, 10월 18일에 요시아키를 세이이타이쇼군征夷大將軍°에 앉혔다.

요시아키는 물론 노부나가의 꼭두각시였고, 사실상 노부나가가 실권을 쥐고 드디어 천하를 손에 넣기 시작했다.

그동안 미카와의 독수리는 서서히 자신의 발판을 다져가고 있었다.

에이로쿠 10년(일설에는 11년) 12월, 이에야스는 마츠다이라 성을 일족에게 넘기고 스스로 도쿠가와德川로 성을 바꾸어 칙허를 받았다.

당시에는 이에야스를 가리켜 후지와라藤原 씨의 후예라고도 하고 겐지源氏라고도 했다. 확실하게 겐지라고 한 것은 헤이시인 노부나가뿐이었다. 도쿠가와로 성을 바꿈으로써 이에야스의 뜻이 어디에 있었는지 정확하게 밝혀졌다.

도쿠가와라는 성은 닛타 겐지新田源氏에서 그 유래를 찾을 수 있는데, 처음에는 도쿠德라는 글자를 쓰지 않고 도쿠가와得川라 칭했다. 다시 이에야스는 마츠다이라 가문의 시조 타로자에몬 치카우지太郎左衛門親氏(도쿠아미德阿彌)의 후예임을 자처하며 스스로의 성을 도쿠가와德川라 했다.

도쿠가와 치카우지得川親氏였던 선조가 향리인 쇼주上州에서 일어난 난리를 피해 도쿠아미라 이름을 바꾸고 중이 되어 전국을 방랑하다가 카모고리賀茂郡의 마츠다이라 마을에서 향주鄕主의 사위가 되어 정착했다는 전래를 되살렸다.

치카우지가 도쿠아미라고 이름을 바꾼 그 도쿠德는 도쿠가와得川의 도쿠得를 숨긴 것이었다. 이번에 그 도쿠德를 다시 드러내는 동시에, 아직은 밝힐 수 없는 구상이 이에야스의 가슴에는 가득 차 있었다. 덕德으로써 천하를 제압하겠다는 야망과, 만일에 노부나가에게 무슨 변고라도 일어나면 겐지라 칭하며, 그를 대신하여 천하를 호령할 준비를 하겠다는 속셈이 있기도 했다.

에이로쿠 11년이 저물어갈 무렵, 드디어 타케다 신겐과 스루가, 토토우미의 분할을 약속했을 때의 이에야스는 도쿠가와 사쿄노다이부 미나모토노 이에야스德川左京大夫源家康였다. 나이는 스물일곱 살. 서른다섯 살이 되어 쿄토 경영에 나선 노부나가를 생각하면 그의 피 역시 뜨겁게 끓어올랐다.

정월을 앞두고 이에야스는 오늘도 전장에 있었다.

히쿠마노 북방 25리, 엔슈遠州 이나사고리稻佐郡의 이이노야 성井伊谷城에 군사를 거느리고 나가 이오 부젠의 미망인이 지키는 히쿠마노 성과 대치하고 있었다.

"사쿠자에몬, 정월까지는 미망인의 항복을 받고 싶군."

이때 이에야스 본진의 부교는 혼다 사쿠자에몬 시게츠구本多作左衛門重次였다.

2

기름먹인 종이두건을 쓴 혼다 사쿠자에몬은 갑옷 위에 솜을 넣고 누빈 소매 없는 등거리를 입고 모닥불을 쬐며 앉아 있었다. 이에야스의 모습에 그는 가만히 일어나 결상을 이에야스 쪽으로 갖다놓았다.

"성주님은 이오 부젠의 미망인을 알고 계시다면서요?"

"음. 어려서 슨푸에 있을 때 가까이 지냈는데 상당히 강한 기질을 가진 여자였지."

사쿠자에몬은 발돋움을 하듯 목책 너머에서 반짝거리는 하마나浜名 호수를 보면서 말했다.

"차라리 해가 지기 전에 공격하면 어떨까 합니다."

"그럴 필요는 없을 것일세. 틀림없이 항복할 테니까. 미망인도 역시 우지자네에게는 원한을 가지고 있거든."

사쿠자에몬은 이렇게 말하는 이에야스를 흘끔 쳐다보고 아무 말 없이 모닥불에 장작을 던져넣었다. 북풍을 받아 탁탁 튀며 타오르는 모닥불의 연기가 이에야스의 진바오리陣羽織°에 걸렸다가 성의 산 쪽으로 흘러갔다.

"사쿠자에몬, 그대는 미망인의 남편 부젠이 우지자네의 미움을 산 이유를 알고 있나?"

"전혀 모릅니다."

"부젠은 요시모토가 전사한 오케하자마桶狹間 전투에서 죽은 줄로만 알았는데 무사한 것을 보고 의심하기 시작했어. 오다 쪽과 몰래 내통하고 있는 게 아닌가…… 나와 무슨 밀약이 있지 않은가 하고……"

사쿠자에몬은 듣는 것 같기도 하고 아닌 것도 같은 태도로 연기를 피하고 있었다. 그는 이오 부젠이 우지자네에게 속아 나카노中野 강가에서 죽은 경위를 이에야스 이상으로 잘 알고 있었다.

이에야스와 미망인이 이전에 어떤 관계였는지, 부젠은 그녀를 몹시 의심했다. 우지자네 때문에 나카노 강가에서 목숨을 잃을 때는, 이제 미카와의 고아에게 그녀와 함께 성을 빼앗기게 되었구나…… 하면서 숨을 거두었다는 소문이었다.

이에야스가 이곳에 진을 치고 미망인이 항복하기를 기다리고 있는 마음의 이면에는 그 이야기와 무언가 관계가 있는 듯했다. 사실 측근의 젊은 무사들 사이에서는 이것이 큰 불만이었다.

"성주님은 슨푸에 계셨을 때 아직 출가하기 전인 이오의 미망인과 친하셨다는 거야."

"그래, 나도 이야기를 들었어. 성주님은 츠키야마 마님보다 키라의 딸인 이오의 미망인에게 더 마음이 끌리셨다는군."

"아무리 옛날에는 그랬다 해도 그런 일로 전쟁을 늦출 수야 없지. 누가 몰래 쳐들어가 전쟁의 불길을 당기지 않고는 이 이이노야에서 설을 맞게 되겠어."

그중에서도 나이가 어리고 성질이 급한 혼다 헤이하치로 타다카츠의 불만이 가장 컸다. 사실 그는 성문을 굳게 잠그고 꼼짝도 않는 적의 태도에 안달이 나 있었다.

"적의 움직임을 살펴보고 오겠소."

오늘 아침 이에야스의 명령도 기다리지 않고, 부하 몇 명만을 거느리고 달려갔다. 이에야스는 아직 그것을 모르고 있었다.

"사쿠자에몬, 고작 여자가 지키고 있는 성이야. 언젠가는 항복할 것이 분명한 성을 굳이 공격해서 불태울 필요가 있겠나?"

"하지만…… 성주님, 그건 성주님의 오산이 아닐까요?"

"나의 오산…… 어째서 오산인지 그 이유를 말해봐."

사쿠자에몬은 흘끗 이에야스를 쳐다보고는 연기가 맵다는 듯 얼굴을 돌렸다.

3

"이오의 미망인은 상당한 열녀라고 하더군요."

"음. 그리고 기질이 강한 여자였는데……"

"그렇다면 더더구나 이대로는 항복하지 않을 것입니다. 공격을 하지 않으면."

"그럼, 그대도 공격에 찬성하는 쪽인가?"

이에야스는 쓸쓸히 웃었다.

"좀더 기다려보세. 틀림없이 사람을 보내올 거야."

사쿠자에몬은 다시 고개를 돌리며 입을 다물었다.

'아무래도 소문이 사실인 것 같아.'

여자에 관한 일에는 이상하게도 앞을 내다보지 못하는 이에야스가 안타깝게 생각되었다.

사쿠자에몬의 생각으로는, 열녀라 불릴 정도의 여자인만큼 생전의 남편으로부터 받은 의심의 원인이 된 이에야스에게 공격도 받기 전에 항복할 것으로는 보이지 않았다. 아니, 그렇게 생각하는 것은 사쿠자에몬만이 아니었다. 혼다 헤이하치로도, 토리이 모토타다도, 또 사카키바라도 마찬가지였다.

이처럼 지체하고 있는 동안에 이마가와 우지자네의 대군이 오가사小笠를 지나 밀어닥친다면 어떻게 할 것인가. 때로는 성주의 지혜도 흐려지는 경우가 있는 모양이었다. 속히 공격하도록 진언하라고 모두들 사쿠자에몬에게 조르고 있었다.

"사쿠자에몬, 연기가 맵군. 장작을 좀더 던져넣게."

사쿠자에몬은 허리를 구부리고 입으로 불을 불면서, 이에야스가 농부의 집을 개조한 막사 안으로 어서 들어갔으면 했다. 그대로 이곳에 있다가 만일 헤이하치로에 대한 것을 묻기라도 하면 큰일이었다……이런 생각을 했을 때 바로 눈 밑에 있는 본영의 집합소에서 갑자기 왁자지껄 떠드는 소리가 들렸다.

"사쿠자에몬, 무슨 일일까? 설마 다투고 있는 것은 아닐 테지."

사쿠자에몬은 이맛살을 찌푸리며 절을 하고 달려갔다.

"왜들 이러나? 성주님이 다 들으셨네."

안을 들여다보고 작은 소리로 꾸짖었다.

"마침 잘 왔소, 이야기를 좀 들어보시오."

한 손을 오쿠보 타다스케에게 잡힌 사카키바라 코헤이타가 울상을 짓고 말했다.

"방금 헤이하치로 부하 하나가 돌아와 보고하는데, 헤이하치로 타다카츠가 성에서 몰려나온 적군에게 포위되어 위험하다는 거요. 이 일을 그냥 내버려둘 수 있다는 말이오? 헤이하치로를 그대로 죽게 할 수 있겠소?"

"잠깐, 너무 떠들지 말게."

손을 들어 제지하고 돌아보니 과연 한쪽 구석에 병졸 하나가 숨을 헐떡이며 움츠리고 있었다.

"헤이하치로는 어디로 쳐들어갔나?"

"예, 곧바로 정문을 향해 달려가 소리쳤습니다. 이 성은 살아 있느냐, 죽었느냐? 여기 혼다 헤이하치로 타다카츠가 단독으로 왔다, 뒤따르는 군사는 없다. 살아 있거든 어느 놈이건 나와 상대하자……"

"그랬더니 몰려나왔다는 말이구나. 인원수는?"

"지금 삼백 여 명에 둘러싸여 아수라처럼 창을 휘두르고 있습니다마는……"

그 말에 손을 잡힌 채 코헤이타가 다시 몸부림쳤다.

"아무리 성주님의 명령이 없다 해도 헤이하치로를 죽게 내버려둘 수는 없소. 꾸중은 각오하고 있소. 이 코헤이타를 보내주시오."

"안 돼!"

그때 사쿠자에몬의 뒤에서 이에야스의 목소리가 들렸다.

'아차!'

이렇게 생각했으나 이미 어쩔 수 없었다. 사쿠자에몬이 천천히 돌아보았을 때 이에야스는 찢어질 듯한 눈으로 일동을 노려보고 있었다.

후드득 소리를 내며 진눈깨비가 내렸다.

4

이에야스를 본 코헤이타는 그 자리에 엎드리더니 부르짖듯 소리를 높여 애원했다.

"성주님! 부탁입니다. 헤이하치로를 구출하게 해주십시오! 적에게 포위되어 위험하다고 합니다."

"안 돼!"

이에야스는 다시 부르르 몸을 떨며 소리질렀다.

"사쿠자에몬!"

"예."

"헤이하치로는 누구의 명령으로 성을 공격하러 갔느냐? 모르고 있었다고는 하지 못할 것이다. 그대가 있으면서 어째서 달려가도록 내버려두었느냐?"

"황송하오나 이 사쿠자에몬은 전혀 모르는 일입니다."

"그런 소리가 통할 줄 아느냐? 코헤이타도 잘 들어라. 이 이에야스가 기다리라고 한 데에는 다 이유가 있다."

"성주님!"

다시 코헤이타가 외쳤다.

"위급한 상황입니다. 꾸중하시는 것은 너무도 지당한 일이오나 헤이하치로 타다카츠가……"

"죽게 되었다는 말이겠지."

"전사하도록 내버려두시면 성주님, 본진이 약해집니다. 헤이하치로의 그 사슴뿔로 장식한 투구는 인근에까지 소문난 미카와의 명물, 미카와의 용장…… 성주님…… 꾸중은 나중에 듣겠습니다. 제발……"

"안 된다면 안 돼! 정신 차리지 않으면 코헤이타 너 또한 용서치 않을 것이다."

"헤이하치로를 이대로 방치하시겠다는 말씀입니까? 평소의 성주님답지 않습니다."

코헤이타가 이렇게 말했을 때였다. 이에야스는 칼자루를 잡고 코헤이타 앞으로 다가서서 느닷없이 그의 멱살을 잡았다.

"아!"

코헤이타는 본능적으로 몸을 뒤로 빼며 고개를 숙였다.

잠시 동안 이에야스의 팔과 입술이 부르르 떨었다.

주위가 어둑어둑해지고 진눈깨비는 점점 심해졌다.

"너희들은 언제부터 이렇게 군율을 우습게 생각하게 되었느냐? 내 말을 어째서 가슴으로, 마음으로 새겨듣지 못하느냐?"

이에야스는 이렇게 말하고 비로소 분노의 어조에서 평소의 목소리로 돌아왔다.

"몰래 습격하거나 일 대 일의 싸움은 이미 옛날의 낡은 전법이라고 그토록 설명했는데도 알아듣지 못했다는 말이냐? 활과 칼의 시대는 지나고 총포의 시대가 왔다. 일사불란한 대비만이 승패를 가름한다고 입이 닳도록 말했는데도 왜 알아듣지 못하느냐? 내 명령을 어긴다면 헤이하치로만이 아니라 코헤이타도 히코에몬도 용서치 않겠다. 내 부하는 그대들만이 아니라는 것을 알아두어라."

"……"

"비록 헤이하치로가 살아 돌아온다 해도 군법을 어긴 죄는 결코 용서하지 않겠다. 나에게 처형을 당해도 죽고 적과 싸우다 전사해도 죽는다. 헤이하치로는 건방지게도 스스로 그 길을 택했다. 알겠느냐?"

아무도 대답하지 않았다. 땅에 엎드린 코헤이타는 입술을 깨물고 거세게 어깨를 들썩이고 있었다.

"사쿠자에몬."

"예."

"젊은이들을 철저히 감시하도록. 다시 내 명을 어기는 자가 있으면 지체없이 목을 베어라."

이렇게 내뱉고 이에야스는 그대로 막사 밖으로 사라졌다.

잠시 동안 아무도 입을 여는 사람이 없었다.

"불이 꺼지겠어. 어서 장작을 지펴라."

이윽고 사쿠자에몬이 말했다. 그리고 부하가 던져넣은 장작이 기세 좋게 타오르는 것을 보았다.

"그것 봐, 틀림없이 노하실 거라고 했잖아?"

사쿠자에몬은 마디가 굵은 손을 불에 쬐면서 불쑥 말했다.

5

"그러나저러나 이오의 미망인은 대단해. 헤이하치로인 줄 알면서도 공격해나오다니. 어쩌면 내 생각이 잘못이었는지도 몰라."

사쿠자에몬이 혼잣말처럼 중얼거렸다.

"그대는 성주님을 가까이서 모시는 몸, 왜 헤이하치로를 위해 변명해주지 않았소?"

지금까지 묵묵히 듣고만 있던 오쿠보 타다스케가 으쓱 오른쪽 어깨를 쳐들고 사쿠자에몬 쪽으로 돌아앉았다. 타다스케는 현재 은퇴하여 죠겐이라 불리고 있는 강직한 신파치로 타다토시의 조카였다.

"음, 타오르는 불길에는 맞서지 않는 게 좋지. 곧 사그라질 테니까."

"사그라지다니…… 헤이하치로가 죽은 뒤에 그런 것이 무슨 소용이란 말이오?"

사쿠자에몬은 타다스케를 잔뜩 노려보았다.

"헤이하치로는 죽지 않아."

"어떻게 그것을 아시오?"

"알지. 알고 있어서 말리지 않았네. 헤이하치로는 싸움에는 능숙해. 자기 몸에 닥치는 위험을, 비가 내릴 것을 저절로 느끼는 개구리처럼 잘 아는 사람이지."

"그럼, 조금 전에 생각이 모자란다고 한 의미는? 헤이하치로를 죽이겠다고 한 뜻이 아니란 말이오?"

사쿠자에몬은 천천히 고개를 저었다.

"나는 성주님이 이오의 미망인에 대한 미련 때문에 공격을 미루는 줄로만 알고 있었는데 잘못 생각했던 것 같아."

"미망인에 대한 미련 때문이라고……?"

"음, 그런 줄로 생각했었지. 츠키야마 마님과의 불화, 그 연령과 그 몸으로 성주님은 정말 쓸쓸하셨을 테지. 미망인에게 정을 두고 있었다, 어쩌냐, 예전의 미카와의 고아는 역시 이처럼 그대를 손에 넣었다…… 하하하, 젊었을 때는 그런 고집도 있는 법이다. 이렇게 생각했었지만 성주님은 그 이상의 무엇을 생각하고 계시는 것 같아."

이 말을 했을 때였다. 지금까지 땅에 엎드려 울고 있던 코헤이타가 느닷없이 벌떡 몸을 일으켜 창을 들고 일어섰다.

"나는 가야겠소."

"잠깐!"

사쿠자에몬은 앉은 채로 말했다.

"이 이상 더 성주님을 노하게 할 작정인가?"

"아니, 가야겠소. 가기로 결심했소."

"그런 결심을 하다니 생각이 크게 모자라는군. 헤이하치로는 죽지 않는다고 한 말을 못 들었나?"

"죽지 않도록 나도 가겠다는 거요. 헤이하치로와 이 코헤이타 두 사람이라면 성주님도 처형하지 않으실 거요. 헤이하치로가 처형되는 것을 가만히 보고 있을 정도로 이 코헤이타는 정이 메마르지 않았소."

"기다려, 코헤이타. 그래서 생각이 모자란다고 하는 거야. 성주님은 절대로 헤이하치로를 처형하시지 않아."

"결단코 용서하시지 않겠다고 했지 않소."

"그게 바로 타오르기 시작한 불길이라는 것일세. 곧 사그라지게 마련이야. 정말 성주님이 헤이하치로를 처형하실 거라 생각한다면 그것은 성주님에 대한 모독일세."

코헤이타는 일어선 채 부들부들 몸을 떨었다.

주위는 점점 더 어두워져 모닥불이 더욱 선명해졌다.

"나는 가야만 해. 역시 가야겠소."

막사 밖으로 거칠게 뛰쳐나갔다. 거기에서 무언가 수상한 것을 발견한 모양이었다.

"누구냐! 어디로 숨어들어왔느냐?"

창을 꼬나들고 외치는 소리가 날카롭게 들려왔다.

6

혼다 사쿠자에몬이 일어나 나가 보니 코헤이타가 꼬나든 창 앞에 열서너 살은 되어 보이는 소년이 서 있었다. 소년은 코헤이타가 들이댄 창을 보고 당연히 겁을 먹고 벌벌 떨어야 할 텐데도 눈도 깜짝 하지 않았다. 잔뜩 노려보는 눈이 예사롭지 않았다. 남루한 솜옷 밑으로 드러난 종아리가 추위에 얼어 빨갛고, 신발도 다 떨어져 거의 맨발이나 다름없었다.

"왜 그러나, 코헤이타?"

"이 녀석이 몰래 막사 안을 엿보고 있었어요. 못된 녀석!"

사쿠자에몬은 소년 앞으로 다가갔다.

"여기는 아이들이 올 데가 아니다. 어서 돌아가거라. 모두 흥분해 있기 때문에 자칫하면 다칠지도 모른다."

소년은 진눈깨비로 범벅이 된 머리를 세차게 흔들었다.

"싫다. 나는 미카와의 이에야스 님을 만나러 왔다."

"뭣이, 성주님을 만나겠다고? 무슨 일로 왔느냐?"

"부하들에게는 말하지 않겠다. 이에야스 님께 안내해라."

"성주님은 지금 바쁘시다. 너 같은 아이를 만나실 틈이 없어. 어서 돌아가거라."

소년은 다시 세차게 머리를 흔들었다.

"이에야스 님을 만나기 전에는 돌아가지 않겠다. 원래 여기는 내 성이 있던 곳이다."

"뭐, 너의 성이……"

사쿠자에몬은 문득 무언가 짚이는 것이 있었다.

"좋아, 내가 알아보겠다. 따라오너라."

"너는 누구냐?"

"본진의 부교 혼다 사쿠자에몬이다."

"아아, 귀신이라 불리는 사람이군. 그 이름은 나도 듣고 있었어. 그렇다면 이야기가 통하겠군."

사쿠자에몬은 코헤이타를 홱 돌아보았다.

"안 돼, 코헤이타. 자네는 너무 흥분해서 앞뒤를 가리지 못하고 있는 거야. 곧 헤이하치로가 돌아올 것이니 꼼짝 말고 여기 있게. 코헤이타,

알겠나?"

엄한 소리로 말하고 소년의 앞장을 서서 이에야스의 막사 앞에 피워 놓은 모닥불 옆으로 갔다.

"자, 앉아라. 그럼 너는 이 이이노야의 주인이었던 나오치카直親 님 의 아들이냐?"

소년은 사쿠자에몬을 똑바로 노려본 채 고개를 끄덕였다.

"아마 만치요万千代라는 이름이었지?"

"그래요."

"우리 성주님을 만나 무슨 말을 하려느냐? 그리고 만치요가 확실하 다는 증거라도 있느냐?"

"이에야스 님을 만나기 전에는 말할 수 없소."

"먼저 말을 해야 만나게 해주겠다."

사쿠자에몬은 단호하게 말하고 모닥불에 장작을 던져넣었다.

"날씨가 춥구나. 자, 불을 쬐어라."

"이것 보세요."

"말할 생각이라면 몰라도 그렇지 않다면 상대하지 않겠다."

"당신을 의심해서 미안해요. 나는 이에야스 님의 부하가 되기 위해 찾아왔습니다."

"허어, 부하가 되려면 증거를 가져왔을 텐데. 납득이 되거든 만나게 해주겠다. 그 증거를 나에게 보여라."

"그것은 안 돼요."

"그렇다면 거절하겠다."

"이것 보세요."

"왜 그래?"

"증거는 보여줄 수 없지만 무엇을 가지고 있는지는 말할 수 있어요."

"음, 그렇다면 어디 들어보도록 하자. 무엇을 가지고 있느냐?"

"히쿠마노 성의 여주인 키라 마님의 편지를 가지고 있어요."

7

"뭐, 히쿠마노의 미망인이……"

말하다 말고 사쿠자에몬은 저도 모르게 무릎을 탁 쳤다.

"그렇군, 마님은 만치요의 이모였어. 그래, 그랬었어."

사쿠자에몬은 고개를 끄덕이며 새삼스럽게 만치요를 바라보았다.

히메姬 가도에 있는 이이노야까지 군사를 진입시키고도 정면으로 히쿠마노 성을 공격하지 않는 이에야스의 마음을 비로소 알게 되었다.

'경솔했어……'

사쿠자에몬은 생각했다. 젊은 날의 연정에 구애되어…… 단지 그것뿐이라고 생각했던 자신이 부끄러웠다.

만치요의 아버지 이이 나오치카井伊直親 역시 이마가와 우지자네의 질투로 목숨을 잃었다. 아니, 아버지만이 아니라 아들인 만치요의 목에까지 상금이 걸렸다는 소문이 있었다.

이에야스는 그 만치요가 어디 숨어 있다는 것도 알고 있었을지 모른다. 그를 찾아내어 자기편으로 삼는다는 것은 이나사稻佐, 호소에細江, 키가氣賀, 이이노야, 카나사시金指 일대의 민심을 얻는 것이 된다.

'성주님의 마음은 이미 토토우미에서 멀리 스루가로 향하고 있었던 거야……'

그것을 알면서도 사쿠자에몬은 우지자네에게 쫓겨 이 고장에서 유랑하던 명문의 아들을 잊고 있었다.

"그렇구나, 너는 마님의 조카였구나. 알겠어, 만나게 해주지. 이리 오너라."

사쿠자에몬은 만치요를 데리고 뒤에 있는 막사로 들어갔다.

장막 안은 어두컴컴했다. 이에야스는 촛불 두 자루를 켜놓고 뇨셋사이에게 그리게 한 지도에 열심히 붉은 줄을 긋고 있었다.

"성주님, 드디어 성에서 사자가 왔습니다."

"뭐, 사자가 왔어?"

"예. 만치요 님, 이리로."

소년은 아무 두려움도 없이 성큼성큼 이에야스 앞으로 갔다. 이에야스는 깜짝 놀라 눈을 크게 떴다.

"네가 이이노야의 주인이었던 나오치카 님의 아들이냐?"

"예. 만치요라고 합니다. 미카와 성주님! 부디 이 만치요를 부하로 받아들여주십시오."

"지금까지 히쿠마노 성에 은신해 있었겠지?"

"예. 숨어 있다가는 쫓기고, 쫓기다가 다시 숨기도 했습니다."

이에야스는 쏘는 듯한 시선으로 만치요를 바라보면서 고개를 끄덕였다. 점점 더 심해지는 우지자네의 질시에 못 이겨 당연히 숨기도 하고 다른 데로 옮기기도 했을 것이다.

이에야스는 만치요 뒤에 깔린 어둠 속에서 슨푸 시대에 보았던 키라의 딸을 떠올렸다.

이에야스도 좋아했으나 그녀 역시 그 무렵의 이에야스를 싫어하지 않았다. 세나가 이마가와 요시모토의 조카가 아니고, 세나의 아버지인 세키구치 치카나가에게 두 사람을 맺어주려는 의사가 없었다면, 이에야스의 아내는 키라의 딸이었을 게 분명하다.

그러나 그녀는 이오 부젠을 남편으로 삼고 이에야스는 세나를 아내로 삼았을 뿐만 아니라, 지금 그 여자와는 적이 되어 있었다.

이에야스가 최근에 채용한 닌자 중에서도 특히 유능한 자를 뽑아 몰래 미망인에게 보내 항복을 권유한 마음은 착잡하기 이를 데 없었다.

그러한 자신의 배려에 비해 만치요는 너무도 초라하고 이해되지 않는 사자使者의 풍채였다.

8

이에야스가 성에 밀사를 보낸 데에는 이유가 있었다. 하마나 호수 부근에 위치한 상대의 성이 스루가와 토토우미로 날개를 펴려는 이에야스에게는 반드시 필요한 요충지일 뿐만 아니라, 그 성이 불타면 다시 쌓는 데 필요한 시간과 인원이 아까웠다.

이미 우지자네의 몰락을 예견하고 타케다는 스루가, 도쿠가와는 토토우미를 분할한다는 밀약이 노부나가의 개입으로 성사되어 있었다. 하루라도 더 늦어졌다면 그만큼 타케다의 침식이 가속화되었을 터였다. 물론 그 이면에는 미망인의 목숨을 구하겠다는 생각도 간절했고, 새로 지배하게 될 백성들의 민심도 계산에 넣고는 있었다.

"만치요를 무참히 죽인다면 애석한 일이오."

이런 전갈을 보내면 미망인도 정식으로 만치요를 사자로 보내와 항복할 것이라 생각했다. 그러나 지금 이에야스 앞에 나타난 만치요는 사자로서의 체면을 전혀 무시한 모습이었다.

"이모님은 너에게 사자로 가라는 말을 하지 않더냐?"

만치요 역시 쏘아보듯 이에야스를 쳐다보며 고개를 저었다.

"저는 이모님에게 항복을 권했습니다."

"네가……?"

"이모님은, 미카와의 성주님이라면 내가 잘 알고 있으니 네가 참견할 일이 아니라고 했습니다."

"으음, 그래서……?"

"네가 그토록 미카와의 성주님을 동경한다면 이 서신을 가지고 가라. 틀림없이 그분은 너를 하타모토旗本°로 삼으실 것이라고……"

만치요는 이렇게 말하면서 젖은 옷 속으로 손을 넣어 소중하게 두 겹으로 싼 한 통의 서신을 꺼냈다.

"성주님! 저는 다음에 천하를 손에 넣을 사람은 은밀히 궁중에 손을 대고 있는 오다의 성주님이거나 미카와의 성주님일 것이라고…… 이모님에게도 잘 설명을 드렸습니다. 이모님도 그럴 것이라고 동의했습니다. 성주님! 저는 다이묘가 되어 아버지의 원수를 갚고 싶습니다. 하타모토가 될 수 있게 해주십시오."

이에야스는 만치요의 손으로부터 편지를 받아들고 그것을 촛불 밑에서 조용히 폈다.

혼다 사쿠자에몬은 이에야스의 발 밑에 피워놓은 숯불 옆에서 꾸벅꾸벅 졸고 있었다.

──삼가 몇 자 올립니다.

생각지 않게 뜬세상의 여러 모습을 보게 되어, 멸망하는 자와 흥하는 자의 불가사의를 직접 몸으로 느꼈습니다.

말씀하셨듯이 만치요는 서리맞은 가랑잎처럼 썩어서는 안 될 자인 줄 아오니, 미카와 님의 번영으로 이 이이노야에도 봄이 오기를 기원하면서 그를 보내드립니다.

부디 오래도록 곁에 두고 보살펴주시기를 바라면서, 언젠가 황천에서 즐겁게 뵙기를 기다리고 있겠습니다.

봄 안개 피어오를 그날도 기다리지 못하는 어린 소나무
히쿠마 들녘에는 진눈깨비 내리네

카메龜

이에야스는 다 읽고 나서 팔짱을 끼었다. 어디에도 항복한다는 말은 없었다. 있는 것이라고는 오로지 슬픈 감회 속에 혹독한 겨울을 느끼게 하는 것뿐이었다.

"만치요."

"예."

"이모님은 네가 항복을 권했을 때 무어라 하시더냐? 사실 그대로 말해보아라."

다시 진눈깨비가 쏟아지듯 내렸다.

9

이에야스의 질문을 받고 빛나는 만치요의 눈에 촛불이 반사되어 흔들렸다.

"우지자네는 이제 이모부님의 원수가 아닙니까, 미카와의 성주님께 항복하여 가문의 안태를 도모하는 것이 좋지 않을까요? 제가 이렇게 말했더니 처음에는 웃었습니다."

"무어라며 웃으시더냐?"

"너는 아직 어려서 어른의 심정을 모를 거라고…… 그래도 계속 따졌더니 이번에는 눈물을 흘리며, 이 이모가 항복하면 미카와 성주님이 웃으실 것이라고……"

만치요의 두 눈에서도 눈물이 뚝뚝 떨어지고 있었다.

"미카와의 성주님! 이모님은 성주님을 좋아하셨다고 했습니다."

"그래, 그렇게 말하더냐?"

"예. 처음에는 요시모토 공의 주선으로 출가하게 될 줄 알았다, 그렇게 되지 못한 것이 흥하는 자와 망하는 자가 걷게 될 운명의 갈림길. 같은 비라도 봄비와 진눈깨비는 다르다고 하셨습니다."

"으음."

"진눈깨비는 궂을수록 좋다. 만일 여기서 미카와의 성주님께 항복하여 미지근한 비였다는 생각을 갖게 하기보다는 차라리 차디찬 비로 일관하겠다. 그래야 미카와 성주의 마음에 더 오래 남게 될 것이라고."

"이제 그만!"

이에야스는 당황하며 만치요의 말을 중단시켰다. 차마 더 듣고 있을 수가 없었다.

'그렇다…… 미망인은 키라의 딸이었을 때부터 그런 강한 면을 가진 여자였다……'

그런 여자에게 항복을 권한 자신의 잔인함이 뼈아프게 느껴졌다.

아마 남편이 생존했을 때도 옛 사랑의 상처가 그녀를 괴롭혔을 것이 틀림없다. 그 남편이 죽은 지금도 만일 이에야스에게 항복한다면 그 고통은 더욱 심해질 뿐일 것이다.

"이모님은……"

생각났다는 듯이 만치요가 다시 말했다.

"이모부님이 살아 있었다면 진작에 미카와 성주님을 성에 맞아들였을 테지만, 나는 그럴 수 없는 것이 괴롭다고……"

"알고 있다. 더 이상 말하지 말아라."

"성주님! 이 만치요에게 아시가루 백 명 정도만 빌려주십시오. 무슨 말을 해도 듣지 않는 이모님, 이 만치요가 공격하고 싶습니다."

이에야스는 대답하지 않았다.

미망인의 마음을 이제는 알 수 있었다. 가만히 성을 지키고 있는 것처럼 보이면서 사실은 가신들을 차례차례 성을 떠나게 한 뒤 마지막으로 자신은 자결할 생각임이 분명했다.

'무서운 여자야—'

이에야스는 생각했다.

항복하여 이에야스의 그늘에서 사는 것보다는 짙은 향기를 남기고 죽는 편이 훨씬 더 이에야스의 마음에 남는다는 것을 알고 있었다. 아마도 이에야스는 평생 미망인을 잊을 수 없을 것이다.

"아니? 돌아온 모양이로군."

졸고 있는 줄 알았던 사쿠자에몬이 머리를 번쩍 들었다.

"성주님, 혼다 헤이하치로가 돌아온 것 같습니다. 그를 처형하시겠습니까?"

이에야스는 그 말에도 대답하지 않았다.

흔들리는 불빛 아래 가만히 눈을 감고 조각처럼 움직이지 않았다.

사쿠자에몬은 싱긋 웃고 두 사람을 남긴 채 밖으로 나갔다.

봄의 천둥소리

1

이에야스의 맏아들 타케치요는 열두 살의 나이로 오카자키 성에서 아버지를 대신하여 가신들로부터 신년하례를 받았다.

오카자키에 있는 마츠다이라 지로사부로 노부야스松平次郎三郎信康, 그 상좌 가까이에는 이에야스의 명으로 노부야스를 보좌하게 된 히라이와 시치노스케 치카요시가 대령하고 있었다.

아버지 이에야스가 히쿠마노에서 성을 쌓고 있는 중이어서 가신들도 대부분 그곳에 나가 있었다. 그러나 할아버지 때부터의 노신인 사카이 우타노스케 마사치카酒井雅樂助正親(마사이에正家의 개명)와 토리이 이가노카미 타다요시鳥居伊賀守忠吉, 오쿠보 죠겐大久保常源(신파치로 타다토시의 개명) 등은 이른 아침부터 큰 방에 모여 얼굴에 웃음을 지우지 않고 담소하고 있었다. 토리이 타다요시는 이미 검은 머리가 한 가닥도 없는 백발이었고, 오쿠보 죠겐은 이가 빠져 말을 할 때마다 침이 튀었다.

이야기는 50년 전의 옛날로 거슬러올라갔다가는 곧 오늘로 옮겨지고, 오늘의 번영에서 다시 과거의 고통스러웠던 시대로 되돌아갔다.

"성주님은 히쿠마노 성을 하마마츠浜松 성이라는 이름으로 바꾸실 모양이더군."

"정말 꿈만 같아. 스루가, 토토우미, 미카와 세 곳의 태수였던 이마가와 일족이 지금은 흔적도 찾아볼 수 없게 되고, 성주님이 토토우미에서 스루가를 바라보게 될 줄이야. 성주님은 언젠가 슨푸에서 우지자네에게 두고 보자, 너에게 공차기를 시키고 바라보겠다고 하셨다더군."

"아니, 그 공차기인지 풍류인지 하는 게 요물이라니까. 멸망하는 집 안에서는 반드시 그런 짓을 하거든."

이런 잡담을 하고 있을 때 히사마츠 사도노카미가 나타났다. 순간 모두들 오다이가 이혼당하던 때의 괴로웠던 심정을 수군거렸다.

정월치고는 보기 드물게 따뜻한 날씨였다. 이미 매화가 만발해 있었다. 쿄토식으로 개축된 서원의 창에 환하게 햇빛이 비치고, 때때로 거기에 새가 그림자를 떨구었다.

열두 살의 어린 도령 지로사부로 노부야스와, 동갑인 아내 토쿠히메가 의복을 갈아입고 나타난 것은 다섯 점 반(오전 9시) 무렵이었다.

모두 잡담을 멈추고 일제히 엎드렸다. 엎드리는 사람들의 얼굴에는 하나같이 미소가 떠올라 있었다. 노부야스도 그 아내도 이제는 사춘기를 맞아 한창 자랄 나이였다. 그러나 나란히 앉아 있는 모습은 아직 어린아이인 것 같기도 하고 그렇지 않은 것 같기도 했다.

한 사람씩 축하의 말을 올리고 관례에 따라 술자리가 마련되었다.

"지난날 할아버님이신 히로타다 님에게 소실을 권했을 때의 연세가 어떻게 되었지?"

이렇게 말한 것은 토리이 타다요시.

"음, 아마 열두 살이실 때의 일이라고 기억하고 있는데……"

손가락을 꼽으며 고개를 갸웃한 것은 오쿠보 죠겐이었다.

"그렇다면 도련님에게도 이제는 부부관계에 대해 가르쳐드려야 할 텐데, 히라이와 시치노스케는 그 적임자가 아닌 것 같아."

"그런 것쯤은 아실 테지. 자연의 일이니까."

"아니, 자연의 일이니 그 방법이 더욱 중요하지. 잘못해서 거칠게 대하면 자칫 내전의 질서가 무너지게 된다니까."

"오늘 같은 경사스러운 날에 로죠들에게 부탁해볼까?"

이때 토쿠히메의 시중을 들고 있는, 코지쥬小侍從라는 하녀가 술병을 가지고 왔다.

"너는 토쿠히메의 시중을 드는 여자지? 어떠냐, 도련님은 요즘 젊은 마님의 침실에 자주 드시더냐?"

죠겐이 주책없이 물었다.

2

코지쥬는 그 말뜻을 바로 알아차리지 못하고 고개를 갸웃하며 반문했다.

"예……?"

그러다가 그만 얼굴을 빨갛게 물들였다.

"어떠냐, 자주 드시더냐?"

"예…… 아닙니다."

"예, 아니라고 대답하면 알 수가 없지 않아. 아직이란 말이냐?"

"예. 아직 그런 일은."

"없다는 말이지. 별로 사이가 나쁘시지는 않을 텐데."

"그렇기는 하지만……"

대답을 얼버무리며 코지쥬는 난처한 듯 술병을 앞에 놓고 고개를 떨구었다. 코지쥬가 생각하기에도 이제는 봄을 알게 될 무렵이었다. 그런데 짓궂게 방해하는 사람이 있었다.

지로사부로의 생모 츠키야마 마님.

츠키야마도 처음에는 순진한 토쿠히메에게 호의적이었다. 그러나 지로사부로 노부야스가 본성으로 들어가고 토쿠히메가 본성의 안채로 옮긴 뒤부터 태도가 돌변했다. 츠키야마는 자신이 지로사부로와 함께 본성으로 옮기고, 내전의 주인 역시 당연히 자기가 되어야 한다고 생각했다.

"나는 이에야스 님의 정실, 그러한 나를 두고 토쿠히메가 내전의 주인이 되다니."

이런 불평을 이에야스에게 전달했다. 그러나 이에야스는 그 불평을 받아들이지 않았다.

"무거운 짐은 젊은 사람에게 지게 하고, 그대는 홀가분히 지내도록 하시오."

사실은 이런 생각을 해서가 아니라, 지로사부로 노부야스에게 언제까지나 그녀의 잔소리를 듣게 하고 싶지 않아서였다.

본성으로 옮긴 뒤에도 츠키야마는 종종 지로사부로를 찾아왔다. 그럴 때마다 아직 토쿠히메를 가까이하기에는 이르다고 주의를 주었다.

열대여섯 살까지는 남자보다 여자의 성장이 빠르다. 요즘 토쿠히메에게서는 어딘지 모르게 은근한 색향色香을 느낄 수 있었다. 그런 만큼 오다 집안에서 따라온 코지쥬는 은근히 츠키야마 마님을 원망하고 있었다.

"음, 아직 그런 일이 없다면 이 노인이 한번 귀뜸을 해드려야 할 모양이군. 저렇게 나란히 앉아 계시는 것을 보면 이미 훌륭한 젊은이로 보이는데."

코지쥬는 빨개진 얼굴로 고개를 끄덕이고 죠겐 앞으로 갔다.

술자리가 벌어진 곳에 오래 앉아 있기가 지루했던지 지로사부로는 히라이와 치카요시에게 물었다.

"그만 일어나도 될까?"

치카요시가 머리를 끄덕였다.

"히메, 들어가자구. 배고파."

토쿠히메를 재촉하여 일어났다. 토쿠히메도 잠자코 일어섰다. 나란히 서자 토쿠히메의 키가 좀더 커서 누나같이 보였다.

"사부로 도련님."

함께 복도로 걸어나왔을 때 코난도小納戶° 앞에서 오쿠보 죠겐이 불렀다.

"왜요, 오쿠보 영감?"

"다시 한 번 이 늙은이 앞에 나란히 서보십시오. 오오, 정말로 잘 어울리는 한 쌍이십니다. 아직 아기는 생기지 않았습니까? 이 늙은이는 두 분의 아기를 보고 세상을 떠나고 싶군요. 토리이 노인도 나와 같은 생각입니다."

"응, 아직은 없지만 앞으로 생기겠지요. 감기에 걸리지 않도록 조심하세요."

지로사부로는 부끄러워하지도 않고 그대로 토쿠히메와 같이 내전으로 향했다.

3

지로사부로는 내전의 거실에 들어와 자기 앞에 앉은 토쿠히메를 빤히 바라보고 말을 걸었다.

"히메, 오쿠보 영감이 우리 아이를 보고 싶다고 했지?"

"예, 그랬어요."

"어떻게 하면 아기가 생기는지 알고 있어?"

토쿠히메는 사랑스런 눈빛으로 노부야스를 흘겨보고 나서 김이 오르는 탁자 위의 주전자로 눈길을 옮겼다.

"모르는 모양이군."

"몰라요."

"나는 알고 있어. 하지만 아직 이를까? 어디 히메의 생각을 말해봐."

토쿠히메는 다시 노부야스에게 눈을 흘겼다. 그 눈에는 이미 자기도 알고 있다는 원망 비슷한 수줍은 마음의 움직임이 나타나 있었다.

"왜 잠자코 있어, 부끄러운가?"

"말하기 거북한 것을 묻는군요. 그런 이야기를 하면 츠키야마 마님께 꾸중을 들어요."

"어머니 꾸중이 무서워? 나는 지금 이 성의 주인이야."

지로사부로는 이렇게 말하고 벌떡 일어나 창을 열고 젊은 활기를 주체하지 못하겠다는 듯이 창밖에 피어 있는 매화가지 하나를 꺾었다.

"어머, 그것은 왜 꺾나요. 그냥 두고 보는 것이 좋은데."

"나는 말이지, 때때로 칼을 빼어들고 이 근처에 있는 나무를 모두 잘라버리고 싶어."

"아이, 무서워라. 어째서 그런 마음이 들까요?"

"내 첫 출전을 아버님께서 막고 계시기 때문이야. 치카요시, 치카요시!"

지로사부로는 두 사람을 멀찌감치 따라오고 있는 히라이와 시치노스케를 불렀다.

"올해에는 내가 첫 출전을 할 수 있도록 그대가 아버님께 간곡하게 말씀 드려줘."

"이미 말씀 드렸습니다마는, 아직 말타기도 익숙지 못하다, 좀더 훈

련을 받아야 한다고 하셨습니다."

"음, 그래요? 그럼, 점심을 먹고 한번 말을 달려봐야지."

"안 됩니다. 오늘은 설날, 무예 연마는 이일인 내일부터라고 아버님이 결정하신 것을 마음대로 어기시면 안 됩니다."

히라이와 시치노스케는 엄하게 말했다.

"그래요?"

지로사부로는 고개를 끄덕였다.

"좋아, 이만 물러가세요. 나는 히메에게 할말이 있으니까."

"예. 곧 축하상이 이리로 나올 것입니다. 그럼 그때까지 두 분이 계십시오."

시치노스케가 물러가자 이번에는 코지쥬에게 말했다.

"너도 자리를 비켜줘. 단둘이 할 이야기가 있어."

"예. 필요하실 때 불러주십시오."

"히메!"

지로사부로는 토쿠히메와 둘만 남자 열어젖힌 창턱에 난폭하게 걸터앉았다.

"이리 와. 이 매화 한 송이를 머리에 꽂아주겠어. 부끄러워할 것 없어, 우리 둘뿐이니까."

토쿠히메는 그가 하라는 대로 가까이 왔다. 그러자 지로사부로는 허리를 구부려 그녀의 머리냄새를 맡았다.

"히메, 히메는 어떻게 하면 아기가 생기는지 알고 있겠지? 자, 내 귀에 입을 가까이 대고 대답해줘."

다시 말했다. 토쿠히메는 어깨에 놓인 지로사부로의 손에 살짝 자기 손을 겹쳐놓으면서 원망스럽다는 듯이 고개를 저었다.

"아이, 몰라요."

4

지로사부로가 어린아이 같은 모습을 보이자 토쿠히메는 슬픈 생각이 들었다.

'이 사람이 내 남편이다.'

여덟 살부터 햇수로 4년간이나 같이 살면서, 이렇게 생각하고 살아온 탓이리라. 이미 지로사부로를 떠난 인생은 생각할 수 없었다. 아버지인 노부나가에 비해서도 생모인 오루이, 정실인 노히메에 비해서도 지로사부로에게 더 친근감이 깊었다.

전에는 곧잘 토라지기도 하고 짜증도 내곤 했으나, 지난 늦가을부터 부쩍 어른스러워지고 우울해지는 일이 많아졌다. 지로사부로와 토쿠히메의 결혼을 츠키야마 마님이 기뻐하지 않는 사정도 알았고, 부부란 어떻게 지내야 하는 것인지도 스스로 알게 되었다.

지로사부로가 아무렇지 않게 다가와 뒤에서 눈을 가리거나 뺨과 목덜미에 닿거나 하면 토쿠히메는 가슴이 두근거렸다. 이미 무엇인가를 몸이 바라고 있었다. 그런데도 지로사부로는 토쿠히메의 기대와는 달리 언제나 장난꾸러기 어린아이로 되돌아갔다.

오늘도 토쿠히메는 그 후에 올 실망을 생각하고 몸을 뒤로 빼려 했다. 그러자 웬일인지 자기도 모르게 뚝뚝 눈물이 무릎에 떨어졌다.

"아니?"

지로사부로는 토쿠히메의 눈물을 보고 깜짝 놀랐다.

"뭐가 슬픈 거야? 내가 무슨 잘못이라도 했어?"

뒤에서 얼굴을 가까이 대고 물었다.

"울면 싫어, 히메. 몰라도 좋아. 다시는 묻지 않겠어. 울면 싫어."

"아니에요! 아무것도 아니에요!"

지로사부로가 다시 어린아이로 돌아갈 듯한 어조여서 토쿠히메는 세차게 고개를 가로저었다.

"그것 때문에 운 것은 아니에요."

"그럼, 뭐가 슬퍼서 우는 거야? 히메, 오늘은 즐거운 설날이야. 이유를 말해줘. 누가 히메에게 못된 짓이라도 했어?"

"아니에요! 눈물은 기쁠 때도 흘리는 거예요."

"아, 그럼 이것이 기쁜 눈물이야?"

"예. 다정하게 매화꽃을 머리에 꽂아주셔서."

"난 또 뭐라고. 진작 말해주지 그랬어? 깜짝 놀랐잖아."

지로사부로는 이렇게 말하고 토쿠히메를 홱 자기 쪽으로 돌려 눈물을 닦아주었다.

"우리는 부부야, 그렇지?"

"예."

"부부는 화목해야 해. 그쪽 손도 이리 줘. 내가 꼭 안아줄 테니까."

토쿠히메는 갑자기 온몸이 뜨거워졌다. 어째서 뜨거워지는지는 몰랐으나, 이렇게 해서 두 사람은 정말 부부가 된다……는 수줍음과 기대가 본능적으로 느껴졌다.

"히메!"

지로사부로는 토쿠히메를 꼭 끌어안고 귓전에 대고 속삭였다.

"나는 히메를 사랑해……"

"나도 사부로 님을."

이렇게 말했을 때였다.

"사부로, 무얼 하고 있는 거야?"

복도에서 거실 쪽을 향해, 목소리를 떨면서 말한 이는 역시 축하의 말을 하러 왔던 츠키야마였다.

"아아, 어머님."

지로사부로는 토쿠히메를 껴안은 채 어머니를 돌아보았다.

"히메, 내가 사과하겠어. 참도록 해."

지로사부로는 아버지 이에야스보다도 눈치가 빨랐다. 이에야스라면 잠자코 생각에 잠길 텐데도 그는 곧 입밖에 내어 말했다. 이에야스보다 인내심이 적기 때문이 아니라 고생을 모르고 자라난 탓인 듯했다.

"어머니는 마음에도 없는 말을 하는 버릇이 있어. 히메, 화내지 말고 참아줘."

토쿠히메는 더 견디지 못하고 다시 고개를 떨구었다.

"또 우는군. 그것도 기쁨의 눈물인가? 그런 거야, 응……?"

7

기쁜 눈물이냐는 물음에 토쿠히메는 대답했다.

"예."

지로사부로의 마음속에 있는 정감情感을 다른 때보다 몇 배나 더 뜨겁게 느끼는 토쿠히메였다.

"어머님 심정은 잘 알고 있어요. 걱정하지 않아도 좋아요."

"응. 히메는 영리하니까 이해할 수 있을 거야."

"예. 나도 오다 집안이 망하거나 사부로 님에게 배척을 당하거나 하면 틀림없이 슬프고 마음이 흐트러져서……"

"그런 말은 하지 말도록 해. 아, 해가 졌어. 저걸 봐, 하늘이 어두워졌지 않아? 주사위놀이를 할까, 사람들을 불러 화투치기를 할까?"

"싫어요, 전 이렇게 둘이서만 있고 싶어요."

"그래? 그럼, 그렇게 하지."

그리고는 가까이 다가와 머리에 꽂힌 매화나무 가지를 다시 꽂아주었다.

"비뚤어졌어."

토쿠히메는 생긋 웃고 다시 옷소매를 눈으로 가져갔다.

"저번에 이와츠로 매사냥을 갔을 때 말인데……"

"아, 그 몹시 춥던 날."

"응, 산기슭 풀밭에서 점심을 먹고 있으려니 멧돼지 한 마리가 뛰어 나왔어."

"그래서 활로 쏘았다는 이야기는 벌써 두 번이나 들었어요."

"두 번이나 말했었나? 하지만 이야기를 꺼내면 들어야 해."

"예. 그래서 어떻게 됐나요?"

"내가 키타하라 키노스케北原喜之助가 주는 활로 한 발 쏘았더니 옆에서 시치노스케가 뛰어나와 창으로 찔러 잡았어. 나는 화를 냈지. 왜다시 한 발을 쏘지 못하게 했느냐면서. 그랬더니 대장은 위험한 일을 해선 안 된다는 것이었어. 정말 그럴까, 히메?"

"예. 위험한 일에는 조심해야 할 거예요."

"여름이 되면 다시 스고가와에 가서 헤엄을 치겠어. 매사냥과 수영, 아버지는 이 두 가지로 몸을 단련하셨다고 했어. 나도 아버지에게 지지 않겠어."

말하다 말고 무슨 생각을 떠올렸는지 불쑥 말했다.

"히메의 아버지 노부나가 님 말인데."

"예, 미노에 계신 아버지가……"

"우리 아버지에게 수영을 가르쳐주셨다고 하는 거야. 그걸 알고 있었어?"

"아니, 몰랐어요."

"그럼, 말해줄게. 아버지가 아츠타에 계실 때 히메의 아버지가 찾아오셔서, 한겨울에 헤엄치게 하신 것이 처음이래."

"어머나, 한겨울에……"

겨우 토쿠히메의 기분이 풀렸다. 한겨울에 헤엄을 쳤다는 말을 듣고 토쿠히메가 가만히 이맛살을 찌푸렸을 때, 하늘에서 이상한 소리가 났다. 그리고 보니 주위가 점점 어두워지고 소나무 가지에서 바람이 울고 있었다.

"아니? 천둥소리 같군."

"천둥……? 바람일 거예요. 천둥은 여름에나 치는 것이라는 노래도 있어요."

"아니, 확실히 천둥 같았어."

지로사부로가 일어나 마루에 나가려 했을 때, 이번에는 분명히 북쪽 하늘에서 보랏빛 번개가 번쩍였고, 이어서 대지를 뒤흔드는 천둥소리가 들렸다.

"무서워……"

토쿠히메는 정신없이 지로사부로의 허리를 부둥켜안았다.

8

봄의 천둥은 두서너 번 울리고 멀어져갔다.

하늘은 여전히 캄캄하고, 지로사부로를 껴안은 토쿠히메는 언제까지나 손을 놓지 않았다.

'어째서 이럴 때 천둥이……'

처음에는 그런 생각을 하고 겁을 먹었으나, 지로사부로의 손이 다정히 어깨를 감싸자 공포는 사라지고 울고 싶은 듯한 감상과 기쁨이 가슴 가득히 퍼졌다. 지로사부로는 다음 천둥소리를 기다리듯 토쿠히메의 어깨에 손을 얹은 채 꼿꼿이 서서 잠시 동안 움직이지 않았다.

"남쪽으로 간 모양이야, 천둥이……"

얼마 후 지로사부로가 불쑥 말했다.

"싫어요……"

토쿠히메는 떨어지지 않으려고 다시 두 손에 힘을 주었다.

"히메는 천둥소리가 무서워?"

"예."

"나는 무섭지 않아. 그 소리를 들으면 언제나 용기가 생긴다니까."

"그것은…… 사부로 님의 용감한 기질 때문이에요."

"히메는 용감하지 않은가?"

"전 여자인걸요."

"하하하…… 여자는 상냥해야 하는 것, 그렇지?"

"사부로 님, 둘이서 이렇게 하고 가만히 있고 싶어요."

"괜한 소리를……"

웃으려 하다가 지로사부로는 깜짝 놀랐다. 바싹 목이 말라 자기 목소리가 마치 남의 것인 양 잔뜩 잠겨 있었다.

'어째서일까?'

고개를 갸웃했으나 그것을 이해할 수 있는 나이가 아니었다. 뭉게구름처럼 몰려오는 감정에 가슴이 막혀 내쉬는 숨결이 거칠어졌다.

"좋아!"

지로사부로는 소리지르듯이 말했다.

"히메의 몸이 부서지도록 꼭 껴안아주겠어."

거칠게 무릎을 짚고 어깨 위에서 힘껏 두 손으로 죄어 들어갔다.

"아아."

토쿠히메는 비명을 지르면서 상반신을 맡겨왔다.

지로사부로는 머리가 불처럼 달아올랐다. 아무리 힘을 주어도 여전히 나긋나긋한 토쿠히메의 몸이었다. 그 부드러움을 대하자 더욱 맹렬하게 불이 타올랐다.

이에야스는 버럭 화를 냈다.

"그대는 종종 농담을 하는데, 그런 촌스러운 소리는 하지 말게."

"하하하, 촌스러운 말씀은 도리어 성주님이 하시지 않습니까? 저는 당연한 말씀을 드렸을 뿐입니다."

"듣고 싶지 않아, 그런 말은."

사실 현재 망루가 세워진 곳 부근에서 이오의 미망인이 자결을 하였는데, 자신을 한 조각의 뼈도 남기지 않고 불태우게 했다.

'정말 열녀였어.'

그렇게 뼈저리게 느끼고 있었다. 만일 슨푸에서 두 사람이 맺어졌다면 미망인의 인생도 크게 달라졌을 텐데.

그녀가 한 줌의 재로 변한 자리에 매화나무 한 그루가 반쯤 탄 채로 남아 있었다. 더구나 남아 있는 매화나무 한쪽 가지에는 하얀 꽃이 만발해 있었다.

"사쿠자에몬, 저 매화를 잘라버리게."

"잘라서는 안 됩니다. 남을 아랑곳 않고 피어 있는 꽃…… 그 부근에는 부처님의 불가사의한 힘이 있습니다."

말하다 말고 사쿠자에몬은 생각난 듯이 말했다.

"성주님, 오카자키의 도련님과 토쿠히메 님이 진정한 부부가 되셨다고 히라이와 시치노스케가 소식을 전해왔습니다."

"아니, 사부로가…… 음, 그렇게 되었다는 말이군. 그런데, 사쿠자에몬."

"예."

"그대의 눈으로 볼 때 사부로는 어떨 것 같은가? 옆에 아무도 없으니 걱정 말고 이야기하게."

"그러시다면……"

사쿠자에몬은 외면을 한 채 말했다.

"성주님은 너무 바쁘셔서 곁에 계실 수 없습니다. 아무리 뛰어난 천성을 가지고 태어나셨다 해도 혼자 계시게 하면 좀……"

"음. 나도 언제나 그 점을 염려하고 있었지. 그럼, 이번에 상경할 때는 그대도 오카자키에 남아주겠나?"

"사양하겠습니다. 제가 거기 남아 있으면 다른 사람들이 납득하지 못합니다. 저에게는 제가 할 일이 따로 있습니다."

"사쿠자에몬, 강한 것만이 남자는 아니야. 집안 살림도 해야 하는 것일세. 그대와 코리키, 아마노, 이렇게 세 사람에게 오카자키를 부탁하려 하네."

사쿠자에몬은 못 들은 체하고 일어섰다.

"성주님, 꽃이 아름답게 피었습니다. 이 늙은 매화 옆에서 잠시 쉬도록 하십시오. 따끈한 보리차라도 가져오게 하겠습니다."

"음, 정말 아름답군. 히쿠마노 성…… 아니, 하마마츠 성의 명물이 될 이 매화나무, 백 년은 되었겠지?"

이에야스가 그 나무에 넋을 잃고 있을 때.

"여봐라, 따끈한 보리차를 가져오너라."

사쿠자에몬이 새로 지은 주방을 향해 명했다. 그 말이 떨어지기가 무섭게 소박한 쟁반에 찻잔을 얹어 부지런히 걸어오는 여자가 있었다. 그녀를 홀끗 바라본 이에야스의 얼굴빛이 변했다.

2

여자는 보면 볼수록 이곳에서 죽은 이오 부젠의 미망인과 너무나 흡사했다. 갸름한 눈매, 꼭 다문 입매, 머리카락과 피부 색깔, 그리고 키마저……

이에야스가 찻잔도 들지 않고 뚫어지게 바라본다는 것을 깨닫고는 얼굴이 빨개졌다. 그 태도까지 똑같았다.

이에야스는 등이 오싹해지는 것을 느꼈다.

'유령이라는 게 정말 있는 것일까?'

그러나 주위는 아직 밝았고, 이에야스의 기이한 태도에 점점 더 얼굴을 붉히는 여자의 가슴은 숨을 쉴 때마다 움직였다.

'미망인은 죽지 않은 것일까?'

이에야스는 그제야 찻잔을 들었다.

"그대 이름은?"

작은 소리로 물었다. 스스로도 놀랄 만큼 작고 떨리는 목소리였다.

"예."

여자는 질문이 나올 것을 짐작하고 있었다는 듯.

"오아이お愛라고 합니다."

"오아이라고…… 누구의 딸이냐?"

거듭해서 묻자 옆에 대령하고 있던 혼다 사쿠자에몬이 웃으면서 대답했다.

"사이고 야자에몬 마사카츠西鄕彌左衛門正勝의 손녀입니다."

"음 야자에몬의 손녀라…… 너무 닮았어."

"닮았다니, 누구를……"

사쿠자에몬은 다시 조롱하듯 어미를 길게 끌면서 말했다.

"여기서 성주님과 잠시 이야기를 나누어라."

"예."

여자는 그 자리에 한쪽 무릎을 꿇고 앉았다.

"야자에몬의 손녀이고, 요시카츠義勝의 아내입니다."

"허어, 이미 처녀가 아니란 말이구나."

"예. 남매의 어미이기도 합니다."

314

"그랬었군, 요시카츠의 아내였군."

이에야스는 가만히 한숨을 쉬다가 옆에서 다시 웃고 있는 사쿠자에 몬을 깨달았다.

"아, 맛이 좋군. 한 잔 더 가져오너라."

"예."

여자가 얌전히 물러갔다.

"사쿠자에몬, 왜 웃어!"

"문득 성주님의 할아버님이신 키요야스 님이 떠올라서."

"할아버지가 어떻다는 거야?"

"미즈노 타다마사와 싸우고 화의했을 때, 타다마사의 내실에 계시는 케요인 님을 보시고 나에게 달라 하시고는 오카자키로 데려오셨다고 하지 않습니까."

"그 일이 나하고 무슨 상관이 있단 말인가? 더 이상 농담은 용서할 수 없어."

"하하하. 단지 저는 성주님과 키요야스 님의 활달성을 비교한 것뿐입니다."

"또 그런 소리를 하는군. 나도 상대가 적장이라면 망설이지 않아. 그러나 가신의 아내라면 안 되는 소리지."

이때 오아이가 다시 보리차를 가져왔기 때문에 두 사람은 입을 다물었다.

"오아이라고 했지, 나이는?"

"예, 열아홉입니다."

"알았다, 그만 물러가거라."

꿀꺽 마시고 잔을 넘겨준 이에야스는 자기 얼굴이 뜨겁게 달아올라 있다는 것을 깨달았다.

"또 웃는군. 용서하지 않겠어, 사쿠자에몬."

이 말을 듣고 사쿠자에몬은 오히려 소리까지 내어 웃었다.

3

"성주님, 너무 노하지 마십시오. 성주님은 중요한 사실을 잊고 계십니다."

사쿠자에몬은 여전히 놀리는 듯한 표정으로 뒤쪽의 새로 지은 건물을 가리켰다.

"이렇게 새로운 성이 생기면 당연히 여자도 필요하게 됩니다. 야자에몬 님의 연로한 부인이 일부러 손녀에게 차를 가져가게 한 것은 무엇 때문인지 생각해보셨습니까?"

"그래, 무엇 때문이란 말인가?"

"성주님은 잊으셨군요. 오아이는 미망인입니다."

"뭐…… 미망인이라고?"

"야자에몬 님의 딸이 토즈카 고로다이부 타다하루戸塚五郎大夫忠春에게 출가하여 그 두 사람 사이에서 태어난 오아이, 사촌에게 시집가는 바람에 다시 할아버지 집으로 갔다가 얼마 전에 남편이 전사했습니다. 그 일을 잊으셨습니까?"

"아아, 그 요시카츠인가……"

"야자에몬 님의 부인은 이 성에서 일할 수 있게 되지 않을까 싶어 데려다놓았으나 성주님이 깨닫지 못하셔서 제가 일부러 보리차를 가져오게 했습니다. 혈통, 기질, 예의범절이 모두 나무랄 데 없습니다. 성안의 여자들을 단속하게 하면 어떨까요?"

"음, 그대는 또 나를 속였군."

"원, 당치도 않은 말씀이십니다."

"성안에서 일하도록 하는 것은 좋아. 그러나 여자들을 잘 단속할 수 있을지 어떻게 알 수 있겠나?"

"예, 그 점은 우선 곁에 두시고 천천히 성품을 살펴보십시오."

이렇게 말하고 사쿠자에몬은 자리에서 일어났다.

"그럼 같이 가시죠."

"음, 그래."

어느 틈에 하늘은 그림으로 그린 듯이 맑게 개고 거기에 빛이 무늬를 그리고 있었다. 빛을 받은 하마나 호수가 겨울 바람에 하얀 물거품을 일으키고 있었다.

"여기서도 노송나무가 바람에 흔들리고 있군."

"제발 이 성의 내전에는 바람이 불지 말았으면 합니다."

"아니, 무어라고 했나?"

"아닙니다. 저에게도 아내가 없었더라면 하고 말했던 것뿐입니다."

"묘한 말을 하는군. 아내가 없었다면 어떻게 할 뻔했나?"

"미망인을 아내로 맞겠습니다."

이에야스는 쓸쓸히 웃고 발부리의 돌을 걷어찼다. 아직 뇌리에는 오아이의 모습이 또렷하게 살아 있었다. 아니, 그것은 오아이를 통해 먼 소년 시절의 꿈으로 생각을 되돌리고 있는 것인지도 몰랐다.

"원래 여자란 같이 살아보지 않으면 알 수 없는 요물이라서."

"또 그런 소리를 하는군, 나잇살이나 먹은 사람이."

"그렇다고 수없이 많은 천하의 숫처녀, 일일이 다 겪어볼 수도 없는 노릇이고. 그러니까 성격이 좋은 여자와 어울려보고 이만하면 여장부라고 낙인찍을 수 있는 사람을 맞이해야 계산이 맞을 것입니다."

"그 무슨 헛소린지 모르겠군. 남녀 사이의 일을 계산으로 따질 수는 없어."

두 사람은 어느새 이에야스의 거실 밖 정원에 와 있었다. 이곳만은 이미 연못의 배치도 끝나고 마당도 깨끗이 손질되어 있었다.

"성주님, 여기서 만나셔야 할 사람이 또 있습니다. 우선 앉아 계시지요."

댓돌 위에서 마루를 가리키고는 안을 향해 큰소리로 불렀다.

"한에몬, 한에몬 거기 와 있나?"

4

"예."

대답하고 안에서 성큼성큼 걸어나온 것은 혼다 한에몬이었다.

한에몬은 이에야스의 모습에 주춤했다.

"앗."

그러나 곧 마루 끝에 앉으며 머리를 숙였다.

"그 사이 안녕하셨습니까?"

이에야스는 한에몬에 대한 대답 대신 사쿠자에몬을 흘끗 노려보며 나직하게 말했다.

"또 잔재주를 부리면 용서치 않겠다."

사쿠자에몬이 말했다.

"한에몬, 어서 말씀 드리게."

"예. 혼다 분고노카미 히로타카가, 새로 완공하신 성에서 성주님의 신변에 불편함이 없으시도록 하기 위해 전에 맡아놓았던 것을 돌려드리겠다고 합니다."

"맡아놓았던 것? 나는 분고노카미에게 맡긴 게 없는데."

"그것 참, 이상합니다……"

"한에몬!"

318

사쿠자에몬이 안타깝다는 듯이 혀를 찼다.

"자네가 고개를 갸웃거린다고 무슨 소용이 있겠나. 어서 보여드리면 되잖아? 답답한 사내 같으니라구."

"그렇군요."

이에야스는 두 사람을 번갈아 바라보며 잠자코 있었다. 대강 짐작이 되는 모양이었다. 시치미를 떼는 사쿠자에몬에게 눈을 흘기는 듯했다.

"오만 님, 어서 나오시오."

일단 마루에서 안으로 들어갔던 한에몬이 눈부신 표정으로 한 여자를 데리고 다시 마루로 나왔다.

"성주님, 그 사이 무고하신지……"

애절하게 떨리는, 겨울 연못의 수면과도 같이 맑은 목소리였다.

이에야스는 양미간을 모으고 돌아보았다.

"그대였군."

중얼거리고는 사쿠자에몬을 흘끗 노려보았다.

"잘 있었나?"

"예…… 성주님도 안녕하셨습니까?"

"그래. 물러가 있거라, 나중에 만날 테니."

츠키야마의 무서운 질투에 못 이겨 혼다 분고노카미의 집에 숨어 있던 오만은 그동안 몰라볼 정도로 성숙한 여인네로 변해 있었다.

"한에몬도 물러가거라."

"예. 그러면 저는 맡기셨던 것을 분명히 전해드렸습니다."

"말이 많구나. 물러가 쉬어라."

"예."

오만은 반가워서 무슨 말을 하려는 듯하다가 생각을 바꾸었는지 한에몬과 같이 나갔다.

"사쿠자에몬."

"예."

"그대들의 주제넘은 행동을 내가 기뻐할 줄 알고 있나?"

"그런 말씀을 하시다니 성주님답지 않습니다."

"뭣이, 또 말을 돌리면 용서하지 않을 터이다."

"무릇 충성이란 명령받은 일에 몰두하는 것만으로는 끝난다고 생각지 않습니다. 그러므로 때로는 지나친 일을 하게 될지 모르나…… 그럴 경우에는 지체없이 꾸짖어주십시오."

"그렇다고 일일이 여자의 일에까지……"

"성주님!"

"왜 그러느냐, 그런 불만스런 표정으로?"

"성주님은 더 이상 성을 늘리지 않을 것입니까? 아드님께 물려드릴 성은 오카자키만으로도 충분하십니까?"

이렇게 말하고 자기도 마루에 앉아 이에야스를 빤히 쳐다보았다.

5

이에야스는 사쿠자에몬에게 일별을 던졌을 뿐이었다. 가신의 말 중에는 들어야 할 것과 듣지 않아야 할 것이 있었다.

지금 사쿠자에몬이 한 말에는 그 나름대로 지극한 충성심이 깃들여 있었다. 응당 받아들일 줄 알고 더 이상 말을 하지 않았으나 이에야스가 입을 다물자 그 역시 침묵하고 말았다.

지난 연말부터 시동이 된 이이 만치요井伊萬千代가 차를 가지고 들어왔다. 두 사람이 잠자코 있는 것을 보고 만치요도 아무 말 없이 마루 가장자리에 앉았다.

"만치요, 너는 물러가 있거라."

잠시 후 이에야스는 턱짓으로 만치요에게 명했다.

"아이를 낳게 하라는 말인가, 사쿠자에몬?"

나직한, 그러나 진지한 표정으로 말했다.

"그렇습니다. 선군에게는 성주님이란 아드님이 계셨기에 지금 이렇게 하마나 호수를 바라볼 수 있게 되셨습니다. 슨푸의 우지자네에게 훌륭한 형제가 있었다면 아직 망하지는 않았을 것입니다. 성주님은 지금까지 여자를 대하시는 방법이 현명하지 못했습니다."

이에야스는 쓸쓸히 웃고 나서 다시 진지한 표정으로 돌아왔다.

여자 문제에서도 먼저 계산부터 해야 한다는 사쿠자에몬의 말이 가슴을 찔렀다. 표면적인 혼례는 모두 타산적인 정략결혼이지만, 어느 다이묘나 소실에 관해서는 성격과 현명함 같은 건 계산에 넣지 않았다.

"원래 여자는……"

다시 사쿠자에몬은 혼잣말처럼 불쑥 말했다.

"남자의 노리개로 태어난 것은 아니지요."

"나는 여자를 희롱하기만 했다는 말인가?"

"성주님은 그렇지 않았다고 생각하십니까? 성주님이 거쳐간 여자 중에서 누가 행복해졌습니까?"

"으음."

"모두 마음에 상처를 입고 떠났습니다. 이 점은 누구보다도 성주님 자신이 더 잘 아실 것입니다."

이에야스는 사쿠자에몬으로부터 눈길을 돌렸다.

이 성에서 자결한 키라의 딸을 비롯하여 츠키야마, 카네, 오만 등의 모습이 눈에 떠올랐다. 상대의 몸과 마음에 상처를 입혔을 뿐만 아니라 이에야스 자신의 마음에도 무거운 응어리를 남겼다.

"사쿠자에몬, 나는 여자를 다룰 줄 몰라."

"이제부터라도 익히십시오."

"어려운 일이야. 위로하려고 한 일이 도리어 상대를 슬프게 했어. 그대의 말이 옳았어."

"성주님! 위로하려고 하신 일…… 그것이 사실은 한낱 희롱에 불과했다는 것을 깨닫지 못하셨습니까. 좀더 비정해지셔야 합니다."

"정을 주지 말라는 말인가?"

"그렇습니다. 여자에게는 자기 자식을 낳아 건강하게 키우는 것이 가장 큰 행복입니다. 당사자가 깨닫건 깨닫지 못하건 그것은 상관없습니다. 천지 자연의 이치는 인간의 정으로는 움직일 수 없습니다."

이에야스는 다시 사쿠자에몬을 돌아보았다. 그러나 아직 그 눈에는 망설임의 빛이 역력했다. 사쿠자에몬은 다시 그 앞으로 다가앉았다.

"성주님, 정말 답답하십니다. 저기 있는 소나무를 보십시오. 이 성을 보십시오. 뿌리가 있고 토대가 있어 가지가 뻗어나고 잎도 바람에 흔들리는 것입니다. 인간의 정만으로 소나무가 자라겠습니까?"

안타깝다는 듯 하는 말에 이에야스는 얼굴을 돌리고 가만히 무릎을 움켜잡았다.

6

이에야스는 사쿠자에몬이 한 말의 뜻을 반쯤은 이해했으나 정확하게는 파악하지 못했다. 천지 자연의 이치에 비해 인간의 정이 얼마나 무력한가는 알 수 있었다. 하지만 그 작은 인간의 정도 역시 천지 자연이 지닌 하나의 이치…… 이런 생각을 하니 망설여졌다.

"나더러 비정非情해져서 저 소나무 뿌리를 붙들라는 말인가?"

"예. 여자 성격을 파악하시고 하찮은 정 따위는 잊어버리십시오."

"으음."

"자식을 낳게 해주십시오. 그리고 건강하게 키우도록 배려해주십시오. 이것이 천지의 이치입니다. 입으로 위로하는 것은 진정한 위로가 되지 못합니다."

"으음."

"성주님은 자식이 필요하시고, 오카자키의 사부로 도련님은 형제가 필요하십니다. 그리고 여자는 자식을 낳아 기르고 싶은 것이 본래의 소원……"

사쿠자에몬은 적의 창끝에라도 선 듯한 눈으로 차례차례 손가락을 꼽았다.

"만일 그 여자가 이미 여장부라는 소문이 자자한 미망인이라면 그야말로 사방팔방으로 훌륭하게 뿌리를 내리게 할 수 있습니다. 서서히 뿌리를 내리게 하시면서 헛된 색정에는 빠져들지 마십시오."

이에야스는 비로소 큰 소리로 웃었다.

"알겠어. 알겠으니 그렇게 물어뜯을 듯한 표정은 짓지 말게."

"물어뜯을 듯한…… 하하하. 이것 참 묘한 말씀을 듣게 되는군요. 그럼 저는 이제부터 망루를 돌아보겠습니다."

할말을 다 하고는 귀신이란 별명처럼 다시 무뚝뚝한 모습으로 돌아가는 사쿠자에몬이었다. 사쿠자에몬이 사라지자 만치요가 다시 마루에 나타났다.

"성주님, 상경하시는 날짜는 언제쯤입니까?"

"글쎄."

"사카키바라 코헤이타 님, 혼다 헤이하치로 님의 이야기로는 이번은 단순한 상경이 아니다, 오다 님과 함께 에치젠의 아사쿠라 요시카게朝倉義景와 전투를 벌일 것이라던데…… 그것이 사실입니까?"

이에야스는 다른 생각을 하는 듯한 표정으로 잠자코 있었다.

"성주님! 부탁입니다. 이 만치요에게도 관례를 올리도록 허락해주시고, 출전하게 해주십시오."

"만치요."

"예."

"오늘은 내 음식상을 내전으로 가져오라고 일러라. 오만이라는 여자가 혼다 분고노카미의 집에서 이리로 왔을 것이다. 그 여자의 방에서 식사를 하겠다고 전하라."

"예……"

만치요는 자기 말에 대한 대답이 없자 힘없이 고개를 떨구고 그 자리에서 물러났다.

'오만이라……'

이에야스는 짚신을 벗고 마루로 올라갔다.

오만을 방에 들인다는 것은 츠키야마에 대한 도전처럼 보여 거북스러웠으나, 일부러 보내온 여자를 쫓아보내는 것도 마음에 걸렸다.

"사쿠자에몬이 이상한 소리를 하는 바람에……"

이에야스는 아직도 생나무의 향기가 짙게 깔려 있는 거실로 들어가 문득 걸음을 멈추었다. 어디선지 목소리를 낮추어 흐느껴 우는 여자의 울음소리가 들려왔다.

7

이에야스는 그 소리가 귀에 익었다. 강한 기질을 가지고 있는 한편 어딘지 응석받이 같은 영리한 면이 있는 오만. 그녀는 지금 만치요에게 지시하는 이에야스의 말을 듣고 있었음이 분명하다. 이에야스는 성큼성큼 걸어가 옆방으로 통하는 장지문을 열었다. 마루에서 떨어진 그 방은 이미 황혼이 깔린 것처럼 어두컴컴했으나, 깜짝 놀라 고개를 드는 오만의 얼굴이 박꽃처럼 선명하게 떠올랐다.

이에야스는 문득 이 오만과 부엌일을 도우려고 온 오아이와는 누가 더 아름다울까 하고 머릿속으로 비교해보았다. 오만도 벌써 스무 살이 되었다. 오아이는 키라의 딸과 많이 닮아 복스러운 얼굴인 데 비해 오만은 재치가 넘치는 갸름한 얼굴이었다. 한쪽은 두 아이의 어머니, 다른 쪽은 자기한테 꽃봉오리를 맡긴 처녀.

"오, 듣고 있었군."

"예. 꾸중을 듣지 않을까 두려워하고 있었습니다."

"내가 그대를…… 어째서 꾸중할 거라 생각하나?"

"성주님은 주제넘은 일을 싫어하시는 분이어서 다시 돌아가라고 하실 것만 같아……"

"누가 그런 말을 하던가, 분고노카미인가?"

"예."

이에야스는 웃는 대신 짐짓 언짢아 하는 얼굴이었다. 입으로만 하는 위로는 그만두십시오. 이렇게 말한 사쿠자에몬의 말이 퍼뜩 뇌리에 스쳤다.

"오만, 분명히 말하겠다. 나는 여자의 주제넘은 행동은 질색이야."

"명심하겠습니다, 성주님."

"남자에게는 여자와는 다른 고민이 있어. 자칫 마음을 잘못 쓰면 비단 나만이 아니라 그대들 일족의 생명과도 관계되는 중요한 일이 벌어질지도 몰라. 그러니 남자가 생각하는 일에 방해가 되어서는 안 돼."

이에야스는 문득 우스운 생각이 들었다. 자기 말에 모순이 있다고는 생각지 않았으나, 공연한 말을 했구나 싶어서였다. 결국 츠키야마에 대한 심한 불만을 그대로 오만에게 털어놓은 셈이었다.

"예…… 예."

오만은 갸륵할 정도로 순수했다.

"그 말씀은 이모부와 친정으로부터도 많이 들었습니다."

내리까는 속눈썹에 반짝 이슬이 빛났다. 어른으로 성숙한 목덜미가 가볍게 떨리고 있었다.

이에야스는 사랑스러움을 느끼며 껴안아주고 싶었다. 그러나 그런 감정을 억제하고 남의 일인 양 거리를 두고 대할 수 있는 것도 나이에서 오는 성숙함 때문이었다.

'그동안 여자를 좀 멀리하고 있었어……'

이럴 때는 자칫 여자의 가치를 잘못 생각하기 쉬운데…… 이에야스는 이렇게 생각하면서 도리어 싸늘하게 문을 가리켰다.

"물러가라. 알겠느냐, 여기는 바깥채, 여자들이 올 곳이 못 된다."

벌써 누가 오만의 방을 정해주었는지 그녀는 다시 공손히 절을 하고 나갔다. 오만이 나간 뒤 이에야스는 문득 주위에 감도는 오만의 체취를 느꼈다.

'그녀는 내 아이를 낳을 수 있는 여자일까?'

입 속으로 중얼거리면서 탁자 앞으로 돌아왔다.

8

탁자 위에 있는 것은 다음 전투를 대비한 군사배치 구상이었다. 아직 서기의 손에 넘길 수 없는 원안原案으로, 이에야스 자신이 머리를 짜내어 구상하고 있는 중이었다. 소홀히 다룰 수 없는 성만도 열 군데가 넘었다. 오카자키에는 누구를 남기고, 이 하마마츠에는 누구를 머무르게 할 것인가.

지금 타케다 신겐은 에치고의 우에스기上杉 군대에 대비하면서, 사가미相模의 호죠北條와 스루가의 유산을 다투고 있었다. 그 틈에 노부나가와 함께 상경하여 에치젠의 아사쿠라와 싸우게 될 것이었다. 그러나 그 다음의 상황변화는 읽을 수 없었다.

순간 이상하게도 할아버지와 아버지가 좌절한 원인을 생각하게 되었다. 그리고 모리야마守山에서 패하여 할아버지가 전사한 나이에 비해 자신은 이미 3년이나 더 살고 있다는 데 생각이 미쳤다.

인간의 삶은 덧없다. 과연 사쿠자에몬의 말대로 하나라도 더 많은 자손이 필요하다. 노부나가가 대번에 세 사람이나 소실을 둔 사실은 결코 엉뚱한 짓이 아니었다. 말하자면 무상無常한 공격에 대비한 튼튼한 포석布石이었다.

'그렇다, 나도 대비해야 할지도 모른다……'

넘치는 젊음의 돌파구를 색정에서만 찾는다면 그것은 분명 잘못이었다.

'오만 하나만으로는 부족할지 모른다……'

이에야스는 만치요가 식사준비가 되었다고 알리러 올 때까지 과거에는 없던 이상한 방향에서 여자를 생각하고 있었다.

안에 들어가 보니 상이 차려져 있고 거기에 술병이 곁들여 있었다. 더구나 그 술병을 들고 시중을 드는 것은 낮에 보리차를 가져왔던 오아이였다. 오아이 곁에는 얼굴이 상기된 오만이 눈부시게 앉아 있었다.

이에야스는 오아이를 흘끗 바라보고 엄한 표정으로 꾸짖었다.

"누구의 명으로 이 술병을 가지고 들어왔느냐?"

"예. 주방의 책임자 아마노 마타베에 님의 지시입니다."

"마타베에에게 분명하게 전하라. 성은 완성되었으나 아직 부족한 게 태산이다. 술 같은 것은 당치도 않은 사치야."

"예, 그대로 전하겠습니다."

"그리고……"

밥그릇의 뚜껑을 열었다.

"흰쌀이 너무 많아. 팔 할만 섞으라고 해라."

"예."

"국 한 그릇에 야채 세 가지. 이것도 전쟁터에서는 잊어서는 안 될 규칙이다. 지금 백성들은 무엇을 먹고 있는지 알고 있느냐?"

이에야스는 말끝에 오아이에게로 눈길을 돌렸다.

"오아이라고 했지?"

"예."

"그대도 나를 곁에서 섬기지 않겠나? 지금 당장이라고는 말하지 않겠다. 아직 전사한 남편이 머리에서 떠나지 않았을 거야. 내가 상경했다가 돌아온 뒤에 답해주었으면 좋겠다. 아니, 무슨 생각을 하고 있나, 밥을 푸지 않고. 어서 밥을……"

너무 갑작스러운 말이어서 오아이는 당황하며 소반을 올렸고, 오만은 눈을 똑바로 뜨고 이에야스를 쳐다보았다.

이에야스는 그 눈길을 받으며 천천히 입 안의 밥을 씹었다.

천하포무

1

화창한 봄빛이 마루와 정원에 넘치고 있었다. 때때로 꾀꼬리소리가 가까워졌다가는 멀어지고, 멀어졌다가는 다시 가까워지고 있었다.

노부나가는 전에 없이 의복을 단정히 차려 입고 거실에 앉아 있었다. 이세에 있는 여러 사찰과 신사에 보낼 안도죠安堵狀˚에 직접 '천하포무 天下布武'라는 큼직한 도장을 찍고 있었다.

능청스런 표정으로 그 손을 바라보며 싱글벙글 웃고 있는 것은 지난 날의 원숭이, 지금의 키노시타 히데요시木下秀吉였다. 노부나가도 예 전의 노부나가가 아니라, 킨키近畿에서부터 이세 일대를 평정하고 천 하에 무위武威를 떨친다는 도장의 글귀가 가리키듯 '천하포무'를 선언 할 정도로 세력을 떨치고 있었지만, 히데요시 역시 옛날의 토키치로가 아니었다. 여러 차례에 걸친 전투에서 선봉대장을 맡았고, 지금은 이마 하마今浜에 3만 석石 영지를 갖기까지 그 지위가 올라 있었다.

"어때, 이에야스는 잘 있더냐?"

노부나가의 물음에 히데요시는 무슨 생각을 했는지 웃기부터 했다.

"헤헤헤헤."

"묘한 녀석이군. 뭐가 우스우냐?"

"대장님이 스물두세 살 때 생각하신 것을 미카와 님도 지금 생각하고 있는 것 같아서요."

"내가 스물두세 살 때 생각한 것이라니, 그게 무슨 소리냐?"

"자손 번창의 시책 말입니다."

"하하하하, 소실을 두는 일 말이로군. 그래, 이에야스는 몇 살이지?"

"스물아홉일 것입니다. 대장님보다 여덟 살 아래니까요."

"음. 스물아홉이라면 좀 늦은 편이군."

노부나가는 잠시 묵묵히 도장을 찍고 있다가 생각난 듯이 물었다.

"그대는 어떤가, 아직 생기지 않았나?"

"예, 그것만은, 전투를 하면 풍운이 일고, 공격하면 강둑이 무너지는 것처럼은 되지 않습니다."

"왜 그런지 알겠나, 이 노부나가를 속인 죄야."

"아니, 대장님을 속이다니 당치도 않습니다. 안사람도 여기저기 축원을 드리고 있으니 머지않아……"

히데요시는 노부나가가 경계했던 것처럼 어느 틈에 아시가루의 우두머리 후지이 마타에몬의 딸 야에를 구슬려서 아내로 삼았다.

노부나가는 그때의 일을 생각하니 과연 원숭이다운 재치였다 싶으면서 새삼스럽게 웃음이 나왔다. 직접 마타에몬에게 청혼하면 승낙하지 않을 것을 알고 그와 사이가 좋은 마에다 마타자에몬 토시이에前田又左衛門利家를 내세워 청혼하게 했다.

"야에를 내 소실로 주게."

후지이 마타에몬은 놀라는 한편 기뻤다. 상대는 명문 출신일 뿐만 아니라, 새로 노부나가로부터 아카호로赤母衣°를 입을 수 있는 특전을 받은 장수였다.

"마에다 님, 설마 농담은 아니겠지요?"

"내가 어디 농담이나 할 사람인가."

"잘 알았습니다. 야에는 제가 설득하겠습니다. 틀림없이……"

이렇게 장담까지 했다. 그러나 토키치로와 밀약이 되어 있는 야에가 승낙할 리 없었다.

"마에다 님에게는 이미 현숙하기로 이름난 오마츠ぉ松 님이 계십니다. 이 일만은 분명하게 거절해주십시오."

딸의 완강한 거절에 마타에몬은 새파랗게 질렸다. 이러한 사정을 뻔히 알고 있는 토시이에는 시침 뚝 떼고 대답을 재촉했다. 이제 마타에몬이 딱한 처지를 의논할 상대는 예전의 부하로 지금은 주방 일을 맡고 있는 원숭이, 곧 키노시타 토키치로밖에 없었다.

2

후지이 마타에몬의 딱한 처지를 원숭이는 부엌 화덕 옆에서 자못 심각한 표정으로 팔짱을 낀 채 생각에 잠겨 듣고 있었다.

"자네는 마에다 님과 특별한 사이이니 어떻게든 좀 사죄를 해주게. 야에는 죽어도 싫다고 하는 거야."

"이해할 수 없는 일이로군요. 더할 나위 없이 좋은 자리인데. 아마 부끄러워서 그러겠죠. 좀더 설득해보시지요."

마타에몬은 그 말에 더욱 풀이 죽어 다시 야에한테로 갔다. 그러나 대답은 역시 마찬가지였다.

그 사이에 토키치로는 또 토시이에를 찾아가 부탁을 했다.

"한번 더 쐐기를 박아주시오."

이번에는 마타에몬이 야에를 설득하고 있는 자리에 심부름하는 사람이 와 마타자에몬의 말을 전했다.

"마타자에몬의 체면이 말이 아니다. 강제로라도 맞아들이겠다."

이러한 내용의 전갈이었다.

마타에몬은 사람을 돌려보내고 순진하게도 '할복' 할 수밖에 없다고까지 생각했다.

이때 원숭이가 어슬렁어슬렁 찾아와 물었다.

"어떤가요, 설득되었나요?"

미리 짜고 한 일, 순진한 마타에몬으로서는 당할 수가 없었다.

"어쩔 도리가 없네. 마에다 님이 그토록 화를 내고 계시니 이 쪼글쪼글한 배라도 갈라 사죄하려고 하네."

"아니, 할복을…… 이거 큰일이군. 이렇게 하십시오. 사실은 야에한테는 이미 정해진 상대가 있다, 그러니 이해해주시기 바란다고."

"안 돼. 마에다 님은 대쪽 같은 성격이라 거짓말은 통하지 않아."

"그렇게 말하는 수밖에 달리 거절할 길이 없지 않습니까? 그러지요 뭐, 상대가 누구냐고 묻거든 제 이름을 말하십시오. 그러면 다음 일은 제가 책임지겠습니다."

"아니, 자네가 상대라고? 그 말을 곧이들을 것 같나?"

"곧이듣건 안 듣건 다른 방법이 없지 않습니까?"

토키치로의 말에 마타에몬은 힘없이 토시이에를 찾아갔다. 물론 토시이에는 믿지 않을 것이다, 믿지 않을 때는 어떻게 할까 하는 생각을 하면서.

"그래? 정해진 사람이 있다는 말이로군. 그렇다면 할 수 없지. 참고로 묻겠는데 그 상대자의 이름은?"

"예. 키노시타 토키치로입니다."

"뭐, 원숭이라고, 거짓말은 아닐 테지?"

"예…… 예. 저도 너무 뜻밖이라서……"

"알았네! 이 마타자에몬도 무사이니 그대로 물러날 수야 없지. 내가 야에와 원숭이의 중매인이 되겠네. 이의 없겠지?"

모든 일은 원숭이가 꾸민 대로 진행되었다. 마타에몬은 자기 의견 따위는 말할 엄두를 내지 못한 채 아무 소리도 못하고 돌아왔다.

마타에몬으로서는 산 너머 산이었다. 마에다 마타자에몬조차 싫다고 한 야에가 어찌 원숭이 따위에게 시집가려 할 것인가…… 이런 생각을 하면서도 자초지종을 이야기했더니, 야에는 대뜸 원숭이가 상대라면 시집을 가겠다고 했다.

"싸움에도 재능이 있지만, 여자에 대해서도 보통이 아니군. 방심해서는 안 될 녀석이야."

나중에 그 이야기를 들은 노부나가는 이렇게 말하면서 배를 끌어안고 웃었다.

"원숭이!"

"예."

"그대와 이에야스의 대화를 다른 사람이 듣지는 않았겠지?"

노부나가는 도장을 다 찍고 나서 히데요시에게로 향했다.

3

"물론 사람들을 내보내기는 했습니다마는……"

히데요시는 갑자기 주위를 둘러보고 나서 말을 이었다.

"노신들 중에는 이번 상경이 아사쿠라 토벌이라고……"

"눈치 챈 사람이 있다는 말이지?"

"예, 대부분이."

"그렇다면 소문을 더욱 퍼뜨려야겠어. 무슨 수단을 쓰고 왔느냐?"

"예. 하마마츠에서 오카자키에 이르는 길에 행상인 스물세 명을 시켜 소문을 퍼뜨리라고 했습니다."

"어떤 소문을?"

"올해 봄의 쿄토는 볼 만할 것이다. 불탄 니죠二條 궁궐터에 쇼군 저택이 생긴다. 지금 공사가 착착 진행되고 있다. 미카와의 성주도 쿄토로 꽃구경을 오실 것이다. 이런 소문을 퍼뜨리게 했습니다."

"꽃구경이라니 너무 한가한 소리 같구나."

"예. 백성들이 그 말을 믿을 정도로 미카와를 비롯하여 이세, 오와리, 미노, 오미에 이르기까지 모두 태평의 은덕을 우러르고 있습니다. 참으로 천하포무의 경사스러운 조짐이 아닐 수 없습니다."

노부나가는 이맛살을 찌푸렸다.

"아부하는 말은 하지 마라. 그대답지 못해."

꾸짖고 나서는 한숨을 쉬었다.

"쿄토로 꽃구경 갈 날도 그리 멀지 않았어. 아니, 어서 그날이 오도록 해야만 돼."

노부나가가 천하포무의 도장을 만들게 한 것은 아시카가 요시아키가 세이이타이쇼군으로 임명된 뒤 직접 이세로 옮기고, 이세의 지방관 키타바타케 토모노리北畠具教 대신 자기 둘째아들 챠센마루茶筅丸(노부오信雄), 칸베神戸 가의 후임으로는 셋째아들 산시치마루三七丸(노부타카信孝)를 승계시킨다는 약속으로 평정하고, 야마다山田의 대신궁大神宮에 참배했을 때부터였다.

쿄토 궁전의 쇠락함은 이루 말할 수 없었으며, 대신궁 또한 몹시 황폐해 있었다. 민족의 정신적 뿌리를 황폐한 채 내버려두고는 아무리 무력의 힘을 떨친다고 해도 결코 난세를 바로잡을 수는 없다고 생각한 노부나가는 천하포무 도장과 함께 궁전 재건에 착수했다. 그러나 백성의 고통을 생각하여 서두르지는 않았다. 2, 3년 정도의 기간을 잡고 시마다 야에몬島田彌右衛門과 아사야마 니치죠朝山日乘를 책임자로 삼아 공사를 진행시키고 있었다.

사실 그 무렵의 조정은 상상 이상으로 초라했다. 궁정의 담은 무너져 없어지고 군데군데 대나무 울타리와 가시나무 등이 담을 대신하고 있었다. 그 안에서 오기마치正親町 천황°과 황태자 사네히토誠仁 친왕親王이 황녀 두 사람, 궁녀 다섯 사람이라고 하는 열 명이 채 안 되는 인원만으로 살고 있었다.

천황에게는 이밖에도 두 명의 황녀가 있었으나 사정이 있어 각각 절에 들어가 있었다. 때때로 무너진 담을 통해 아이들이 안에 들어가 보면, 어디에나 낡은 발이 드리워 있을 뿐 적막하기 짝이 없고 사람의 그림자라고는 눈을 씻고 찾아봐도 없었다.

황실에 대한 노부나가의 충성심은 아버지 노부히데信秀 이래의 전통이기도 했으나, 그 이상으로 쇠퇴한 현실과 결부되어 더 강해졌다.

'이래서는 절대로 안 된다.'

민족적 종가宗家의 쇠퇴는 역사의 어느 곳을 찾아보아도 곧바로 백성의 쇠퇴와 연결되어 있었다.

'우선 뿌리부터 바로 세워야 한다.'

이런 노부나가의 뜻을 잘 알고 있는 히데요시는 내뱉는 노부나가의 한숨소리에 마음이 저려왔다.

4

"지금 당장 꽃구경의 장애는 에치젠인데, 대책은 마련해놓았겠지?"

"예. 이번 상경은 유명한 다기茶器를 수집하기 위해서다, 명품을 가진 자에게는 돈을 아끼지 않는다고 소문을 퍼뜨리게 했습니다."

"음, 다기 수집이란 말이지?"

노부나가는 쓸쓸히 웃었다.

아시카가 요시아키는 노부나가의 힘으로 세이이타이쇼군이 되자 곧 그를 후쿠쇼군副將軍°으로 추천했다. 그러나 노부나가는 이를 사양했다. 노부나가가 후쿠쇼군이 되면 에치젠의 아사쿠라 요시카게가 가만히 있지 않을 것이기 때문이었다.

요시카게 역시 방랑중이던 요시아키를 도와주며 후일을 기약했던 사람이며, 시바斯波 씨로부터 임명된 지방관으로서의 가문은 노부나가보다 위였다.

"정세를 파악할 줄 모르는 어리석은 사람이에요."

"요시카게 말인가?"

히데요시는 엷은 웃음을 띠고 말했다.

"예. 대장님이 후쿠쇼군을 거절하신 심경을 이해한다면 순순히 상경해야 할 텐데."

노부나가는 이맛살을 찌푸리고 혀를 찼다.

"자네는 요시카게의 마음을 읽지 못하는군. 그 사람은 이 노부나가와 쇼군이 머지 않아 반드시 충돌할 것이라 믿고 일부러 상경하지 않는 것일세."

"바로 그 점입니다. 충돌하게 되면 쇼군은 요시카게에게 의지하려고 에치젠을 찾을 것이 분명합니다. 그때 쇼군을 업고 일전을 벌이겠다는 생각이 바로 정세를 파악하지 못한다는 증거입니다."

노부나가는 흘끗 히데요시를 바라보면서 일어났다.

"원숭이, 정원에 나가 산책이나 하세."

노부나가가 꿰뚫어보고 있는 이상으로 히데요시도 요시카게의 마음을 읽고 있는 것 같았다.

정원으로 내려간 노부나가는 곧바로 동산 위에 있는 정자로 향했다.

그곳에서는 성안이 한눈에 내려다보였다. 그리고 그곳까지 다른 사람이 접근해올 리도 없었다. 마침 벚꽃 봉오리에 봄의 햇빛이 내리쬐고 있었다.

"이에야스가 상경하는 것은 틀림없겠지?"

"그렇습니다."

"타케다는 걱정할 것 없고, 이세도 평정되었으나……"

노부나가는 혼잣말을 하듯 손가락을 꼽아나갔다.

"원숭이, 아사쿠라를 정벌할 때 가장 중요한 것은 무엇일까?"

"예. 북쪽을 공격하는 동안에 만에 하나라도 아사이 님이……"

말하다 말고 히데요시가 노부나가를 보니 그는 잔뜩 하늘을 노려보고 있었다.

"혼간 사, 히에이잔과도 손을 잡을지 모르는 아사이 님에게 배후를 공격당하지 않도록 준비하는 것이 가장 중요하다고 생각합니다."

노부나가는 잠시 묵묵히 앉아 있다가 입술을 일그러뜨리며 웃었다.

아사이 나가마사는 절세의 미인으로 소문난 노부나가의 여동생 오이치와 결혼했다.

두 사람 사이는 화목하여 이미 두 딸을 낳았고, 노부나가도 늘 마음에 두고 여러 가지로 도와주고 있었다. 그러한 아사이가 과연 아사쿠라와 손을 잡고 노부나가의 배후를 칠 것인가……?

"원숭이, 깊이 명심하겠네. 그 밖에는?"

히데요시는 웃으면서 꾸벅 절을 했다.

"기후에서는 그다지 많은 병력을 동원하지 말고, 도중에 쓸 만한 군사를 모으는 것이 중요하다고 생각합니다마는……"

"뭐, 도중에……? 자네 생각을 말해보게."

노부나가의 어조는 어느 틈에 재촉으로 변해 있었다.

5

노부나가가 이번 아사쿠라 공격에서 가장 걱정하고 있는 것은 병력 이동이었다. 궁전의 재건을 살펴보고 다기도 수집한다는 구실로 상경하면서 많은 군사를 거느리고 갈 수는 없었다. 상대가 알아차리지 못하도록 몰래 이에야스와 쿄토에서 합류하여, 봄이 늦게 오는 쿄토에 눈이 녹기를 기다렸다가 일거에 허점을 찌를 필요가 있었다. 계획이 뜻대로 성공을 거두면, 히데요시가 우려하는 아사이와 아사쿠라가 동맹을 맺을 틈이 없었다.

어떻게 군사를 이동하느냐 하는 문제가 계속 노부나가를 괴롭히고 있었다. 히데요시는 이러한 노부나가의 고민을 알고, 도중에 쓸 만한 군사를 모아들일 방법이 있다고 한다.

"말해보게, 자네 생각을."

노부나가의 재촉을 받고 히데요시는 빙긋이 웃었다.

"대장님은 어릴 적부터 씨름을 좋아하셨다면서요?"

"그것이 이 일과 무슨 관계라도 있다는 말이냐?"

"예, 관계가 있습니다. 대장님, 킨키에서 이세 일대는 이제 평화를 누리게 되었습니다. 그것을 축하한다는 구실로 도중에 씨름대회를 여십시오."

"으음."

"힘깨나 쓰는 인근의 떠돌이무사들이 속속 모여들 것입니다. 그중에서 기량과 능력이 있는 자를……"

노부나가는 무릎을 탁 쳤다.

"약아빠진 녀석!"

저절로 감탄의 말이 튀어나왔다.

"장소는 오미의 죠라쿠 사常樂寺 부근이 좋겠습니다. 곧바로 영을 내려 모일 수 있는 시간여유를 갖게 합니다. 상품이라 하고 보급대에게 군량을 실어오게 하고, 구경시킨다는 명목으로 하타모토旗本를 데려옵니다."

"알겠다. 알겠어, 이 원숭이 놈아."

"대장님이 선발하시고 남은 찌꺼기는 저희들도 줍겠습니다. 새로 채용된 자들은 서로 잘 보이기 위해 공을 다툴 것이고, 하타모토들은 신참자에게 지지 않으려고 더욱 분발할 것입니다. 이렇게 하면 이번 전투는 일단 승리할 것으로 보입니다마는."

갑자기 노부나가는 하늘을 쳐다보고 웃기 시작했다. 꾸짖는 목소리도 컸지만 웃음소리도 그에 못지 않았다. 가까이 있는 소나무에서 새들이 깜짝 놀라 후드득 날아갔다.

"하하하, 씨름을 보면서 쿄토 구경이라. 좋아, 좋아. 하하하하."

당장 그날 오와리, 미노, 오미 일대에 씨름대회를 연다는 방문이 나붙었다.

심판은 역시 누구보다도 씨름을 좋아하는 후세구라 슌안不瀨藏春庵.

노부나가 일행이 아사쿠라 공격의 목적을 숨기고 한가롭게 기후 성을 출발한 것은 겐키 원년(1570) 2월 25일이었다. 그 이튿날에는 오미의 쵸라쿠 사에 이르렀고, 27, 28일 이틀 동안은 사방에서 모여든 내로라 하는 씨름꾼들로 쵸라쿠 사 경내는 떠나갈 듯 떠들썩했다.

"뛰어난 역량을 지닌 사람은 채용한다는 소문이더군. 난 상품보다 그 편이 더 좋아."

"어떻게든 대장의 눈에 띄었으면 좋겠는데."

역사力士들이 주고받는 소리에 남녀노소의 속삭임도 섞여 있었다.

"좋은 세상이 왔어. 앞으로 전쟁이 없다면 얼마나 좋을까."

"사실이야. 오다 성주님은 복받을 분이야."

당사자인 노부나가 역시 군중 속에 섞여 느긋한 표정으로 이들의 말을 들으면서 걷고 있었다. 언제나 민중의 소리에 귀를 기울인다. 이것이 노부나가의 일관된 정치신념이었다.

6

씨름은 넉 점(오전 10시)부터 시작되었다.

전에 사사키佐々木 집안의 수호신사였던 사사키沙沙貴 신사에 불교식 승방이 세워지고, 그 경내 한가운데에 씨름판이 마련되었다. 네 기둥의 윗부분과 관람석에는 돗자리로 막이 쳐지고, 이것이 사사키(롯카쿠六角 씨)의 몰락과 오다 가문의 흥륭을 말해주듯이 바람에 휘날리고 있었다.

노부나가는 군중 사이를 한 바퀴 돈 뒤 옷을 갈아입고 마련된 자리에 앉았다. 아무도 그가 조금 전까지 자기들과 함께 있던 것을 알아채지 못한 채 사람들은 그제야 비로소 존경과 두려움의 눈길로 노부나가를 바라보았다.

그 눈길을 받으면서 노부나가의 공상은 잠시 씨름대회에서 떠나 있었다.

서쪽에 비와 호琵琶湖를 끼고 뒤로는 산을 등진 이 천연의 요새 아즈치安土에 성을 쌓으려는 생각이 그를 사로잡았다. 산허리에서부터 호수 일대에 걸쳐 거리를 조성하고, 모든 관문을 없애 전국의 상인들이 자유롭게 출입할 수 있도록 한다. 그러면 이 땅의 무한한 번영은 불을 보듯 확실했다.

'기후도 좋다. 더구나 쿄토에 가깝다는 유리한 면이 있다. 이곳에 수군水軍을 배치하고 히에이잔을 감시하며 자리잡는다면 아마도 천하를 호령할 수 있으리라……'

그렇다. 그 첫 출발은 아사쿠라 공격이다…… 이런 생각을 하며 씨름판으로 시선을 돌렸을 때, 그곳에서는 쵸코가와라 사長光河原寺의 다이신大進과 쿠다라 사百濟寺의 시카鹿가 서로 부둥켜안고 얼굴이 빨개진 채 씩씩거리고 있는 중이었다. 노부나가도 씨름을 좋아하던 터라 곧 열중했다. 얼마 안 있어 허리가 유연한 다이신이 이겼다. 그러자 시카의 동생 오시카小鹿가 달려나와 다이신의 가랑이를 잡아챘다.

얼굴에 수염을 잔뜩 기른 나마즈에 마타이치로鯰江又市郎가 씨름판에 올랐을 때부터 씨름은 문자 그대로 선발을 위한 백병전이 되었다. 미야이 메자에몬宮居眼左衛門이라는 거구의 떠돌이무사가 마타이치로에게 높이 쳐들려 씨름판 밖으로 내던져졌다. 이번에는 그 이름처럼 푸른 피부의 아오지 요에몬青地與右衛門이 마타이치로에게 도전했다.

오늘 승부 중에서는 이들의 경기가 실력이 호각을 이루는 가장 흥미진진한 구경거리였다. 양쪽 모두 노부시로, 단련된 강철과도 같은 몸으로 쌍방이 지칠 때까지 겨루었으나 결판이 나지 않아 이튿날 다시 맞붙기로 했다.

또 다른 조는 다이토 쇼곤大唐正權과 후카오 마타지로深尾又次郎의 대결로, 그들 역시 승부가 나지 않아 시합은 이튿날로 미루어졌다.

활짝 갠 하늘 아래서 벌어지는 이틀간의 대행사. 더구나 사사키의 일족인 롯카쿠 죠테이六角承禎의 수호신사 앞에서 벌이는 행사였기 때문에 노부나가가 사람들에게 준 인상은 남달랐다.

"천하의 후쿠쇼군에서 사퇴하신 오다 성주님의 기세가 여간 아니야."

"저 많은 상품을 모두 나누어주신다고 하니 정말 부자셔."

아오지 요에몬과 나마즈에 마타이치로 두 사람은 그 자리에서 바로 선발되고, 후카오 마타지로와 다이신, 메자에몬 등은 그들의 부하가 되었다. 또한 역량이 뛰어난 180여 명은 하타모토나 아시가루, 또는 임시

로 채용한 일꾼이라는 명목으로 아즈치를 출발하는 노부나가 일행에
가담했다.

씨름대회를 마친 노부나가는 키노시타 히데요시를 늘 옆에 두고 쿄
토의 봄을 만끽하면서 2월 30일에 덴야쿠노카미典藥頭, 나카라이 로안
半井驢庵의 저택으로 들어갔다.

7

쿄토의 나카라이 저택에 도착한 뒤 노부나가에게는 크고 작은 다이
묘들이 꼬리를 물고 문안을 드리러 왔다. 그들 가운데서도 마츠나가 단
죠 히사히데松永彈正久秀와 호소카와 효부노다이부 후지타카細川兵部
大夫藤孝 두 사람은 노부나가가 상경한 목적을 알기 위해 계속 탐색해
왔다.

"대장님, 성안에 좋지 않은 소문이 돌고 있습니다."

히데요시의 말에 노부나가는 되물었다.

"에치젠을 정복하러 왔을 것이라는 소문 말이지?"

"말씀하신 대롭니다. 이렇게 하면 어떨까요. 다도茶道에 밝은 유칸友
閑 법사와 니와 고로자에몬丹羽五郎左衛門을 함께 다기를 구하러 센슈
의 사카이에 보내면 말입니다."

"으음……"

니와 고로자에몬은 오다 가에서는 시바타 곤로쿠柴田權六와 함께 쌍
벽을 이루는 중신이었다. 그런 그가 일부러 다기를 구하러 사카이까지
갔다고 하면 사람들은 오다 가에 싸울 의사가 없다고 판단할 터였다.

"좋아. 두 사람을 보내지. 하지만 아직은 일러. 쿄토에 벗꽃이 만발
할 무렵이 좋겠어."

3월 7일, 은근히 기다리고 있던 이에야스가 쿄토에 도착했다. 노부나가는 곧 쇼군을 만나 새로 지은 쇼군의 니죠 저택으로 여러 장수들을 불러 노能° 공연 행사를 갖도록 하자고 진언했다.

니죠의 쇼군 저택 역시 노부나가가 심혈을 기울여 지은 건물이었다. 불탄 니죠의 궁전터를 동북으로 1정씩 넓혀 해자를 두르고 저택을 짓기 시작한 것은 지난해 2월 27일이었다. 기내畿內를 평정하고 바쿠후幕府°의 위엄을 갖추는 것이 민심을 안정시키는 우선적인 과제라고 생각했기 때문이다.

그 후 1년 남짓 걸려 드디어 완성되었다.

노부나가는 정원 연못을 꾸미는 데 특히 정성을 기울였다. 옛날 아시카가 요시마사足利義政의 정원에 있던 구산팔해九山八海의 진귀한 돌, 호소카와 저택에 있던 미토美戶의 돌 등 명석名石을 운반해올 때는 노부나가 자신이 직접 가서 돌들을 비단으로 싸고 밧줄로 묶어, 피리와 북 장단에 맞추어 옮겨왔다. 물론 쇼군 요시아키의 만족보다 쿄토의 민심안정이 우선적인 목적이었다.

노부나가의 그러한 시책은 훌륭하게 성공했다. 입성과 동시에 실시한 지세地稅 면제, 군기軍紀 확립과 함께 이들 시책으로 과연 오다 노부나가로구나 하는 신뢰를 얻게 되었다.

니죠 저택의 노 공연은 14일에 개최하기로 했다.

벚꽃이 저택 앞길을 아름답게 장식하고, 초대받은 귀족들과 고관들의 얼굴도 비로소 봄을 느낀 듯 환했다.

무인으로는 이세의 지방관인 키타바타케, 히다飛驒의 지방관인 아네노코지姉小路, 도쿠가와 이에야스, 하타케야마 타카아키畠山高昭, 호소카와 후지타카, 잇시키 시키부노다이부一色式部大夫, 마츠나가 히사히데 등이 초대되었다. 에치젠의 아사쿠라는 이때도 상경을 제의받았으나 회답조차 없었다.

나무향기 그윽한 새 저택에서는 칸제다유觀世太夫와 콘파루다유今
春太夫가 교대로 일곱 번 춤을 추었다.

"아아, 쿄토에서 노를 보게 되다니."

귀족들 중에는 서로 손을 붙잡고 눈물을 흘리는 사람도 있었고, 쇼군
요시아키는 노부나가 앞에 와서 손수 술을 따르기도 했다.

"천황께서는 이번에 꼭 사효에노카미左兵衛督를 맡으시라는 분부인
데 수락하심이 어떻습니까?"

쇼군의 말에 노부나가는 거칠게 고개를 가로저으면서 대답했다.

"당치도 않으신 말씀입니다. 이 노부나가는 단지 해야 할 일을 했을
뿐입니다."

그러는 노부나가를 이에야스가 흘끗 바라보았으나 특별히 무슨 말
을 하지는 않았다.

8

새 저택에서의 노 공연 행사는 성안에 널리 퍼져 있던 아사쿠라 정벌
소문을 상당히 약화시켰다.

4월 1일, 니와 고로자에몬은 유칸 법사와 같이 몇 필의 말에 금과 은
을 싣고 명품 다기를 구하러 센슈 사카이를 향해 출발했다. 미리 손을
써두었기 때문에 명품들이 속속 수집되었다. 텐노 사天王寺 야소큐屋宗
及의 과자 그림을 비롯하여 야쿠시인藥師院의 작은 소나무 섬, 기름집
죠유常祐의 감귤 등이 그려진 명품이 수집된 것도 그때의 일이었다.

이와 같은 위장행위를 시키는 한편 노부나가 자신은 궁전 공사를 서
둘렀다.

"궁전의 조영造營이 너무 늦어진다."

매일같이 공사장에 나가는 노부나가, 예전의 그를 아는 사람이라면 이때의 차림새에 눈이 휘둥그레질 게 틀림없다. 감청색 비단 갑옷에 호피虎皮 무카바키行縢°를 두르고 검은 말에 올라 거리를 질주했다.

공사에 필요한 수만 개의 재목은 오사카大坂에서 토바鳥羽로 옮기고, 그곳에서 다시 궁전으로 운반했다. 그 총책임자는 오사와 오이노스케大澤大炊介.

모든 것을 옛날 방식으로 했다. 목수들도 모두 에보시鳥帽子°와 스오素襖° 차림이었다. 그 사이를 토바에서 궁전, 궁전에서 토바로 호피 무카바키 차림의 노부나가가 왕복하고 있었기 때문에 자연히 사람들의 눈길을 끌었다.

"황실을 숭상하는 오다 님의 마음은 진정인 것 같아."

사람들은 이렇게 말했고, 또한 그것은 사실이기도 했다.

황실을 안정시키기 위해서는 궁전을 완성시키는 것만으로는 부족했다. 지방에 영지를 정한다고 해도 거기서 전투가 벌어지면 쌀은 한 톨도 올라오지 못한다. 이러한 점을 감안해 노부나가는 공사를 서두르면서도 황실의 살림이 유지되도록 힘썼다. 곧 쿄토 성 사람들에게 쌀을 빌려주고 그 이자를 헌납하게 하는 별도의 대책을 강구했다. 최소한 매달 15섬 정도의 수입이 생기면, 거느리는 사람이라고는 고작 10여 명 남짓한 오기마치 천황의 생활은 안정될 것이라는 계산에서였다.

쿄토에는 이미 꽃이 졌다. 파란 새잎이 포근하게 이 고도古都를 감싸기 시작했다. 고도에 평안한 나날이 계속되게 하기 위해서는 더욱더 '천하포무'의 수레를 강력하게 밀고 나가는 수밖에 없었다.

도쿠가와 이에야스가 군사를 거느리고 머물러 있는 쇼코쿠 사相國寺에 밀사가 파견되었다.

이미 호쿠리쿠北陸 산간의 눈섞임물도 골짜기에 흐르기 시작하고 봄빛이 감돌고 있을 터.

4월 18일.

이에야스는 쿄토의 봄을 만끽했으니 그만 하마마츠로 돌아간다는 소문을 퍼뜨리고 기세를 올렸다.

이어서 4월 20일.

"오늘은 오다 님의 모습이 안 보이는군."

"웬일이실까?"

공사장의 목수들이 이야기하고 있는 동안, 노부나가도 이에야스보다 한발 늦게 오미의 사카모토坂本에서 와카사지若狹路로 접어들고 있었다.

맨 앞에 열 개의 적갈색 깃발을 앞세우고 다음에 활과 총포로 무장한 군사가 뒤따랐다. 이어서 그가 자랑하는 세 간짜리 창을 든 300명의 군사, 다음에는 하타모토인 팔각장八角將, 구조장九爪將, 십이아장十二牙將, 삼십육비장三十六飛將 등이 검은 색과 붉은 색 호로母衣°를 걸쳐입은 500여 기騎를 거느리고 에치젠의 츠루가노쇼敦賀の庄를 향해 진격하고 있었다.

싸울 때면 마치 폭풍이 몰아치는 것 같고, 공격할 때면 흡사 둑이 터져 쏟아져내리는 물과 같다는 평을 받는 노부나가 군의 말발굽소리가 순식간에 초록빛 산을 삼켜버렸다.

　　　　　　　　　　　　　　　　　　　　　—6권에서 계속

≪ 도쿠가와 이에야스 혼인 관계도 ≫

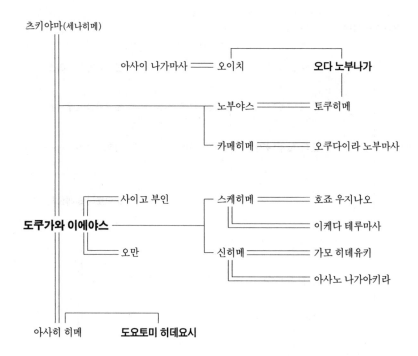

츠키야마(세나히메)

아사이 나가마사 ══ 오이치 　　**오다 노부나가**

노부야스 ══ 토쿠히메

카메히메 ══ 오쿠다이라 노부마사

사이고 부인 　스케히메 ══ 호죠 우지나오

도쿠가와 이에야스 　　　　　　　　이케다 테루마사

오만 　　신히메 ══ 가모 히데유키

아사노 나가아키라

아사히 히메 　**도요토미 히데요시**

형제 관계

══ 부부 관계

《 오다 노부나가 혼인 관계도 》

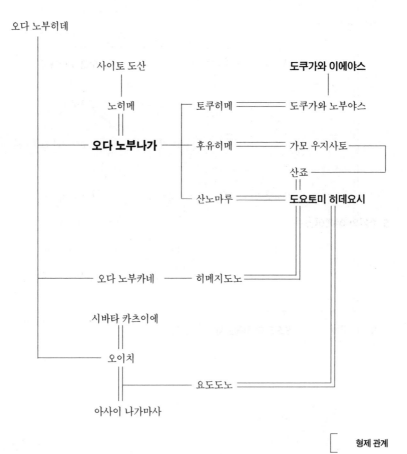

형제 관계

＝ 부부 관계

《 도요토미 히데요시 혼인 관계도 》

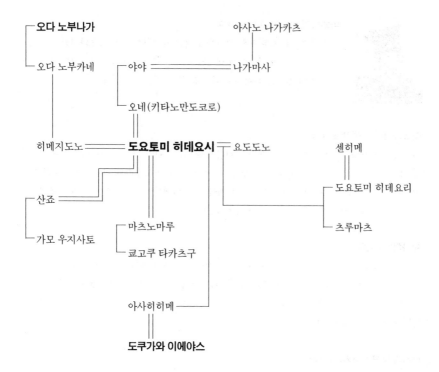

오다 노부나가

오다 노부카네

아사노 나가카츠

야야 ═══════════ 나가마사

오네(키타노만도코로)

히메지도노 ═══════ **도요토미 히데요시** ═══ 요도도노

산죠

가모 우지사토

마츠노마루

쿄고쿠 타카츠구

아사히히메

도쿠가와 이에야스

센히메

도요토미 히데요리

츠루마츠

[형제 관계

═══ 부부 관계

349

《 주요 등장 인물 》

마츠다이라 노부야스松平信康
아명이 마츠다이라 가의 적자를 알리는 타케치요이고, 마츠다이라 이에
야스와 츠키야마 사이에서 태어났다. 노부야스는 오다 노부나가의 딸인
토쿠히메德姬와 결혼하기 위해 아홉 살 때 바꾼 이름이다.

마츠다이라 이에야스松平家康
마츠다이라 지로사부로 모토야스가 개명한 이름으로 마츠다이라 쿠란도 이에야스가 완전
한 이름이다. 후에 마츠다이라라는 성도 도쿠가와로 다시 고쳐 도쿠가와 이에야스가 된다.
이마가와 가를 떠나 오다 가와 새롭게 동맹 관계를 맺은 이에야스는 자신의 장남인 노부야
스를 오다 노부나가의 장녀인 토쿠히메와 결혼시킨다.

세나히메瀨名姬
츠키야마 부인의 이름으로 도쿠가와 이에야스의 정실이다. 이마가와 요시모토를 죽음으로
이끈 오다 가와 이에야스가 동맹을 맺자 세나히메는 노골적으로 불만을 터뜨린다. 이어서
오만이 이에야스와 사랑을 나누었다는 사실을 알고, 오만을 혹독하게 고문한다. 세키구치
마님이라 불리기도 하였다.

아시카가 요시아키足利義昭
아케치 미츠히데의 중개로 오다 노부나가를 만나게 된 요시아키는 노부나가의 추대로 15대
세이이타이쇼군이 되어(1567) 노부나가를 후쿠쇼군副將軍에 임명한다. 그러나 노부나가는
이를 사양한다.

오만お万
세나히메의 시녀로 세나히메의 명에 의해 이에야스를 감시하다 이에야스에게 발각된 날 이
에야스와 사랑을 나누게 된다. 이를 안 세나히메로부터 혹독한 고문을 받다가 혼다 시게츠
구에 의해 구출되어 이에야스의 정식 소실이 된다.

오다 노부나가織田信長
미카와의 마츠다이라 이에야스와 화친을 맺으며 이에야스와 다시 만나게 된 노부나가는 이
에야스를 어렸을 적 이름인 타케치요라 부르며 그를 반긴다. 노부나가는 화친의 뜻으로 자
신의 장녀인 토쿠히메를 이에야스의 장남인 노부야스에게 시집보내며, 잉어 세 마리도 선

물로 보내는데, 그 잉어들은 자신과 이에야스, 그리고 노부야스를 가리키는 것이라 하며 이에야스를 시험하려 한다.

이시카와 카즈마사石川數正

이에야스의 중신으로 슨푸에 인질로 잡혀 있던 츠키야마, 타케치요, 카메히메를 이마가와 우지자네와 담판을 벌여서 오카자키로 귀환시키는 공적을 세운다. 요시치로라고도 불렸으며, 관직명은 호키노카미이다.

키노시타 히데요시木下秀吉

도요토미 히데요시가 키노시타 토키치로에서 고친 이름이다. 기발한 방법으로 자신보다 신분이 높은 네네와 결혼하게 된 히데요시는 여러 차례에 걸친 전투에서 선봉 대장을 맡으며 공적을 세워 3만 석에 이르는 다이묘가 된다.

타케노우치 나미타로竹之內波太郎

쿠마 마을의 호족으로 통칭 쿠마 도령이라 불리고, 노부시를 비롯하여 양민, 뱃사공, 신도, 부랑자 등의 무리를 조종한다. 즈이후와 함께 자신을 찾아온 아케치 미츠히데를 오다 노부나가에게 소개한다.

토쿠히메德姬

오다 노부나가와 소실인 오루이お類 사이에서 태어난 노부나가의 장녀. 도쿠가와 이에야스의 장남인 마츠다이라 노부야스(아명 타케치요)와 정략 결혼을 한다.

혼다 시게츠구本多重次

혼다 사쿠자에몬 시게츠구는 일곱 살 때 키요야스(이에야스의 조부)를 섬긴 것에 이어, 히로타다, 이에야스 삼대에 걸쳐 중용된 노신이다. 이에야스의 자식을 임신했다는 이유로 세나히메의 분노를 산 첩(오만)을 구출하여 무사히 출산시킨다.

혼다 타다카츠本多忠勝

이에야스의 가신으로, 통칭 혼다 헤이하치로 타다카츠라 불린다. 이에야스가 오다 가를 방문할 때 열다섯의 나이로 이에야스를 수행한다. 그의 사슴뿔 투구는 유명했는데, 오다 노부나가조차 그의 용맹성을 칭찬하며 이에야스의 가신으로 있는 것을 부러워했다고 한다.

《 센고쿠 용어 사전 》

겐지源氏 | 미나모토源 성을 갖는 씨족의 총칭.

고쇼御所 | 대신이나 쇼군 등의 처소, 또는 그들의 높임말.

노能 | 연극 형식으로 일본 고전 예능의 한 가지 = 노가쿠.

노바카마野袴 | 옷자락에 넓은 단을 댄 무사들의 여행용 하카마.

노부시野武士 | 산야에 숨어살면서 패잔병 등의 무기를 빼앗아 무장한 무사나 토민의 무리.

닌쟈忍者 | 둔갑술을 쓰며 암살과 정탐을 하는 사람.

다이묘大名 | 넓은 영지와 많은 부하를 둔 무사의 우두머리.

로죠老女 | 쇼군이나 영주의 부인을 섬기는 시녀의 우두머리.

모로하쿠諸白 | 흰쌀과 흰 누룩으로 빚은 고급 청주.

무카바키行縢 | 무사가 사냥이나 승마 때 허리에 둘러 정강이까지 가리던 모피.

바쿠후幕府 | 무신 정권 시대에 쇼군이 집무하던 곳, 또는 그 정권.

부교奉行 | 행정, 재판, 사무 등을 담당하는 무사의 직명.

세이이타이쇼군征夷大將軍 | 무력과 정권을 장악한 바쿠후의 실권자. 쇼군의 정식 명칭.

쇼군將軍 | 바쿠후 최고의 실권자.

스오素袍 | 아래위 같은 색의 삼베에 가문의 문장을 넣은 옷.

아시가루足輕 | 평시에는 막일에 종사하고, 전시에는 병졸이 되는 최하급 무사.

아츠모리敦盛 | 무사가 인생의 무상함을 깨닫고 불문에 들어간다는 설화에서 유래한 노가쿠의 하나.

아카호로赤母衣 | 붉은 색의 호로.

안도죠安堵狀 | 바쿠후나 성주 등이 그가 지배하는 영지 안에 있는 사찰과 신사 소유의 토지를 인정하고 보증해주는 문서.

에보시烏帽子 | 관례를 올린 남자가 쓰는 검은 모자.

오기마치正親町 천황 | 1517~1593. 재위 1560~1586. 고나라後奈良 천황의 황태자.

와키자시脇差 | 일본도의 일종으로 큰 칼에 곁들여 허리에 차는 작은 칼.

우치카케打掛ナ | 띠를 두른 여자 옷 위에 걸쳐 입는 긴 옷.

진바오리陣羽織 | 전쟁터에서 갑옷 위에 걸쳐 입는 소매 없는 겉옷.

츠보네局 │ 대궐 안의 따로따로 칸을 막은 방. 또는 츠보네에 기거하는 여성 관리.

치고와稚兒輪 │ 옛날 어린아이의 머리 모양으로 머리카락을 높이 치켜올려 좌우로 고리를 만든 모양.

코고小督 │ 궁전에 있는 여성 관리들의 관아.

코난도小納戶 │ 가까이에서 쇼군을 모시며 신변의 일(이발, 식사 등)을 맡아보는 관직.

코쇼小姓 │ 주군을 측근에서 모시며 잡무를 맡아보는 무사.

쿠사즈리草摺 │ 갑옷 허리에 늘어뜨려 대퇴부를 보호하는 것.

키코덴乞巧奠 │ 칠석날 밤에 여자들이 견우, 직녀에게 길쌈과 바느질이 숙달되길 빌던 의식.

토코노마床の間 │ 객실인 다다미방의 정면 상좌에 바닥을 한 층 높여 만들어놓은 곳. 벽에는 족자를 걸고, 한 층 높여 만든 바닥에는 도자기, 꽃병 등으로 장식한다.

하오리羽織 │ 옷 위에 입는 짧은 겉옷.

하카마袴 │ 일본옷의 겉에 입는 아래옷. 허리에서 발목까지 덮으며 넉넉하게 주름이 잡혀 있고, 바지처럼 가랑이진 것이 보통이나 스커트 모양의 것도 있음.

하타모토旗本 │ (진중에서) 대장이 있는 본영. 또는 그곳을 지키는 무사.

헤이시平氏 │ 타이라平 성을 갖는 씨족의 총칭.

호로母衣 │ 갑옷 뒤에 장식용으로 걸치거나 때로는 화살을 막기 위해 입는 옷.

후쿠쇼군副將軍 │ 쇼군을 도와 군을 통솔하는 관리.

훈도시褌 │ 남자의 국소를 가리는 데 쓰는 좁고 긴 천.

《 주요 장수의 군기 · 우마지루시 》

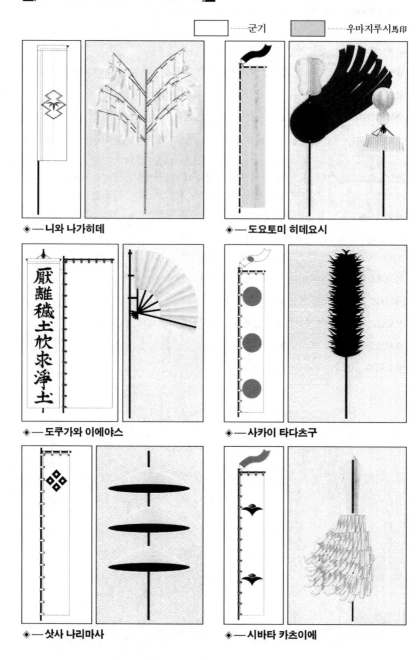

□ ······ 군기　　　■ ······ 우마지루시馬印

◆—니와 나가히데

◆—도요토미 히데요시

◆—도쿠가와 이에야스

◆—사카이 타다츠구

◆—삿사 나리마사

◆—시바타 카츠이에

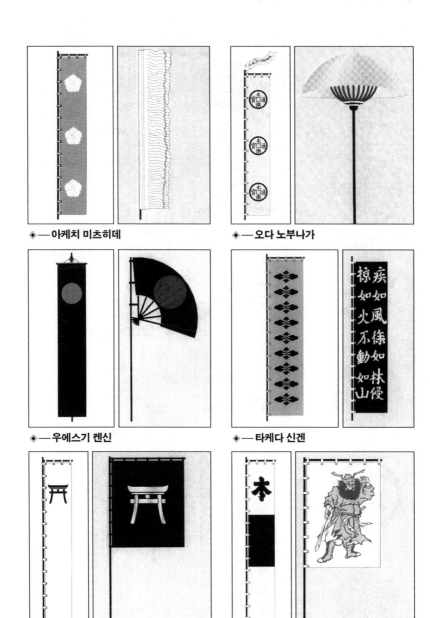

◈—아케치 미츠히데

◈—오다 노부나가

◈—우에스기 켄신

◈—타케다 신겐

◈—토리이 모토타다

◈—혼다 타다카츠

《 주요 장수의 문장 · 사인 》

문장

사인

◈ — 도요토미 히데요시

◈ — 도쿠가와 이에야스

◈ — 사이토 도산

◈ — 사카키바라 야스마사

◈ — 시바타 카츠이에

◈ — 아케치 미츠히데

◈—오다 노부나가

◈—우에스기 켄신

◈—이마가와 요시모토

◈—이케다 츠네오키

◈—타케다 신겐

◈—혼다 타다카츠

《 도쿠가와 이에야스 관련 연보(1561~1569) 》

◈—서력의 나이는 도쿠가와 이에야스의 나이

일본 연호		서력	주요 사건
에이 로쿠 永祿	4	1561 20세	마츠다이라 모토야스, 오와리의 오다 노부나가와 화친. 키노시타 토키치로(히데요시)는 네네와 결혼. 9월 10일, 에치고의 우에스기 켄신과 카이의 타케다 신겐이 시나노 카와나카지마에서 전투를 벌인다(카와나카지마 전투).
	5	1562 21세	정월, 미카와 오카자키의 마츠다이라 모토야스는 오와리 키요스로 가서 오다 노부나가와 맹약을 맺는다. 2월 4일, 마츠다이라 모토야스는 미카와 카미고 성을 공격하여 우도노 나가테루를 죽인다. 이어서 나가테루의 아들을 슨푸의 이마가와 우지자네에게 보내, 슨푸에 있는 모토야스의 처자와 교환한다. 9월 29일, 이마가와 우지자네의 군사들이 모토야스의 성인 미카와를 공격하지만 모토야스는 이를 물리친다. 이어서 미카와 우시쿠보의 마키노 나리사다가 모토야스에게 항복한다.
	6	1563 22세	3월 2일, 마츠다이라 모토야스의 적자인 타케치요(노부야스)와 오다 노부나가의 딸 토쿠히메德姬가 약혼한다. 7월 6일, 마츠다이라 모토야스는 이마가와의 지배를 벗어나 이름을 이에야스라 개칭한다. 이해 미카와의 잇코 종도들이 오카자키 성을 공격한다. 오쿠보 일족은 아즈키자카에서 맞서 싸운다. 이에야스는 성을 나와 오쿠보 일족을 구원하고 하치야 한노죠와 싸운다.
	7	1564 23세	정월 11일, 마츠다이라 이에야스는 잇코 종도들을 맞아 미카와에서 전투를 벌이다 총탄에 맞는다. 2월 28일, 미카와의 잇코 종도들이 마츠다이라 이에야

일본 연호	서력	주요 사건
에이 로쿠 永禄		스에게 항복한다. 3월, 오다 노부나가는 아사이 나가마사와 동맹을 맺는다. 6월 20일, 마츠다이라 이에야스는 이마가와 우지자네의 부장인 오가사와라 시게자네를 요시다 성에서 공격하여 항복을 받아낸다. 이에야스는 사카이 타다츠구에게 요시다 성을 주고 동미카와를 지키게 한다. 8월, 노부나가는 이누야마 성의 오다 노부카타를 쓰러뜨리고 오와리를 통일한다.
8	1565 24세	3월 7일, 마츠다이라 이에야스는 혼다 시게츠구, 코리키 키요나가, 아마노 야스카게를 미카와의 부교로 삼아 민정, 소송 등을 맡긴다. 11월, 오다 노부나가는 양녀를 타케다 신겐의 아들 카츠요리에게 시집보낸다. 이해, 마츠다이라 이에야스의 차녀 스케히메가 오카자키에서 태어난다. 어머니는 우도노 씨.
9	1566 25세	12월 29일, 마츠다이라 이에야스는 도쿠가와로 성을 고치고 종5품하 미카와노카미에 임명된다.
10	1567 26세	5월 27일, 이에야스의 적자 노부야스가 오다 노부나가의 딸 토쿠히메를 아내로 맞이한다. 8월 15일, 오다 노부나가는 사이토 타츠오키의 미노 이나바야마 성을 함락, 지명을 기후로 바꾸고 그곳으로 옮긴다. 9월, 노부나가의 여동생 오이치가 아사이 나가마사와 결혼한다.

일본 연호	서력	주요 사건
에이로쿠 永祿		11월, 오다 노부나가는 천하포무라는 도장을 사용한다.
11	1568 27세	2월, 오다 노부나가는 북이세를 공략하고, 아들 산시치마루(노부타카)에게 칸베 가를 잇게 한다. 9월 26일, 오다 노부나가는 아시카가 요시아키를 받들고 쿄토로 들어간다. 10월 18일, 요시아키는 15대 세이이타이쇼군이 된다. 12월 18일, 이에야스는 토토우미의 히쿠마노(하마마츠)를 공격한다. 12월 27일, 이에야스는 이마가와 우지자네를 토토우미 카케가와에서 공격한다. 12월 29일, 타케다 신겐의 부장인 아키야마 노부토모가 토토우미에 침입한다. 이에야스는 신겐의 위약에 대한 책임을 추궁하며 노부토모를 스루가로 쫓아낸다.
12	1569 28세	9월 16일, 이에야스는 마츠다이라 사네노리에게 명해 이시카와 이에나리와 함께 카케가와 성을 지키게 한다.

옮긴이 **이길진** 李吉鎭

1934년 황해도 출생. 1958년 서울대학교 사회학과를 졸업하였다.
일본 문학 작품 및 일본 문화에 관련된 많은 책들을 유려한 우리말로 옮겼다.
주요 역서로는 가와바타 야스나리의 『설국』, 이마이 마사아키의 『카이젠』,
오에 겐자부로의 『사육』, 기쿠치 히데유키의 『요마록』,
야마오카 소하치의 『오다 노부나가』, 『사카모토 료마』 등이 있다.

│ 부록의 자료 제공 및 감수는 고려대학교 일어일문학과 최관 교수님께서 해주셨습니다.

도쿠가와 이에야스 제5권

1판 1쇄 발행 2000년 12월 10일
2판 3쇄 발행 2023년 5월 1일

지은이 야마오카 소하치
옮긴이 이길진
펴낸이 임양묵
펴낸곳 솔출판사

주소 서울시 마포구 와우산로29가길 80(서교동)
전화 02-332-1526
팩스 02-332-1529
이메일 solbook@solbook.co.kr
홈페이지 www.solbook.co.kr
출판 등록 1990년 9월 15일 제10-420호

한국어판 ⓒ 솔출판사, 2000
부록 ⓒ 솔출판사, 2000

이 책의 '부록'은 독자들이 일본의 전국시대를 폭넓게 조망할 수 있도록
전공 학자와 편집부가 참여, 오랜 시간과 많은 비용을 들여 작성한 것입니다.
저작권자인 솔출판사의 서면 동의 없이 무단 전재와 무단 복제를 금합니다.

ISBN   979-11-86634-30-1   04830
ISBN   979-11-86634-22-6   (세트)

• 잘못된 책은 구입한 곳에서 바꿔드립니다.
• 책값은 뒤표지에 표시되어 있습니다.

나가시노長篠 전투(1575) 병풍도 뒷부분.
오다·도쿠가와 연합군이 타케다 군을 공격하는 모습.